時計坂の家

高楼方子

時計坂の家 ❖ 目次

1　汀館《みぎわだて》へ

マリカから手紙が来たのは、夏休みがはじまる一週間前のことだった。

それを見たとき、フー子の母親は、すぐにはいい顔をしなかった。はじめ、少しばかり眉《まゆ》をひそめ、それからかすかにため息をついて、

「そうね。悪くないわね。行ってみたら？」

と言った。そのあとですぐ、「でも、おじいさんが、迷惑《めいわく》がらなければ、だけど」と付けたした。

マリカから手紙をもらうのは、これで二度目だ。一度目は、フー子が五歳《さい》のとき――だからマリカも五歳《さい》だ――に来た、薔薇模様《ばらもよう》の便箋《びんせん》に、几帳面《きちょうめん》なひらがながぱらぱら並《なら》ぶ一枚《まい》の手紙。そして七年ぶりのそれは、甘《あま》い匂《にお》いのついた薄《うす》い水色の便箋《びんせん》だったが、一枚《まい》きりなのは今度も変わらない。

それから十日後、フー子は、四人がけのボックス席にひとりですわり、汽車の揺《ゆ》れに身をまかせながら、遥《はる》か向こうに見える水平線を目で追いかけていた。白く淡《あわ》い光に包まれて、ほんのりと消え入りそうな水平線を見ていると、あの彼方《かなた》へ、どこか遠い世界へ、吸《す》いこまれてしまいたいよう

な気持ちになる。そんな気持ちの中で、フー子は、マリカの手紙のことを思いだしていた。それを郵便《ゆうびん》受けに見つけ、封《ふう》を開いたときのことを。あのときフー子は、くらりとするような眩暈《めまい》を感じたのだ。そして、乱暴《らんぼう》な自分の手が、まちがえてその薄《うす》い便箋《びんせん》を破ってしまうのではないかとおびえながら、震《ふる》える指先で紙の端《はし》をつかみ、ようやく、一枚《まい》の短い手紙を読み終えたのだった。読み終えてからも、フー子は、ぼうっとしたまま、その便箋《びんせん》に見とれていたのだ。なぜ、そんなにも、マリカの手紙に心が騒《さわ》いだのだろう……。

甘《あま》い香《かお》りを放つ薄紙《うすがみ》に、青いインクで綴《つづ》られた、いくぶん細長くとがった印象の、達筆《たっぴつ》とも金釘《かなくぎ》ともとれるような細く端正《たんせい》な文字。そして、その文字が語る、ひどくよそよそしいような、あるいは親しいような文章。

それはこんな手紙だった。

『フー子ちゃん、こんにちは。マリカです。急に手紙なんか来たので、驚《おどろ》いているかしら。わたしもさっきまで、フー子ちゃんに手紙を書こうなんて、ちっとも思っていなかったのよ。でも、海の見える坂道のことを考えていたら、小さいときに、フー子ちゃんと並《なら》んで立って、船を見ていたときのことを急に思いだしたのです。わたしは今年もまた、夏休みに、ひとりで汀館《みぎわだて》に行くのです。もし、フー子ちゃんも来れるようなら、ぜひ、お目にかかりたいと思います。それではお元気で。さようなら。マリカ』

それ以来フー子は、自分もまた汀館《みぎわだて》に発《た》つ日を、ただ待ちわびながら、そぞろな日々を過ごした

のだった。

汀館《みぎわだて》は、母の生まれた街だ。生家は、今もそのまま残っていて、祖父が暮《く》らしている。だがフー子は、数えるほどにしか、祖父に会ったことがない。

「自分の育った家のことを、こんなふうに言うのも変かもしれないけどさ、わたし、あの家、どうも、そりがあわないのよ。それにね、おじいさんて、気難《きむずか》しい変わり者なのよね。放っておかれるのがいちばん好きなの。だから、ちょうどいいの」

と母は言う。だから、「おじいちゃん」とフー子が言うとき、それは、父方の祖父のことしか指していないのだ。

マリカは、母の兄――つまり、フー子の伯父《おじ》の一人娘《ひとりむすめ》だ。フー子にとっては同い年のいとこだが、そんないとこがあるとは思えないくらい疎遠《そえん》だった。母が、伯父《おじ》とのふたりきりの兄妹《きょうだい》であることを思うと、ずいぶんそっけないと言えたかもしれない。だが母は、

「仲が悪いんじゃないのよ。結婚《けっこん》してそれぞれ家庭ができればこんなものよ。それに、女の姉妹《きょうだい》ならちがうんでしょうけど、兄と話すことなんてとくにないもの」

と言って淡々《たんたん》としていた。たぶんそのとおりなのだろう。

だからフー子は、五歳《さい》のときに、一度しかマリカに会ったことがない。「二度よ」と母は言うが、赤《あか》ん坊《ぼう》時代を数に入れる気はしない。

　汽車は、海沿《うみぞ》いの道をしばらく走ったあと、緑に繁《しげ》る林の中を進んだ。フー子は、肩《かた》から下げたままのショルダーバッグの蓋《ふた》を開けると、そっと腕時計《うでどけい》をのぞいた。なくしてもかまわないと判断して貸してくれた母のお古《ふる》など、腕《うで》にはめる気はしない。列車に乗ってから、二時間と少しが過ぎていた。あと、ちょうど同じだけの時間を、この汽車に揺《ゆ》られてゆくのだ。けれどフー子は、退屈《たいくつ》しのぎに持ってきた雑誌《ざっし》さえ開いてみる気にはならず、わざとゆったり背《せ》もたれによりかかった。同じ今日の日を汀館《みぎわだて》で過ごすのだと思うだけで、そわそわと心が騒《さわ》ぎ、落ちつかなかった。

（おじいさんて、どんな人だったっけ……）

　マリカへの思いにばかりとらわれていたフー子は、祖父のことを思って身体《からだ》を固くした。考えてみると、母は、自分の父親のことを語ろうとしたことがほとんどなかった。何か、非難《ひなん》めいた思いでも、母は胸《むね》のうちに抱《かか》えているのだろうか……。そういったことを、フー子はこれまでに気にとめたことがなかった。だが、「気難《きむずか》しい変わり者」とぴしゃりと決めつける、その母の言い方にさえ、とがめるようなとげは少しもなかったのだ。だからこそフー子は、祖父にたいして、どんな思いを抱《いだ》いたらよいのかわからない。

「あいかわらず、本ばかし読んでるってよ」

とも母は言った。リサさんが電話で話したのだろう。

（そう、リサさんもいるんだ……）

リサさんは、祖父の家にいるお手伝いさんだった。年配の太った人だったが、そんなしゃれた名前が、どことなく似合う人だったことを、フー子はおぼえている。リサさんは、母が物心《ものごころ》ついたころにはもういたというから、家族のようなものなのにちがいない。母や伯父《おじ》が、安心して祖父を放っておけるのも、リサさんがいると思うせいなのかもしれなかった。だが、そういうリサさんにたいしても、母は、会いたがるでも、懐《なつ》かしがるでもなかった。ただ淡々《たんたん》と、

「リサさんて、むだなこと言わないし、てきぱきとしてていいわよ」

と言っただけだ。

「あたしが行くってったら、何て言ってた？」

心配な思いでフー子がたずねると、母は、

「喜んでたんじゃないのかな」

と言った。

母が電話でリサさんと話すのを、フー子が聞いたのは、ずいぶん久しぶりのことだった。

緑の林をぬけると、やがて汽車は、家並《いえなみ》が遠くにのぞめる畑をよぎって進んだ。あと小一時間で、この汽車の旅が終わることを、ショルダーバッグの中の時計が告げていた。するとフー子の胸《むね》が、いちどきにもやもやしはじめた。

どうしてひとりで汀館《みぎわだて》に来ようなどと思ったのだろう。考えてもみよう、他人に等しい歳《とし》とった

大人がふたり、ひっそりと暮《く》らすような家にころがりこんで、おもしろいことなんかあるだろうか。それに、七年も会ったことのないマリカと何をしようというのか。第一、母が言うように、マリカは、祖父の家に滞在《たいざい》するわけではないらしかった。あの手紙から察すると、まるでマリカは、毎夏ひとりで汀館《みぎわだて》に来ているようだったが、でもそれはきっと、マリカの母方の祖父母も、汀館《みぎわだて》にいるからにちがいないのだ。ああ、いったい何を期待して来たのだろう。

(そうよ……毎年来てたのなら、どうして今まで、わたしのことを思いださなかったのよ。それに、なによ、『ぜひお目にかかりたい』だなんて……)

フー子は、何度も読むうちにそらでおぼえてしまったマリカの手紙を心でくりかえしては、その箇所《かしょ》で、またしても気がめいった。「お目にかかりたい」と言ってくれるのが、うれしくないわけではないのに、その言い方が気になるのだ。――わざわざ手紙をよこして汀館《みぎわだて》まで誘《さそ》っていながら、一度会ってあいさつをして、それでおしまいってことなのだろうか。そう考えると、のこのことやってきた自分が、はりきりトンマのように思えて顔が赤らむ気がした。手紙をもらって以来、マリカと過ごす汀館《みぎわだて》の夏休みを思って、舞《ま》いあがらんばかりにこの日を待ち焦《こ》がれていた自分が、とつぜん惨《みじ》めに思われた。

でも心の隅《すみ》にはまだ、この初めての一人旅と、これからはじまる未知の暮《く》らしへの、ときめくような思いが残っていた。その気持ちをたぐりよせると、胸《むね》のうちが、とたんにぽっと熱くなった。

(そうよ。きっとすてきなことが起こるわ。わたしとマリカは、無二《むに》の親友になるかもしれない)

たった今、不安と屈辱《くつじょく》のどん底に落ちていたはずのフー子は、次の瞬間《しゅんかん》にはもう、少女らしい期待にあふれていた。

マリカと手をつないで、海の見える坂道を駆《か》けおりるだろう……海岸を散歩しながら、秘密《ひみつ》の話をするだろう……マリカは、子どもっぽいクラスの連中なんかとは全然ちがうのだ。

きらきらしいフー子の夢想の中で、マリカはこのうえもなく魅力的《みりょくてき》な少女だったが、つば広の帽子《ぼうし》の陰《かげ》から、その顔があらわれることはけっしてなかった。フー子は、どうしても、十二歳《さい》になったマリカの顔を想像することができなかったのだ。

「マリカ……」

と、フー子は口の中で、その名をつぶやいた。フー子は、どこかで気づいているのだ。おそらくは、その名前が心を掻《か》きたてるのだと。

いつのことだったろう。どういうわけでそんな話になったのか知らないが、母が言った。

「マリカなんて名前、よくつけたわよ。兄さんがそんな趣味《しゅみ》の人だとは思わなかったわ」

と。母は、きどったまねや、わざとらしいことや、感傷的《かんしょうてき》なことなどが、およそ嫌《きら》いなたちだった。つまり、少しでも「照れくさい」のがだめなのだ。フー子は、母にひやかされて、恥《は》ずかしい思いをしたくなかったので、胸《むね》のうちを気《け》どられないようにするくせがついていた。だからそのときも、すてきな名前だと思う気持ちなど、むろん、おくびにも出さなかった。

汽車が止まった。

ホームに降《お》りたとたん、潮《しお》の香《かお》りが鼻をついた。汀館《みぎわだて》は、早くから異国《いこく》の船を迎《むか》え入《い》れて栄えた、古い港町だ。もっとも今はもう、時の流れからとり残された、静かな小都市にすぎない。

フー子は、スーツケースを下げて改札をぬけると、光るような風に身をまかせて、駅前広場を横切った。白髪《はくはつ》のいかめしい祖父が――あるいは、ちょっと西洋の婦人のような、太ったリサさんが――駅で迎《むか》えてくれることをなにげなく想像していたのは、昨日までのことだ。だがそんな場面は、物語の中でこそ出会うものだ。要するに、現実は物語などではない。

「ああそうそう、迎《むか》えに来なくていいって、リサさんに言ってあるからね」

と昨夜《ゆうべ》になって母が言い、道順を説明しはじめたのだ。母はときどきもたつき、そしてしまいに、

「ねえ、タクシーにしてよ」と言った。だが、フー子は、母の書いたメモをしっかりにぎって、市電の乗り場に向かった。

古びた市電にしばらく揺《ゆ》られたあと、指定のバスが来るまで、二台やりすごした。市電もバスもすいていたが、降《お》り口《ぐち》のわきに立ったまま、外を向いていた。午後の陽射《ひざ》しが、人気《ひとけ》のない市街に、くっきりした明暗をあたえていた。フー子の目は、光の中に白く浮《う》きあがる、剝《は》げかけた看板《かんばん》や朽《く》ちた石壁《いしかべ》を追いつづけた。むろん、見てなどいなかったのだが。

バスを降《お》り、海からまっすぐにつづく坂道を登った。広い坂道に人影《ひとかげ》はまばらだ。行きつくところは、こんもりと繁《しげ》る緑の山だ。

その坂は、時計坂と呼《よ》ばれていたが、それは、かなり登りつめたところに、煉瓦《れんが》造りの時計塔《とけいとう》がそびえているからだった。かつてミッション系の私立学校だった校舎の一部だが、今は史料館になっている。フー子の目印は、その時計塔《とけいとう》だ。そこを曲がって、斜《なな》めの道を登ったところに祖父の家はあるのだ。

時計塔《とけいとう》の横を曲がったとき、フー子は、初めて足をとめた。前かがみになっていた背《せ》を、そるようにのばし、麦わら帽子《ぼうし》を後ろにはらって額の汗《あせ》をぬぐった。崩《くず》れた煉瓦塀《れんがべい》のある二階家が、くっきりとフー子の目に映《うつ》った。フー子は、肩《かた》で大きく息をし、そして、なぜともなく、後ろを振《ふ》りあおいで、時計塔《とけいとう》を見た。煉瓦《れんが》にはめられた白い文字盤《もじばん》の上で、装飾的《そうしょくてき》な二本の針《はり》は、二時五十九分を指していた。フー子は三時になるのを見とどけようと思った。

針《はり》はじっとたたずんでいる。それから不意に、トカゲに似たすばやさで時を刻《きざ》んだ。同時に、文《も》字盤《じばん》にとりつけられたからくりが、音もなく動きだし、熾天使《してんし》の顔が、ゆっくり、一度、二度とあらわれた。顔から生えたような二枚の赤い羽を持つその天使は、大人びた子どもの顔でうっすらと笑い、どこかしら不気味に見えた。三度目にそれが顔をのぞかせたとき、フー子は、息をのんだ。盲《めしい》のはずの熾天使《してんし》の眼差《まなざ》しと、フー子のそれとが、重なっていると感じたのだ。フー子を見つめたまま、熾天使《してんし》の顔は、からくり扉《とびら》の中へと消えていった。

そしてほどなく、三時一分になった。
フー子は、二階家をめざして歩きだした。

2 マリカ

そこは、湿《しめ》ったような匂《にお》いのする部屋だった。たぶん北向きなのだろう。外にあふれていた、まろやかに光る午後の陽《ひ》の恩恵《おんけい》を、この部屋は少しも受けていない。

でもフー子は、色褪《いろあ》せたレースのカーテンがかかり、くすんだ色の静物画が飾《かざ》られた、その雑然とした板の間を心地よいと思った。もしも、テーブルを囲んで祖父とリサさんがすわっていなければ、さらにくつろいだ気持ちがしたことだろう。

「もうまもなく、マリカちゃんが来るんじゃないかな」

祖父は低い声で言って、紅茶《こうちゃ》を飲んだ。祖父の大きな目は、鋭《するど》い輝《かがや》きを帯びていたが、フー子をじっと見たかと思うと、きまって自分の方から視線《しせん》をそらした。笑った顔は、感じがいいとさえ言えるくらいだったが、たえず笑《え》みを浮《う》かべているような人ではなかった。

祖父は、大人が普通《ふつう》にきくような質問をしなかったので、フー子は、ほっとする反面、気づまりでもあった。家族のことは、「みな元気？」とたずねられたきりで終わったから、母がやりはじめた仕事のことも、父が出張に出たことも、兄がクラブ活動ばかししていることも言わずにすんだ。

フー子自身についても、何もたずねられなかった。もっとも、「いくつになったの？」というあいさつがわりの質問は、する必要がなかったのだ。お茶を飲みはじめてまもなく、「十二歳《さい》の夏休みか……」と迷いもなく祖父はつぶやいたのだから。

リサさんは、色黒の、はっきりとした顔立ちの婦人で、細かい花柄《はながら》のワンピースをきちんと着ていた。祖父にたいする言葉づかいには、「お手伝いさん」を思わせるようなうやうやしさは微塵《みじん》もなかったが、そうかといって、祖父の夫人であるかのようには、やはり見えなかった。リサさんは、結婚《けっこん》せずに、ひとりできりりと生きている、女の教師を思わせた。だが、威丈高《いたけだか》なところはなく、話し方は、淡々《たんたん》としていて自然だった。

母が言ったように、ふたりとも、少しも感じが悪くはなかった。ましていじわるなどではないだろう。おそらく、ただ、「気さくさ」というものから、かけ離《はな》れているだけなのだ。

玄関《げんかん》の鈴《すず》が音をたてた。

「マリカちゃんね」

と、リサさんは言うと、椅子《いす》を立って部屋を出ていった。祖父はすわったままだった。フー子に向かって、「いっしょに出てみたら？」と促《うなが》す気配もなかった。フー子は、子どもくさいと思われる振《ふ》るまいをするのがはばかられて、そこで待った。少女らしくないかすれた声が、何か言うのが聞こえた。フー子は唇《くちびる》をかみ、色褪《いろあ》せたカーテン越《ご》しに、空を見やった。

マリカが入ってきた。その姿《すがた》を見たとき、フー子は、また軽い眩暈《めまい》をおぼえた。

夢想の中で、いつも、つば広の帽子《ぼうし》の陰《かげ》に隠《かく》されていたその顔——。その顔がつばをあげて振《ふ》りむくとしたら、それは、今まさにここにある、マリカの顔以外になかった。なぜそんなあたりまえのことを想像できなかったのかと思えるほどに、それはマリカの顔だった。

骨《ほね》ばってすらりとした姿《すがた》。いかにも長い手足。長い首。そして、細面《ほそおもて》の色白の顔には、うっすらとそばかすが浮《う》かび、大きすぎる茶色の目が、濡《ぬ》れたように光っていた。笑った口が、やけに大きく見えた。マリカは、額をすっかり出して、長い髪をポニーテールに縛《しば》り、あっさりした形の白いワンピースを着ていた。

「こんにちは。お手紙ありがとう」

こう言ったのは、フー子ではなく、かすれた声のマリカだった。——マリカへ書いた返事のことを言っているのだ。「わたしも汀館《みぎわだて》に行くことにする。とても楽しみにしている」という内容のことを、フー子はすぐに書き送ったのだ。とっておきの便箋《びんせん》に、マリカの手紙の三倍はある文章をしたためて。そんな長い手紙を出したことを、フー子は少し恥《は》じていた。

椅子《いす》にすわったマリカは、不思議な笑《え》みを浮《う》かべたまま、きょろきょろしたり、フー子を見たりしていたが、はにかんでいるのか、自分から口をきこうとはしなかった。フー子もまた、曖昧《あいまい》な笑《え》みを浮《う》かべたまま、だまっていた。

客のもてなしには向かないふたりの大人と、はにかんだきりのふたりの少女――。フー子は、紅《こう》茶《ちゃ》とカステラだけが救いであるかのように、口に運んだ。奇妙《きみょう》でぎこちない時間の流れではあったが、過ぎてしまうのは惜《お》しいような、つかみどころのない心地よさもまたあった。――いかにも、母とは、そりのあわない心地よさだ。

その中で交《か》わされた、祖父とマリカとの会話から、マリカが、毎夏祖父をたずねているわけではないのがわかった。

「この前会ったのは、一昨年《おととし》だったね。去年は来たの？」

と祖父がきくと、

「はい、来ました」

と、マリカはためらわずに答えた。汀館《みぎわだて》に来たからといって、自分のところに顔を出さないということなど、祖父にとっては、どうでもいいことなのだろう。マリカもまた、それを気にかけて、隠《かく》したりはしないのだ。

「フー子ちゃんはピアノを弾《ひ》く？」

と、唐突《とうとつ》に祖父がきいた。フー子はあわてて首を振《ふ》った。三年生でやめてしまったピアノを、「弾《ひ》ける」とは言えない。すると祖父は同じことをマリカにきいた。マリカは、

「はい」

と答えた。

「そのピアノ、ちょっと弾《ひ》いてよ。さわる者がいないから、音は悪いだろうが」

と、祖父は言った。「ええっ……」というような、ためらいのことばを発するものと、フー子は思った。だがマリカは、こうべをめぐらせて、部屋の隅《すみ》にある古家具のようなピアノを認めると、「ああ、あれ……」とつぶやいて、さっさと立ちあがった。その態度は、「弾《ひ》いてよ」「いやよ」の押《お》し問答《もんどう》という手続きを踏《ふ》まなければ、けっして弾《ひ》きはじめない、クラスの女の子たちとは、まるで異質《いしつ》のものだった。

見慣れたピアノより、ずいぶん小ぶりに見える、古いピアノの蓋《ふた》を開けると、マリカは背《せ》もたれのない、木の椅子《いす》に腰《こし》をおろした。鍵盤《けんばん》に指を落とす前の、凝《こご》ったような沈黙《ちんもく》の中で、マリカのまっすぐな背《せ》が、さきほどの態度に似て、水際立《みずぎわだ》って見えた。

不意にピアノは奏《かな》でられた。聴《き》いたことのない旋律《せんりつ》だったが、それが、遠い異国《いこく》の悲しいような情熱をうたった曲であるのが、フー子にもわかった。響《ひび》きのよくないピアノは、ポロンポロンとせつない音を出し、それがかえって、妙《みょう》な趣《おもむき》をそえた。

だが、何よりまして、そんな趣《おもむき》をかもしだすのは、あのマリカの弾《ひ》き方《かた》だ——。フー子は、マリカの姿《すがた》を食い入るように見つめながら、音をとらえようと、耳をかたむけた。速い曲ではなかったし、混《こ》み入《い》った楽譜《がくふ》が想像されるような曲でもなかった。そのためか、弾《ひ》きちがえることはない。だが、うまいのかへたなのかが、わからなかった。心もち長く引きのばされたかと思うと、あるところではわずかに物足りなく、かと思うと、とつぜんつんのめったように駆《か》けぬけて、聴《き》く者の耳を安らわせようとしないのだ。だが、なぜか、惹《ひ》きつけるものがあった。……そう、惹《ひ》きつけるのだ。すると、不正確に思われるそのテンポさえ、やがて、ぜひそうでなければならないかのように聞こえはじめる。

薄暗《うすぐら》い部屋、茶色のピアノ、長い首、長い手、長い指、その指先が生みだす、奇妙《きみよう》な美しさ……。一枚《まい》の絵でもあるかのように、フー子はその光景に吸《す》いこまれた。ピアノの上に並《なら》べられた、大小さまざまの人形が、その光景にひどく溶《と》けこんで見えた。ロシアの入《い》れ子《こ》人形マトリョーシカ——。人形たちは、長い沈黙《ちんもく》の果てに奏《かな》でられた、ピアノの音色に呼《よ》び覚《さ》まされて目を開き、あたかも今、マリカを見つめながら、その音色を楽しんでいるかのように見えるのだった。

マリカが作りだす、奇妙《きみよう》な魅力《みりよく》と不可思議さを帯びたその曲は、そのようにしてあたりを支配し、フー子をとらえたのだ。そんな思いは初めてだった。

やがて静寂《せいじやく》が訪《おとず》れ、マリカが、にこっと笑い、三人の方を向いた。その笑顔《えがお》は、たった今奏《かな》でられた曲と、同じ印象をフー子にあたえた。

それからまもなく、マリカは、マリカの母方の親戚《しんせき》のところへ帰っていった。

フー子と祖父は、坂下のバス停まで、マリカを見送りに行った。遠くに海を見ながら坂を下って

いく途中《とちゅう》、フー子は、腹立《はらだ》たしく、そして悲しかった。いっしょに夕食さえとらずに、マリカは帰ってしまうと言うのだ。フー子をここにひとり残して。あんな手紙をよこしたくせに。まだ何もしゃべっていないのに。もう、これっきりなんだろうか……。マリカが、描《えが》いていたとおりの、いや、それ以上に「マリカそのもの」であったことが、フー子の心を掻《か》きみだしていた。

道の向こうから、まるでせりあがってでもくるようにして、バスがあらわれた。フー子は、きゅっと唇《くちびる》をかんだ。

するとマリカは、フー子を振《ふ》りむいて、

「フー子ちゃん、まだいるんでしょ?」

と、たずねた。フー子は、なんだかむっとした。

(あたりまえじゃない。わたし、さっき来たばかりなのよ)

と、いじわるな口調で言ってやりたい気がした。でもフー子は、すねた子どものように言った。

「うん。まだいる。……マリカちゃんは?」

「あたし、まだずっといる。今度、遊ぼう?」

マリカは、はにかむように言った。

その一言で、フー子の腹立《はらだ》ちは、期待に変わった。フー子は、

「今度っていつ? 明日? 明後日《あさって》?」

と、たずねそうになるのをおさえた。夏休みは、はじまったばかりだ。マリカは、まだ、ずっとい

る。急ぐことはないのだ。

バスに乗りこんだマリカが、ふたりを見おろして、えもいわれぬ笑顔《えがお》を見せた。フー子もまた、思いきりの笑《え》みを返した。

夕暮《ゆうぐ》れに、祖父と並《なら》んで、去っていくバスに手を振《ふ》っていると、フー子は、自分がこの背《せ》の高い老人の孫であり、これからいっしょに暮《く》らすのだということが、急にうれしさとなって込《こ》みあげてきた。

3 窓《まど》の向こう側

祖父の家に戻《もど》ったフー子は、スーツケースを持ち、リサさんに従った。

玄関《げんかん》をあがったところのせまい板の間には、擦《す》りきれたビロード張りの赤いソファーと小さな籐《とう》椅子《いす》とが、寄《よ》せ木《ぎ》細工の電話台をはさんで、いかにも窮屈《きゅうくつ》そうに並《なら》んでいたが、それは、階段を使う必要に迫《せま》られて、とりあえずそんなふうに置きなおした結果らしかった。たぶんこの家では、二階に行く用などは、ごくまれにしかないのにちがいない。リサさんにならい、身体《からだ》をはすにして籐《とう》椅子《いす》の脇《わき》を通ると、フー子もつづいてその階段《かいだん》をのぼった。

階段《かいだん》をのぼりきったところで、フー子は、眩《まぶ》しさに目を細めた。せまい踊《おど》り場《ば》の正面には、ガラス窓《まど》があって、そこから、オレンジ色の強い西陽《にしび》が差しこんでいるのだ。

「こっちよ」

リサさんは、くるりと向きなおると、西陽《にしび》を背にして、手すりのある廊下《ろうか》を歩いていき、奥《おく》の方の扉《とびら》を開けた。

木の扉《とびら》には似合わず、そこは畳《たたみ》の部屋だった。すわり机《づくえ》があり、布の笠《かさ》をかぶった電気スタンドが置いてある。褪《あ》せた藤色《ふじいろ》の笠《かさ》には、月の砂漠《さばく》を進む二頭のラクダが、黒いシルエットで描《か》かれていた。

「上から二番目の引きだしをあけておいたから、使うといいわ」

リサさんが、引きだしだんすを指して言った。

それから、部屋と階段の電気のつけ方、洗面所の場所——それに洗面所の電気のことまでを、一度に、でもていねいに説明した。

「窓《まど》の鍵《かぎ》はわかるわね」

言われたことをフー子が確かめてみるまもなく、

「それと、端《は》ぎれのことだけど」

と、リサさんは同じ話のつづきのような調子で言った。

「下の、いちばん奥《おく》の左がわたしの部屋だから、取りにきてちょうだい」

そして、濃《こ》いまつげに縁《ふち》どられた、きらきらと光る目でにっこりとほほえむと、リサさんは出ていった。

ひとりになると、フー子はすぐに、開け放された窓《まど》によった。時計塔《とけいとう》の白い文字盤《もじばん》が斜《なな》めから見え、つらなる家々の屋根が見え、その向こうに海が広がっていた。その海は、空とひとつにつながり、どこまでもつづいているように見えた。船がゆっくりすべっていく。目を転じると、遠くに、教会の緑色の尖塔《せんとう》が望まれた。なんという眺《なが》めだろう。団地の一棟《むね》で生まれ育ったフー子にとって、それは、戸惑《とまど》いをおぼえるほどに美しく映《うつ》った。

その光景に重なるかのように、今日出会った人々の顔が浮《う》かぶ。およそ夢など入りこむすきのない、実際的な自分の家族とは、みな、どこかちがっていた。フー子は、もう一度マリカに思いをはせて、胸《むね》をときめかせた。

持ち物を簡単《かんたん》にかたづけると、フー子は、気持ちを整えて部屋を出た。今しがたまで話していたリサさんのところへ行くのでさえ、なんだか緊張《きんちょう》した。端《は》ぎれなど、何もついた日の今日、さっそくもらう必要などなかったが、ああ、リサさんに言われたら、やはり今行かないわけにはいかない気がした。

そんな物が入り用なのは、宿題のためだ。端《は》ぎれと厚紙を使って、あき箱の中にミニチュアの部屋をこしらえるという家庭科の宿題を、汀館《みぎわだて》での仕事にしようと決めてあったのだ。端《は》ぎれを分けてくれるように、母が前もって、リサさんに頼《たの》んでくれていた。

「リサさん、洋裁《ようさい》やるんだもん。何もここから、ぼろぎれ持っていくことないわよ」

と、母は言った。

玄関《げんかん》と台所の前を通り、つきあたりまで廊下《ろうか》を進んでから、フー子は左手のドアをたたいた。

返事に促《うなが》されてドアを開けたとたん、はずみで、床《ゆか》の上の細かい裁屑《たちくず》が、舞《ま》いあがった。部屋の中ほどに立ち、おおいかぶさるような格好でテーブルの上の裁板《たちいた》にヘラをあてていたリサさんが、

「ちょっと待ってね」

と、目もあげずに言った。

正面には、小馬の輪郭《りんかく》をしたミシンが、出しっぱなしになっており、おしりについた銀色の車が、陽《ひ》を受けて光っていた。部屋の一方には、更紗《さらさ》のカバーにすっぽりとおおわれたベッドと鏡台、もう一方には、洋だんすと引きだしだんすに並《なら》んで、扉《とびら》のついた整理棚《せいりだな》があった。ほどよく整頓《せいとん》され、ほどよく雑然としているその部屋には、落ちついた活気が漂《ただよ》っていた。リサさんのような年配の婦人が、自分ひとりのためのこうした部屋を持っていることに、フー子はわくわくするような楽しさを感じたが、考えてみれば、住みこみの「お手伝いさん」が、自分の部屋を持っているのは、あたりまえなのかもしれない。普通《ふつう》の家のおばさんたちよりも、ずっと自由な感じがした。

「あのね、その整理棚《せいりだな》を開けると、下に行李《こうり》が入っているわ」

フー子は我《われ》にかえって、言われたとおり扉《とびら》を開けると、手近にあった行李《こうり》を力いっぱい引っぱりだした。ふくれあがるほどたくさん、きれが入っていた。

「好きなの取って」

リサさんは、あいかわらず、ごしごしとヘラを動かしながら言った。

フー子は、しゃがみこんで、遠慮《えんりょ》がちに行李《こうり》を探《さぐ》った。端《は》ぎれとはいえないような、ひとたたみ

もあれば、まるく裁《た》った残りもあった。花柄《はながら》のブロード、つるつる光る裏地《うらじ》、厚地の羅紗《らしゃ》、何を作ったかと思うようなラメ入り……。裁縫《さいほう》は嫌《きら》いなのに、色と模様《もよう》がごったがえす行李《こうり》の中をのぞいていると、しだいに心が躍《おど》った。朱《あか》い陽《ひ》のあふれる部屋の中で、静かに、生地《きじ》の豊かさとたわむれながら、フー子は、満ちたりた喜びを感じた。

(ああ、汀館《みぎわだて》に来てよかった……)

「フー子ちゃん、食べられないものある？　うち、晩《ばん》ごはんが遅《おそ》いから、これからしたくするんだけど」

不意に話しかけられて振《ふ》りあおぐと、リサさんは真剣《しんけん》な目つきで、裁《た》ちバサミを動かしていた。好《す》き嫌《きら》いのないことを告げると、「そう」と言ったきり、リサさんは、ハサミの音だけをジョリジョリいわせた。

(何を作ってるのか、きいた方がいいんだろうか……)

沈黙《ちんもく》がやや窮屈《きゅうくつ》になって、フー子は、行李《こうり》をかきわけながら、話しかけるべき言葉を探《さが》した。すると、

「さ、今日はやめにしよう」

とリサさんがひとりごとを言いながら、裁板《たちいた》の上の布地をひとつにまとめ、ミシンに、てきぱきとおおいをかぶせた。そして、

「あと、しまっててちょうだい」

と声をかけて部屋を出ていった。

部屋が急にしんとなった。フー子は、とたんに、とり残されたような寂《さび》しさを感じた。つれなくされたようにも思った。

（汀館《みぎわだて》に来るの、ほんとは、迷惑《めいわく》だったのかしら……）

少しのむだもなく手を動かしていたリサさんのことを思い、フー子は、たちまち不安になった。大人たちの荷物になり、マリカと親しくなることもなしに、虚《むな》しく日々を過ごす、という恐《おそ》れていた事態が、急に現実のことに感じられた。

（だけど……だけど……来てもいいって、言ってくれたんだから……。それに、マリカちゃんだって、遊ぼうって……）

縁《ふち》にかけていた両手を行李《こうり》につっこむと、フー子は、やみくもに中をかきわけた。豊かに見えていたきれが、どれもみな、よそよそしく感じられた。

濃《こ》い牡丹色《ぼたんいろ》と緑色の模様《もよう》が目に入ったのは、行李《こうり》の奥底《おくそこ》をのぞいたときだった。フー子は、人目を惹《ひ》くその布を、力いっぱい引っぱりあげた。

それは、裁《た》ったところのない真四角のきれだった。縁《ふち》には、ぼろぼろになった房《ふさ》がついていて、古めかしかった。

「これ、スカーフだ……」

フー子は、大きく手をのばして、それを広げてみた。ぷんと甘《あま》い香《かお》りがしたが、古いきれ特有の匂《にお》いなのだろう。

手ざわりのよいウールで、濃《こ》い牡丹色《ぼたんいろ》の地に、深緑で草と蔓《つる》とが描《えが》かれており、ところどころに白い花があしらわれている。何の印かわからぬが、きれの中ほどに、黒いだるまのような形も、いくつか描《えが》かれていた。それに混じって、四つ足の動物の模様《もよう》も、いくつか黒く描《えが》かれている。何とも奇妙《きみよう》な感じの柄《がら》だった。身につけるには、いかにもやぼったい気がした。

「こんなの、だれがするんだろう？」

よい品物らしかったが、結局のところ端《は》ぎれあつかいされて、行李《こうり》に入れられているのは、もっともだとフー子は思った。

フー子は、スカーフをたたみなおして、行李《こうり》の奥深《おくふか》くへしまいこんだ。

花柄《はながら》のブロードや、チェックの綿や、色のきれいな無地のきれを何枚《なんまい》かまとめて抱《かか》え、二階への階段《かいだん》をのぼったとき、踊《おど》り場《ば》の先にある窓《まど》を見て、フー子は、その窓《まど》がふと気になった。さっきのぼったときには、強い西陽《にしび》のせいで気づかなかったが、それは、変な位置に付けられた窓《まど》なのだった。踊《おど》り場《ば》からさらに三段《だん》ほど、階段《かいだん》をのぼったところの壁《かべ》に付いているのだ。変なのは、窓《まど》ではなく、その階段《かいだん》と言うべきかもしれない。

(変な階段《かいだん》……。どうしてこんなところに付いているんだろう)

フー子は、その階段《かいだん》をのぼってみた。ちょうど、顔の高さから上が、窓《まど》だった。窓《まど》からは、かなり離《はな》れて、裏《うら》の平屋が見えた。この辺はもう山にさしかかっていると言ってもいいほどだったから、上に建つ平屋は、ここの二階と似たような高さになるのだろう。

フー子はもう一度、なぜ、窓《まど》にいたるために階段《かいだん》があるのかといぶかしんだ。すると、窓下《まどした》の、壁《かべ》の左端《ひだりはし》に、五センチ四方ほどの四角を描《えが》くように、釘《くぎ》の跡《あと》が残っているのに気づいた。それがもしドアだったなら、取っ手が付けられるべき場所だった。その下には小さなかんぬきも付いていた。畳《たたみ》一枚《まい》の大きさの、その壁《かべ》のぐるりをよく見ると、上から木を打ちつけてあるのも、はっきりわかった。

(ここ、ドアだったんだ……)

それから、ガラスを区切る窓枠《まどわく》に、黒く錆《さ》びた、大きなまるいペンダントのような物がかかっていたのに気づいた。

フー子は、ぼんやり窓《まど》の向こうを見やりながら、時計塔《とけいとう》の盲《めし》いた熾天使《してんし》を思ったり、この家の人々やマリカのことを思ったりして、心が騒《さわ》ぐのを感じた。何なのだろう、何かつかみどころのない、たまらなくすてきな、でも、どこか不穏《ふおん》なものが自分をとりまき、惑《まど》わすような予感が、フー子の胸《むね》のうちをよぎった。そしてフー子は、その感覚に、一瞬溺《いっしゅんおぼ》れた。そのとき。

コチ、コチ、コチ、コチ——。

フー子の耳もとで、時を刻《きざ》む音がした。かかっていたのは、ペンダントなどではなかった。懐中《かいちゅう》

時計《どけい》だったのだ。閉じていたはずの蓋《ふた》が、今はぱくりと開いて、秒針《びょうしん》が動いていた。残りの二本の針《はり》は三時を指していた。フー子は、針《はり》を見つめたまま、ゆっくり一段《だん》、あとずさった。

フー子の瞳《ひとみ》の中で、何かが、少しずつ形を変えた。そう、時を刻《きざ》む針《はり》、そして、懐中時計《かいちゅう》そのものが、変わってゆくのだ。少しずつ開き、少しずつ色づく……。それは、徐々《じょじょ》に花になった。

大きく開いた白い花びらの中に、さらにもうひとつ、紫《むらさき》がかった糸のような花びらを持つ花が開いていた。それはあたかも、秒刻《びょうきざ》みの文字盤《もじばん》を思わせた。その中心からは、赤と緑の針《はり》――いや、おしべとめしべがのびている。おしべとめしべは、コチコチコチ、という音に従《したが》い、時を刻《きざ》んでいた。時計をつるしていた黒く錆《さ》びた鎖《くさり》は、濃《こ》い緑の葉が何枚《なんまい》か生え出た蔓《つる》に変わっていた。

フー子は、そのままの姿勢《しせい》で息をとめ、また一段《だん》、階段《かいだん》をおりた。ふと、窓《まど》の様子が、どこかちがうことに気づいた。フー子は、思いきって、おりた階段《かいだん》を再びのぼった。そして、窓《まど》をのぞいた。

窓《まど》の向こうは、緑の園《その》だった。見おろす位置にあるのではなく、フー子の立っている高さから、はじまっているのだ。それは、霧《きり》におおわれたようにぼんやりしており、温室のようでも、庭園のようでもあった。フー子を誘《さそ》うかのように、まっすぐの小径《こみち》がのび、途中《とちゅう》で左右に分かれているのが見えた。小径《こみち》をはさんで、青々と、緑の葉が生《お》い繁《しげ》る。その葉の間から、くるりくるりと渦《うず》を巻《ま》いてのびる蔓《つる》が見え隠《かく》れしていた。ところどころに、白い花が咲《さ》いているのは、今フー子のとなりで咲《さ》いているのと同じ花だろうか。

（あの道、どこにつづいてるんだろう……）

フー子は、ぼうっとした頭で思った。今見ているものは、ほんとうのものではない、とフー子にはわかっていた。それなのに、緑を縫《ぬ》ってつづく、小径《こみち》の行方《ゆくえ》を知りたいと思った。でも、窓《まど》の向こうに踏《ふ》みこんでいく、手だてがわからなかった。いやほんとうは、そんなことを本気でしたいとは思わなかったのだが——。

すると、まもなくその光景はかすみ、あきれるほどそっけなく、裏《うら》の家があらわれた。窓枠《まどわく》には、錆《さ》びた蓋《ふた》の懐中時計《かいちゅうどけい》がかかっていた。

4　祖父の部屋で

部屋に戻《もど》ったフー子は、腕《うで》の中の端《は》ぎれをどさりと畳《たたみ》の上に投げだすと、海の見える窓《まど》によって、大きな息を何度もついた。

少しずつ夕闇《ゆうやみ》が迫《せま》る街は、透明《とうめい》な水色をしていた。

(何だったんだろう……あれ、何だったんだろう……)

フー子は、カーテンをにぎりながら、必死で唇《くちびる》をかんだ。

何か不思議な、すてきなことが起こるのを、いつも心の隅《すみ》で待《ま》ち焦《こ》がれていたのに、そして、汀《みぎわ》館《だて》でこそ、それは起こるかもしれないと思っていたのに、フー子は、やはりひどく動揺《どうよう》し、気味悪く感じた。自分ひとりだけで見たことを思うと、たまらないようなよるべなさを覚えた。

だがほんとうに、それはフー子しか知らないことなのだろうか。祖父やリサさんが、知らないはずがあるだろうか。

(そうだ……ふたりにたずねてみなくちゃ……)

そう思うと、少し救われる気がした。

が、とたんに、それはまずいと思いなおした。もし、今見たものがふたりの秘密《ひみつ》で、他人には気づかれたくないと思っていたなら？　……でもそれなら、二階の部屋を用意してくれたりはしないだろう。……じゃあ、ふたりが魔法使《まほうつか》いで、あそこにフー子をおびきよせようとしているというのは？　……ああ、それは、いかにもばかばかしい。

（――ばかばかしい？　そんなこと言える？　あんな不思議なもの見たっていうのに）

しかし、そんなたくらみがあるのなら、扉《とびら》を打ちつけているわけがわからなかった。

（そうよ。あそこは、扉《とびら》だったのに、わざわざふさいであるんだ……）

そう、この家の人は、きっと何か知っている。それも、何か忌《いま》わしいことを……。ならば、フー子が、幻《まぼろし》を見たことを知ったら、驚《おどろ》いて眉《まゆ》をひそめるにちがいない。あの幻《まぼろし》は不吉《ふきつ》なことが起こるまえぶれであるとか……あの窓《まど》からだれかが落ちて死んだとか……。

フー子はそこまで考えて、ハッとした。そうだ。それは、ありうることではないか。だから扉《とびら》を打ちつけたのだ。もとは、いったいどこに行くための扉《とびら》だったのだろう。階段《かいだん》まで設けられているのだ。昔、あの向こうは、庭だったのだろうか。いやいや、宙《ちゅう》に浮《う》くような庭なんかあるはずがない。

（だけど、何か悪いことがあったってことは、きっと当たってる……ああ、でもあの庭はいったい何なんだろう）

「すてきなべつの世界」を空想するのが、フー子のひそやかな楽しみでもあったはずなのに、あの誘《さそ》うような庭園に、少女らしい夢を重ねてみることは、なぜかできなかった。

（あたし、よくないことに、巻《ま》きこまれるのかもしれない……）

しまいにフー子は、そう考えた。だが、「目の錯覚《さっかく》だったのよ」と言いきって忘《わす》れてしまうには、フー子の好奇心《こうきしん》は強すぎた。第一、扉《とびら》をあえてふさいでいるというのは、幻覚《げんかく》でも何でもない、まぎれもない事実なのだ。

フー子は、大人たちを動揺《どうよう》させず、また何も気《け》どられずに、見たものの謎《なぞ》を探《さぐ》ろうと決めた。あの祖父やリサさんに、さりげなくものをたずねることなど、できるのだろうか、と思わずにはいられなかったが。

（でも、そうしよう――）

フー子は、まだもやもやとする心の中で、ゆっくりとつぶやいた。

街は、とっぷりと日暮《ひぐ》れていた。フー子は、窓《まど》を閉めカーテンを引いた。そのとき、急にマリカのことを思いだした。

「そうよ！」

フー子は思わず叫《さけ》んだ。いちどに胸《むね》が高鳴った。どうしてマリカのことを思わなかったのか。マリカに話すのだ。マリカにだけ、話すのだ。マリカと分けあう秘密《ひみつ》に、これ以上のものがあるだろうか。そして、ふたりで探《さぐ》るのだ。これならば、自分の方からマリカに声をかけたって、ちっともおかしくない。

フー子は、自分が暗闇《くらやみ》に立っていたことにようやく気づき、部屋の電気をともした。

古びた台所にふさわしい、弱い白熱燈《はくねつとう》の下で、三人は、テーブルについていた。フー子を迎《むか》えたせいか、食卓《しょくたく》には、皿がにぎやかに並《なら》んでいる。スパゲッティのサラダも、テーブルの一隅《ひとすみ》を飾《かざ》っている。食べてみなくとも、それが蜂蜜《はちみつ》の味つけなのがフー子にはわかる。母のもりつけと同じだから。そうなのだ……母はこの台所で、リサさんの作ったものを食べながら暮《く》らしていたのだ。わかっていたはずのことなのに、それは、やはり意外な感じがした。

祖父もリサさんも、食事中にテレビを見る習慣はないらしかった。そもそも、この家にそんな物があるのかどうかさえ、わからない。祖父は、お酒を飲み、午後のお茶のときより多くしゃべった。

「そうだ。あとで、チェスをやらないかい?」

と、祖父はフー子に言った。フー子が口を開くより先に、リサさんが、

「まあ、そんな趣味《しゅみ》があったんですか」

と、あきれた口調で言った。

「いやあ、趣味《しゅみ》とはとても言えないよ、これだけやってないんだ。だけど、おぼえてないかな。ぼくが誘《さそ》ったら、勝負ごとは嫌《きら》いですと、リサさん、けんもほろろに断ったじゃないの。だから、あれ以来、誘《さそ》わないんだよ」

祖父はそう言って笑った。

「……そりゃまあ、嫌《きら》いですけどね、そんなこと言いましたっけね」

リサさんは、ちょっと口をとがらせた。

「言ったとも。そういうふうに口をとがらせて、しゃっちょこばって言ったの、ぼくは忘《わす》れていないよ」

ふたりのやりとりがなんだか楽しくて、フー子はほほえんだ。それに、何かを断るときの、リサさんの毅然《きぜん》とした態度が目に浮《う》かぶようで、おかしかった。

だが、せっかく祖父がそんなことを思いつき、自分と時を過ごしてくれようとしているのに、失望させるしかないのだと思うとつらかった。

「わたし、チェスって、友達の家で、一回、おしえてもらったことがあるだけなんです。もちろん、もう、何にもおぼえてません」

フー子は正直に答えて、すまなそうな顔をした。祖父はほほえみながら、「そう」と言ってフー子を見ただけだった。ひどくやさしそうなその顔を見たとたん、フー子は、「この祖父ともっと話をしたい」という思いに駆《か》られた。そして、祖父にものをたずねるのは、怖《こわ》いことでも何でもない、という気がした。フー子は、大急ぎで言った。

「でもわたし、やってみたい」

祖父は、目を大きくして、また笑った。

「すませてしまいたいことがあるから、一時間ほどしたら部屋に来なさい」

と、祖父が言ったとき、フー子はしみじみ、父方の「おじいちゃん」とはちがうと感じた。「おじいちゃん」が遊ぼうと言うときは、「おばあちゃん」が食事のあとかたづけをはじめるかはじめないかというころに、もうゲームは白熱し、茶の間は大騒《おおさわ》ぎになっているのだ。「一時間後」に祖父の部屋をたずねていくだなんて、「おじいちゃん」に当てはめて考えたら、何と滑稽《こっけい》なことだろう。だが、ここではそれが、いかにも自然だ。

だが、食後に時間ができたのは幸いだとフー子は思った。遅《おそ》くならないうちにマリカに電話をかけて、早く会いたいと言いたかった。だがそのときになって、フー子はハッとした。マリカのいる親戚《しんせき》の家など、知らないのだった。祖父なら知っているだろうか。だが、それをきいたとしても、今電話を借りて、「会いたい」と告げることなど、とてもできないとフー子は思った。今日会ったばかりのマリカに、そんな電話をかけているのが祖父やリサさんに聞かれたら、いぶかしく思うにちがいない。フー子は、自分が、おしゃまで人なつこい女の子でないことが今さらながら悔《く》やまれた。そんな子であれば、マリカにだって、「連絡先《れんらくさき》をおしえて」と言うことも、「話したくなったら、電話していい？」とたずねることもできただろう。そして、会ったばかりのその夜に、もう電話をかけたって、ほほえましいくらいにしか思われなかっただろう。だが残念ながら、フー子は、そんな女の子ではないのだ。

祖父の部屋は、お茶を飲んだ北向きの部屋の奥《おく》にあった。フー子は、薄暗《うすぐら》い灯《ひ》をともした、ひんやりするその部屋をぬけ、祖父をたずねた。

祖父は、大きな机《つくえ》の前で椅子《いす》の背《せ》をそらせ、くつろぐような格好で本を読んでいた。天井《てんじょう》の高い、広い部屋だというのに、ともされているのが机《つくえ》の上のスタンドだけだったので、「ああ来たね」と言いながらフー子に向けた祖父の顔は、陰《かげ》って見えた。祖父は立ちあがって、ずらりと並《なら》んだ本棚《ほんだな》の前へ行くと、中ほどの棚《たな》から、市松模様《いちまつもよう》の板をひょいとおろした。

「その椅子《いす》を持っておいで」

フー子は、影《かげ》におおわれた部屋の中に急いで目を走らせると、壁際《かべぎわ》にあった木の椅子《いす》を、言われたとおりに運んだ。

大きな机《つくえ》の脇《わき》にしつらえられた、細長いテーブルの上の洋酒瓶《ようしゅびん》が、琥珀色《こはくいろ》に光っていた。祖父は机《つくえ》の前の椅子《いす》を回転させてすわると、さっそくチェスの駒《こま》を並《なら》べはじめた。

驚《おどろ》いたことに、それは、まったくかわいらしいチェスだった。きれいに彩色《さいしょく》された、木のロシア人形が、駒《こま》なのだ。歩兵たちは、一方は赤の、一方は黄のスカーフをかぶり、花柄《はながら》の服を着ていた。馬は、鼻の長いツチブタにそっくりだった。どれもみな、にんまりほほえんでいて、戦いには向かない顔をしていた。フー子が見入っていると、

「もう、四十年ほども前の物だよ。作られたのは、もっと前だろうねえ」

と、祖父が言った。そして、

「フー子ちゃんは、このチェスが好き?」

とたずねた。

「ええ。だって、こんなにかわいい……」

フー子がそう答えると、祖父はまた、やさしそうな笑顔《えがお》を見せた。


祖父におそわりながら、フー子は懸命《けんめい》に駒《こま》の役割《やくわり》をおぼえ、最後に一度、試合をした。祖父に、頭の悪い子だと思われるのがいやだったので、フー子はその間、ほかのことはいっさい忘《わす》れて、チェスに没頭《ぼっとう》した。むろん、勝つはずはなかったが、祖父は最後に、

「きっと強くなるよ」

と言った。どんな大人でも、子どもを失望させないために、そんなことを言うのは知っていたが、この祖父に言われたのは、うれしかった。

祖父は、ゆっくりした手つきで、ひとつずつ駒《こま》を箱に入れた。

祖父が洋酒瓶《ようしゅびん》に手をのばし、グラスに注いだとき、「もうお帰り」と言われそうな気がして、フー子は焦《あせ》った。ぜひ、きいておかなければならないことがあるのだ。心臓《しんぞう》がドキドキと音をたてていた。でもフー子は、言葉が自然に流れでるのを願って、口をきった。

「二階に行く途中《とちゅう》で、ちょっと気になったんですが、階段《かいだん》をのぼったところに、また階段《かいだん》があるのは、どこに行くためだったんですか？」

祖父は、かたむけていたグラスを、口もとでぴたりと止めた。フー子は、とっさに後悔《こうかい》した。何

と直接的なきき方をしてしまったんだろう。たとえば、二階からの眺《なが》めのことなどを話題にしたあとで、もっと上手《じょうず》にそこにもっていくことだってできただろう。

だが祖父は、機嫌《きげん》を損ねたようではなかった。ただ、次に口を開いたとき、その声には、あきらめたような、寂《さび》しい響《ひび》きが確かにあった。

「あそこはねえ、物干《ものほ》し台《だい》に行く階段《かいだん》だったんだ。あの窓《まど》のある壁《かべ》ね、あれ、昔はドアになってたんだよ」

(……ああ、物干《ものほ》し台《だい》か……)

フー子は、口の中でくりかえした。あまりに呆気《あっけ》なく、階段《かいだん》と扉《とびら》の謎《なぞ》が解けてしまった気がした。言われてみれば、何でもないことだった。なるほど、物干《ものほ》し台《だい》か……。

だが、それではなぜ、祖父の声は沈《しず》んでいるのだろう。すると祖父が、フー子をまっすぐに見てたずねた。

「お母さんは、フー子ちゃんに、自分の母親、つまり、おばあさんの話をしたことがある?」

「はい。少しだけ聞いたことがあります。母が小さいときに、亡《な》くなったって……」

フー子は、そこまで言って、一瞬《いっしゅん》のうちに、祖父が言わんとしていることがわかった。祖母は、物干《ものほ》し台で洗濯物《せんたくもの》を干《ほ》していて、そして落ちたのにちがいない。祖父が、まるでフー子の心を読んだかのように、言った。

「そうなんだ。木が腐《くさ》っていってね……」

祖父はつらそうに見えた。

フー子は、自分は何てばかなのかと思った。あのドアからだれか落ちたのではないか、とまで想像していながら、祖母のことを考えもしなかったとは。そして、いちばん思いだしたくなかったにちがいない、そのことを、祖父に言わせたなんて。フー子は、自分の残酷《ざんこく》さを恥《は》じた。

「とりこわして、それきりなんだ」

と祖父は言い、琥珀色《こはくいろ》のお酒を一口飲んだ。そして、フー子の瞳《ひとみ》をじっとのぞいた。そらすこともなく自分に注がれるその視線《しせん》に、フー子はたじろいだ。

(おじいさんは、何か感づいたのだろうか……」

フー子は、あわててうつむいた。

5　向こう側へ

次の日、フー子は、輝《かがや》くように美しい朝の坂道を、海を見ながら下っていった。潮《しお》の香《か》を含《ふく》んだ風が、フー子のおかっぱの髪《かみ》を吹《ふ》きあげる。

坂下のバス停の横に雑貨屋があり、店頭に赤い公衆電話《こうしゅうでんわ》が出ていた。台の下に汚《よご》れた電話帳が置いてある。フー子は、それをつかむと、「カキザキ」という名を捜《さが》した。

朝食のときに、マリカが滞在《たいざい》している家のことを、それとなくたずねると、祖父は、「スギモリチョウのカキザキさん」という名を口にしたのだ。マリカの母方の実家だ。

電話帳には、「柿崎《かきざき》」という家が六軒《けん》ほどのっていたが、杉森町《すぎもりちょう》の人はいなかった。その下の方に、「蠣崎恭之介」と「蠣崎浩平」という名があり、どちらも杉森町の同じ住所になっているのが目に入った。

（これ、カキって読むんだろうか……）

不安だったが、それより後ろは、もう「各」や「角」のつく名前ばかりだったから、「カキ」でよいのだと思い、それを書きとった。

いざダイヤルを回そうとすると、胸《むね》がドキドキして仕方なかった。フー子は、つかんだ受話器を置き、再び坂をおりた。そして、あてもなく歩いた。その間じゅう、頭の中で、言うべき言葉を考えた。

幅広《はばひろ》の道とぶつかったところに、電話ボックスがあった。フー子は、その前で立ちどまると、決心して中に入った。

一軒目《けんめ》のダイヤルを回すと、澄《す》んだ高い声の、でも年配の人らしい、女の人が出た。フー子は、考えていた台詞《せりふ》を、一気にしゃべった。よほどうわずった、早口だったのだろう。くりかえし同じことを言わねばならなかった。

「あ、ああ、トキ子さんのお嬢《じょう》さんね。マリカの祖母です、はじめまして。いつ汀館《みぎわだて》にいらしたの？」

「昨日です」

「そう、それじゃ、まだいらっしゃるわね。あのね、せっかくだったんですが、マリカは、たった今出たんですよ。ここの家族といっしょにね、汽車で海に行ったんです。二泊《はく》ほどで帰ると思いますが……」

電話番号も正しかったし、フー子がだれなのかわかってくれたし、邪険《じゃけん》な応対をされずにすんだというのに、フー子は、泣きたいような気持ちにおそわれた。――マリカには、やっぱり、わたしなんか、べつに何でもないのだ、こっちが思っているほど、マリカは思っていないのだ、そっちの家族には、きっと同じぐらいの子どももいるんだろう、マリカは、その子たちと仲良くしているのだ――。

「もしもし？」

電話の向こうで、マリカの祖母が声を大きくした。フー子は、のどの奥《おく》で「はい」と答えた。

「帰ってきたら、必ずお電話するように言いますね」

と、マリカの祖母は言った。

坂道を登りながら、フー子は、しきりと涙《なみだ》をぬぐった。寂《さび》しいような悔《くや》しいような気持ちで、胸《むね》がつまった。

時計塔《とけいとう》の角を曲がるとき、フー子はそっと文字盤《もじばん》を見あげた。九時四十分を指した時計に、熾天使《してんし》の顔は出ていなかった。

家の前まで来ると、祖父の部屋の窓《まど》が開いていて、本を読む祖父の顔が見えた。うつむいて、眉間《みけん》にしわをよせた祖父は、近づきがたい感じがした。

中に入ると、廊下《ろうか》の奥《おく》から、カタカタカタカタ、というミシンの音が聞こえた。リサさんも、もう仕事をはじめたのだ。フー子は、自分だけがぽつんとひとり、だれの相手にもされず、用もなく、ここにいる気がした。

フー子は、籐椅子《とういす》の背《せ》に、したたかに腕《うで》をこすったのも気にかけず、二階に駆《か》けあがった。

踊《おど》り場《ば》の窓《まど》ガラスに鼻をくっつけて、フー子は、ぼんやり向こうを見ていた。マリカと秘密《ひみつ》を分けあおうと、あんなにはりきっていた気持ちが、いき場をなくし、胸《むね》のうちで足踏《あしぶ》みをしていた。

（でも、たったの二泊《はく》じゃないの……。そうしたら、必ず電話がくるんじゃないの……）

フー子は、惨《みじ》めな気持ちから救われたくて、自分に言いきかせた。マリカが、フー子の知らない子どもたちと、二泊《はく》も海で過ごすということは、考えないように努めた。

フー子は、平屋の屋根を見やりながら、昨日、マリカが部屋に入ってきたときのことや、ピアノを弾《ひ》いていたときのことを、また思った。その音色まで思いだすことができた。マリカの姿《すがた》とその音色は、何と奇妙《きみょう》に、美しかったことだろう。

心の中で旋律《せんりつ》を追っていたフー子は、耳もとで、規則的な音がしていることに、しばらく気づかなかった。

コチ、コチ、コチ、コチ――。

フー子はハッとした。とたんに心臓《しんぞう》が、とびださんばかりに高鳴った。そっと懐中時計《かいちゅうどけい》を見やると、それはもう、花の形に変わっていた。視界《しかい》の隅《すみ》が、徐々《じょじょ》に緑色になるのを、フー子は感じた。

フー子は、おそるおそる、その視線《しせん》を窓《まど》に向けた。そこは、昨日見たのと同じ、緑の園《その》だった。

（どうしよう……どうしよう……ああ……どうしよう……）

フー子は、叫《さけ》びだしたい気持ちだった。でも一方では、今見えているものが、いつまでも消えずにいることを願った。ほんとうのものではない、その緑の園《その》を、だからこそ飽《あ》くまで眺《なが》めていたかった。その小径《こみち》は、いったいどこにつづくのか、咲《さ》きみだれる蔓植物《つるしょくぶつ》の陰《かげ》には何があるのか。食い入るように目を凝《こ》らし、フー子は見た。

(ああ……行ってみたい……あの先に行ってみたい……)

フー子は、思わず手に力を込《こ》めた。その手は、窓下《そうか》の壁《かべ》にふれていたのだ。すると、それは音もなく開いた。

壁《かべ》だったものが、一枚《まい》の扉《とびら》となって、向こう側に開いていた。そしてあたかも、フー子の立っている三段目《だんめ》の階段《かいだん》が長くのびたかのように、小径《こみち》がつづいているのだった。

フー子の手のひらから、冷たい汗《あせ》がじっとりにじみでた。

(行ったらだめだ。行ったら、わたしも落ちて死ぬ)

そうつぶやいた一瞬《いっしゅん》のうちに、フー子は、祖母が物干《ものほ》し台《だい》から落ちて死んだということの、ほんとうの理由を理解した気がした。

——祖母もまた、同じものを見たのだ！

だがフー子は、もうそのことを考えてみることができなかった。そこから漂《ただよ》いでてくる甘《あま》い香《かお》りが、フー子の鼻をプンとつき、考えようとする頭の中を惑《まど》わすのだ。それは、どこかで嗅《か》いだ匂《にお》いだった。それも、つい最近——。フー子は、緑の園《その》の強い誘惑《ゆうわく》に、抗《あらが》いきれなくなるのを恐《おそ》れて、あわてて壁《かべ》のへりにつかまった。フー子は、そうしたまま、片方の足をそっと先へのばしてみた。映写機《えいしゃき》が放つ光の帯を、立ちあがってさえぎる子どものように、その、あやかしの小径《こみち》に足をもぐらせ、かきまぜたいと思ったのだ。

ところがフー子は、そのしっかりと堅固《けんご》な地面の感覚に驚《おどろ》いた。片足《かたあし》は、小径《こみち》を一歩、確かに踏《ふ》みしめているのだ。フー子は、へりにつかまったまま、その足に体重をかけた。沈《しず》みこんでいくことさえなかった。

フー子は、ついに、つかんでいた手を放し、もう片方《かたほう》の足を、土の上におろした。

絡《から》みあいながら生《お》い繁《しげ》る、鬱蒼《うっそう》とした緑の垣根《かきね》にはさまれて、フー子は立っていた。どちらの垣《かき》からも、不格好なほどに渦《うず》を巻《ま》いた茶色の蔓《つる》がとびだしていて、今にも頬《ほほ》にふれそうだった。ところどころに、カッと見開くように咲《さ》いているのは、やはりあの、時計と同じ花で、コチコチコチと時を刻《きざ》みながら、おしべとめしべが回っていた。左右の植物はみな、フー子の背《せ》よりも遥《はる》かに高くのび、空にいたっていたが、その空には、淡《あわ》い霧《きり》がかかっていて、先はかすんでいた。霧《きり》は、ほんのり薔薇色《ばらいろ》に見えた。

フー子は、せつないような思いが、胸《むね》のうちにふつふつと湧《わ》きあがってくるのをおぼえた。このうえもなく魅惑的《みわくてき》な何かが、この庭にひそんでいるのを感じる。今いる小径《こみち》のすぐ先、あるいは、その葉叢《はむら》の陰《かげ》に隠《かく》れているかもしれない。でも、それが何か、まだわからない。ああ、でも、こう

した予感に包まれているのは、何という喜びだろう。まもなく満たされるのがわかっているときには、待《ま》ち焦《こ》がれる気持ちさえが、むしろ愛《いと》おしいくらいだ。胸《むね》が掻《か》きむしられる。

フー子は、惹《ひ》きよせられるように、小径《こみち》を進んでいった。右に行こうか？　それとも左に？……右に行こう。そこもまた、繁《しげ》った蔓植物《つるしょくぶつ》を縫《ぬ》ってのびる小径《こみち》だ。甘《あま》い香《かお》りがときおり鼻をかすめる。もう少し。もう少しで、行きつくだろう。今度は左にそれてみる。また小径《こみち》だ。繁《しげ》みは濃《こ》くなり、白い花が咲《さ》きみだれている。これは、さきほどの花とはちがう。ああ、香《かお》っていたのは、この花だ。なんと甘《あま》く、とろりとした匂《にお》いなのだ……。かすかに、歌声がした。そうだ、ここをぬけると、きっと感じのいいあずまやがあるにちがいない。歌っているのは女の人の声？　その人こそを求めて、ここまで来たのか？　それにしても、ああなんと妙《みょう》な節まわしだ。だが、耳をすますと、もう聞こえない。ぬけた先は、あずまやではなく、またどこかへつづく小径《こみち》だ。

道は、あちらへ、こちらへと曲がりながら、どこまでもつづいている。あるときは、斜《なな》めに、あるときはうねって、またあるときは、ゆるく弧《こ》を描《えが》いて。歌はもう聞こえない。だが、近づく予感と遠のく予感が、交互《こうご》に訪《おとず》れる。求めているのは、何なのだ。どこなのだ。なぜ、たどりつけないのだ。なぜ逃《に》げるのだ。

フー子は、頭を抱《かか》えて立ちどまった。そして、ゆっくり四方を見まわした。あたりは、入ったばかりのときと、ほとんど変わらないように見えた。だが後ろに扉《とびら》はない。そのときになって初めて、フー子は、この園《その》に、迷いこんだのだとわかった。そのとたん、言いようのない恐怖《きょうふ》がおそった。

フー子は、踵《きびす》を返すと、狂《くる》ったように走りだした。右へ曲がり、左へ曲がり、通ったはずの小径《こみち》を捜《さが》した。だが、どの道も同じ貌《かお》をしていた。行けども行けども、また新たな小径《こみち》がはじまってい た。戻《もど》っているのか、進んでいるのかわからない。またかすかに歌声が聞こえては、消えた。

けっして出られないという恐怖《きょうふ》が、フー子の足をもつれさせた。フー子は、ついによろめき、いったん繁《しげ》みにもたれて、そしてころんだ。その拍子《ひょうし》に、何かが落ちた。這《は》ったままの格好で転じた目に、薄桃色《うすももいろ》の小物が映《うつ》った。

フー子は、起きあがって、それを拾った。美しい細工を施《ほどこ》した、珊瑚《さんご》の髪飾《かみかざ》りだった。

(ここに、ひっかかっていたんだ……)

フー子は、今もたれた繁《しげ》みを見あげて思った。だれのかと問うまでもない気がした。そう、それは、祖母の物にちがいない。祖母もまた、髪飾《かみかざ》りを引っかけたことすら気づかずに、狂《くる》ったように駆《か》けたのだろうか。すると、新たな恐怖《きょうふ》がおそった。フー子は、叫《さけ》びだしそうになりながら、再び駆《か》けた。

またひとつ、道を曲がったときだった。おびただしい、緑の群の中に、見慣れぬ色が、ちらりと見えた気がして、フー子は足をとめて振《ふ》りむいた。目の高さほどの茎《くき》に、水色の紙が結んであった。フー子は、急いでそれをはずし、開いてみた。何も書かれていなかった。だがフー子は、とっさに浮《う》かんだ思いつきに、思わず、

「出られるかもしれない！」

と叫《さけ》んだ。

フー子は、道が分かれるところまで来ると、立ちどまって、左右をよく確かめた。一縷《いちる》の望みだった。はずれていたら、もうそれまでだった。だが、フー子の予想は当たっていたのだ。

左の草叢《くさむら》の中から、水色の紙が、かすかにのぞいていた。


道の角を曲がるたびに、細くたたんだ水色の紙が、枝に結ばれているのが見えた。ちゃんと道《みち》標《しるべ》が付けられていたのだ。だが、それを頼《たよ》りに道をたどっていきながら、フー子はいく度も不安と闘《たたか》わなければならなかった。それがはたして、帰り道への道標《みちしるべ》なのかどうかわからなかったからだ。あるいは、この園《その》の、最も深いところへ導く印であるかもしれない。

「それなら、それでもいい。何があるか確かめて、そしてまた戻《もど》ればいいんだ。もう、怖《こわ》くなんかない」

フー子は、心を奮《ふる》いたたせながら歩いた。

とうとうゆくてに、家の中へとつづく、あの扉《とびら》が見えたときには、フー子はすすり泣いていた。

6　映介《えいすけ》

ただもう、階段《かいだん》を三段《だん》おりて、踊《おど》り場《ば》にしゃがみこんだフー子は、やっとのことで、後ろを振《ふ》りむいた。閉《し》めたおぼえはなかったが、そこは、もうもとの壁《かべ》に戻《もど》っていた。窓《まど》に駆《か》けよると、向こうは、裏《うら》の家だった。

フー子は、動悸《どうき》のやまない胸《むね》をおさえながら、部屋に入った。そのまま、畳《たたみ》の上に身を投げだしたいのをこらえて、海の見える窓《まど》べに立って、息を整えた。

だがフー子は、なにげなく見やった時《と》計塔《けいとう》の針《はり》を読んで、再びドキンとした。九時四十五分を指しているのだ。

「さっきは、九時四十分だった……」

家に戻《もど》ってから、たった五分しかたっていないのだ。

(何てことだろう、ああ、何てことだろう……夢を見ただけなら、どんなにいいだろう)

フー子は、あえぎながら思った。だが、フー子の左手には、まだしっかり、髪飾《かみかざ》りがにぎられているのだった。——ほんとうには、ないところから持ってきた、ほんとうにある物……。何と奇妙《きみょう》なことだろう。あの園《その》が開いていないとき、それはどこにあったのだろう。フー子は、硬《かた》く美しい珊瑚《さんご》の面《おもて》を撫《な》でながら、何度も荒《あら》い息をした。

（でも、ほんとうのほんとうは、ないところなんかじゃなくて、あるところなのよ……だから、わたしだけじゃなく、おばあさんも入ったのよ……）

そして、出られなくなったのか？

（ううん、そうじゃない……）

フー子は、水色の紙を結んだのは、祖母にちがいないと思った。祖母はきっと、ときどき入っていたのだ。そして、迷子にならないために、あれを結びながら進んだのではないだろうか。ヘンゼルとグレーテルが、後ろに印を残しながら、森に入っていったように。

（だけども、最後にはやっぱり、落ちて死んだんだ……）

裏《うら》の家との境に横たわる祖母の死体。地面にうつぶして動かない、着物姿《きものすがた》の老人が思《おも》い浮《う》かんだとたん、フー子は、むやみに走りまわっていたことに身震《みぶる》いした。自分もどこかで、ストンと落ちなかったと、どうして言えようか。

「出られない」と感じたときの、あの窒息《ちっそく》しそうな恐怖《きょうふ》と、「死の危険《きけん》」を思うと、これ以上、あの園《その》にかかわっていくことなど、自分にはできないとフー子は思った。

だが、それが友達といっしょならどうだ？　手をつないで、用心しながら、水色の紙に頼《たよ》って歩く――。あるいは、べつの紙を自分たちで結びながら、進んでいく――。もちろん、友達というのは、マリカだ。それならば、行ける。怖《こわ》いにはちがいないが、冒険《ぼうけん》とはそういうものだ。秘密《ひみつ》を話したいというフー子の望みは、今では、中に入るという体験をともに分けあいたいという望みに変わった。

フー子は、ぞくぞくするような力が湧《わ》くのを感じると、開け放した窓《まど》から身をのりだして胸《むね》をおさえ、大きく息をした。

そのときフー子は、玄関《げんかん》を出て歩いていく、祖父の姿《すがた》を下に見た。散歩にでも行くのだろう。それからふと、時計塔《とけいとう》の下に、少年が立っているのに気づいた。少年は、祖父に二、三歩、近づきかけてやめ、そのあとで、まっすぐフー子を見あげた。フー子より少し年上らしいその少年は、フー子に向かって、軽くほほえみかけたように見えたので、フー子は、戸惑《とまど》いがちに身を引いた。

それからそっと下をのぞくと、少年の姿《すがた》は見えず、そのかわり、玄関《げんかん》の鈴《すず》がチリリンと音をたてるのが聞こえた。

「ごめんください」

鈴《すず》の音につづいて声がしたが、リサさんが出ていった気配はない。フー子は、部屋を出て下におりていった。

もしやと思ったとおり、玄関のドアを半分ほど開けて立っていたのは、今しがた見たばかりの少年だった。

「あのう、蠣崎《かきざき》です」

色の黒いやせた少年は、少し恥《は》ずかしそうに名のった。フー子は、その名にハッとした。マリカの親戚《しんせき》に相違《そうい》ない。一瞬《いっしゅん》のうちに、フー子の頭の中で、いろんな思いが駆《か》けめぐった。さっき、電話したことに関係があるの？　……あれからまだ何分もたってないのに？　……それとも、マリカのおつかい？　……フー子が驚《おどろ》いているうちに、奥《おく》からリサさんが駆《か》けてきて、フー子のとなりに立った。

「え、どなた……あ、蠣崎《かきざき》さん。マリカちゃんの……」

リサさんの言葉につづけて、少年は言った。

「はい、いとこです。そこの時計塔《とけいとう》に用があって来たんですが、まだ開いてないものだから、ちょっとたずねてみようかと思いまして……。それにさっき、二階の窓《まど》から、顔が見えたし……」

そう言って少年は、フー子を見て、にこっと笑い、

「フー子ちゃんでしょ？」

と、たずねた。

リサさんは、北向きの部屋に少年を通した。フー子もいっしょにテーブルについた。

少年は、興味深そうな目つきで、部屋の中を見まわした。大きな目がマリカに似ている。

「ぼくねえ、小さいときに、うちのじいさんにくっついて、一度だけこの部屋に入ったことがあるんだ。……うん、おんなじだ」

　少年は、そう言って、ちょっと笑った。

　フー子は、ひどく混乱《こんらん》していた。さっきのできごとでまだ頭がいっぱいだというのに、初対面の少年、それもマリカのいとこと、ふたりきりで向かいあって話をするようなことになろうとは。リサさんも早く来てくれるといいのにと、フー子は思い、身をよじるようにしてすわっていた。だが、そんなことにはおかまいなしに、少年はフー子をまっすぐ見て話しかけた。

「きみ、さっき、初めましてって言ったけど、ぼくは、前に会ったことがあるんだよ」

　そして少年は、七年前に、マリカを見送りに行った桟橋《さんばし》で、やはりマリカを見送りに来ていた、フー子の家族を見たという話をした。

「赤いサンダルをはいてたよ、確か」

「え、赤いサンダル？　おぼえてないわ、そんなこと……。あ、思いだした。うん……そう、そう。ここのおじいさんが買ってくれたんだった。そうだわ……ずっと忘《わす》れてた……」

　フー子は、しだいにうちとけた。

「蠣崎映介《かきざきえいすけ》」と名のるその少年は、慣れなれしいというわけではなかったが、その年ごろにありがちの極度のはにかみがなく、不思議なほど自然で、親しみやすかった。フー子の友人が遊びに来ただけで、家を出ていってしまう、フー子の兄とは、たいそうなちがいだ。

映介は、マリカが家の者たちと海に行って、いないことを話した。フー子は、知っていることを言わずに、

「家族って？」

とたずねた。

「ぼくの親と、兄貴《あにき》と姉貴《あねき》。大学生と高校生さ」

と、映介は答えた。フー子は、自分と同じ歳《とし》の女の子がいて、マリカと親しくしているのではないのを知ると、なんだかホッとして、言葉がなめらかになった。

「時計塔《とけいとう》って、何があるの？」

「あ、まだ入ったことない？　昔の時計とか、カメラとか、写真館のセットとか……。昔、外国から汀館《みぎわだて》に入ってきたそういうものを展示してるんだ。史料館って呼《よ》んでるけどね」

そして映介はちょっと言葉を切ると、

「夏休みの自由研究に、カメラの変遷《へんせん》みたいなこと、やってみようかなと思ってさ」

と、口早に付けくわえた。

「時計を展示してるから、時計塔《とけいとう》を作ったのかな？」

フー子がそう言うと、映介はビーバーのような歯を出して笑い、

「もともと時計塔《とけいとう》があったところを史料館にしたんだよ」

と言った。

映介は、史料館が、昔、女学校だったことや、それが火事で半分焼けて移転したために、残りの半分が、その後しばらく放置されていたことなどを説明した。そして、

「入ったことないならさ、いっしょに行ってみようよ。十一時に開くんだ」

と付けたした。フー子は、喜んで同意した。


リサさんが、果物を持ってやってきた。そして、奥《おく》まったまるい目で映介を見ると、

「映介さん、すっかり大きくなって、わからなかったわ。一度、ここに見えたの、あれ、いつだったのかしら」

と話した。

「四年ほど前です」

と、映介はすぐに答えた。

二言《ふたこと》三言《みこと》話をして、リサさんがいなくなると、映介は、また部屋の中を見まわし、うれしそうな顔でホーッと息をついた。それから、フー子のほうを向いて少し身をのりだすと、

「ほんとのこと言うとね、時計塔《とけいとう》は第二目的なんだ」

と、ないしょ話でもするかのように言った。

そして映介は、小学四年にあがる春休みにここに来たとき、どれほど不思議な感じにおそわれたかという話をした。それまで見てきた、どの家ともちがっていて、なんだか、べつの世界に入った

ような気がしたというのだ。そして、それからというもの、もう一度、時計坂の家――蠣崎《かきざき》の家では、ここのことをそう呼《よ》ぶのだそうだ――に行ってみたいと思いつづけていた、と言うのだった。

一風《いっぷう》変わった感じの祖父にも、ひどく惹《ひ》かれた、とも言った。

「だけど、ぼくの祖父母も遠慮《えんりょ》してるくらいなのに、孫でもないぼくが遊びに来るわけにはいかないからねえ。おじいさんには、そのとき一度会ったきりだけど、さっき、家から出てきたのを見て、すぐにわかったよ。前とちっとも変わってなかった」

そして映介は、満足そうに頬《ほお》づえをつくと、じつはこっそり時計坂を登り、家の近くをうろついたことが、今までに何回かあるのだ、とうちあけて、いたずらっぽく笑った。

フー子は、この家にそんな思いを抱《いだ》いている少年がいたのかと驚《おどろ》きながら、引きこまれるように話を聞いていた。「わたしもその気持ち、よくわかる」と、フー子は言いたい思いだった。そして、もし、この家の秘密《ひみつ》を話したら、映介はどんなに興味をもつだろうという思いが湧《わ》いた。――でも、話す相手は、マリカでなければだめだ。フー子は、話してしまいたい誘惑《ゆうわく》をおさえて、努めてさりげなく言った。

「マリカちゃんが汀館《みぎわだて》に来たときに、いっしょに来ればいいじゃないの」

「うーん、いざとなると、いっしょに行きたいなんてこと、なんだか恥《は》ずかしくて言いだせないんだよね」

映介は照れくさそうに言った。そして、

「それにあいつ、時計坂のおじいさんに会うと緊張《きんちょう》するって言って、汀館《みぎわだて》に来ても、めったにここに来たがらないんだ。ぼくが、時計塔《とけいとう》に用があるから、今度いっしょに行こうよって誘《さそ》ったって、どうものらりくらりしてるんだ。……だけど、フー子ちゃんのことマリカから聞いていたから、それなら、ひとりでもいいやって思ってやってきたのさ。ほんとうは帰りにたずねるつもりでね。ほら、子どもがいるとさ、来やすいじゃないか」

「ふうん……」

フー子は、ぼんやりと窓《まど》の方を見た。フー子がいるというのに、映介に誘《さそ》われても、来たがらないマリカ……。マリカに会いたくて、自分はここまで来たというのに……。あのことを話したくてたまらないのに……。

すると、映介が言った。

「だからあいつ、フー子ちゃんが、杉森町《すぎもりちょう》の家に遊びに来てくれるといいんだけどって言ってるのさ。今度、来てよ」

フー子は、とたんに笑顔《えがお》を見せて、ホッと息をついた。

(ああ、早くマリカに会いたい……)

フー子の胸《むね》は弾《はず》んだ。

十一時になった。ふたりは、史料館に行くことにした。

7　時計塔《とけいとう》へ

塔《とう》に登るのだと思ってはりきっていたフー子は、史料館というのが、塔《とう》に隣接《りんせつ》した建物のことだったので、拍子《ひょうし》ぬけした。そこは古い木造建てで、コールタールの匂《にお》いがする黒い木の床《ゆか》は、歩くときしぎし音をたて、漆喰《しっくい》の高い天井《てんじょう》に響《ひび》いた。

入り口にも、展示室《てんじしつ》にもだれもいなかったが、ふたりが入っていくと、奥《おく》のドアから男の人が出てきて、ふたりを見ながら、だまって壁《かべ》にもたれた。きっと、係の人がいつも待機していなければならないほど、人が来ることはないのだろう。人が来たら、そのつど、番をするという様子だ。

映介《えいすけ》とフー子は、眼鏡《めがね》をかけた陰気《いんき》くさいおじさんの視線《しせん》を感じながら、展示物《てんじぶつ》を眺《なが》めていった。いろいろな形の、見るからに古い写真機が、ガラスケースの中に並《なら》んでいた。ところどころにその説明書きが付《ふ》されている。映介は、持ってきていたノートを出して、自分の書きこみと照らしあわせたり、メモをとったりした。

壁《かべ》には、額に入った黄ばんだ写真がかかっていた。ちょんまげを結《ゆ》った人たちが、不機嫌《ふきげん》な顔で写っている。みな、なぜかたいていい変な方を向いていて、ちょっと滑稽《こっけい》だった。

異国《いこく》とのかかわりがあった港の街らしく、外国人の写真もずいぶん多い。

映介は、ときおり、「へえ……」と興味深そうな声をたてながら、壁《かべ》の写真にも見入っていたが、一八七十何年に何をしたどこどこの国の人、というのを読んでも、フー子にはどうもぴんとこなかった。

映介と離《はな》れて、中央のガラスケースの中をのぞいていたときだった。フー子は、飾《かざ》られている蓋《ふた》の開いた懐中時計《かいちゅうどけい》を見てハッとした。

（あの時計にそっくりだ……）

フー子は、懐中時計《かいちゅうどけい》という物は、祖父の家で見た、あれきりしか知らなかった。だから、みなそんな物なのかもしれないと思った。でも、大きさも、蔓《つる》のような針《はり》の形も、よく似ている。フー子は、その時計と並《なら》んで、小さな金色の置き時計と、鳥をあしらった、しかけ時計が飾《かざ》ってあるのを見てから初めて、それらが、あるひとりの外国人によって作られ、汀館《みぎわだて》にもたらされたものだと知った。『チェルヌイシェフ作・一九二十年代』と書かれた紙が付《ふ》されていた。

そのときフー子は、トントンと肩《かた》をたたかれた。映介が、ビーバーのような前歯を見せて立っていた。そして笑いながらささやいた。

「フー子ちゃんに似てる人がいるから見てごらんよ」

映介は、一方の壁《かべ》の前までフー子を連れていくと、飾《かざ》ってある写真を指さした。

「ほら、あの左端《ひだりはし》にいる女の人、フー子ちゃんに似てない？」

「ええっ、どれえ？　……」

フー子は、ちょっとにやにやしながら、壁《かべ》に顔を近づけて、その二十センチ四方ほどの写真を見た。部屋の中で、外国人らしい男の人ふたりをはさんで、五、六人の日本人が並《なら》んでいた。左端《ひだりはし》にいるのは、ただひとりの女の人だった。その人を見たとき、フー子はまっさきに、どことなく母に似ていると思った。それならば、きっと自分にも似ているのだろう。大きな白襟《しろえり》の、花模様《はなもよう》の洋服を着たその女の人は、珍《めずら》しくまっすぐにレンズを見て、少し笑っていた。

「ね、似てない？」

と映介が言った。

「……お母さんに似てる、この人」

すると映介はいくぶんふざけて、

「へえ、じゃあこの人、おばあさんなんじゃない？　おばあさん、ずいぶん前に亡《な》くなったって聞いたけど、写真で見たことあるでしょ、どう、本人じゃない？」

と言ったのだった。

（おばあさん……?!）

フー子はひどく驚《おどろ》いた。「おばあさん」と言うときにフー子が漠然《ばくぜん》と思《おも》い描《えが》くのは、着物を着た歳《とし》とった女の人の姿《すがた》だった。だが、考えてみれば、祖母は少しも歳《とし》をとらずに死んだのだ。フー子の頭の中で、家の裏手《うらて》に横たわる老人の死体は大急ぎで修正されて、推理《すいり》小説の表紙画のような、

黒髪《くろかみ》を波うたせた、艶《あで》やかな女の人へと変わった。そんなことにさえ気づかなかったのは、祖母の写真というものを見せてもらったことが、一度もなかったせいだった。だから、今、目の前の写真を見ても、フー子には、何も言えるはずがないのだった。

だが、自分に関係のある人が、こうした写真に写っているなどとは思いもよらないことだったから、おそらくは他人だろうとフー子は思いながら、写真に付けられた説明を読んだ。

『一九三十年ごろ。ロシア人貿易商イワノフ（中央左）と時計師チェルヌイシェフ（中央右）』

（チェルヌイシェフ……！）

フー子の胸《むね》が急に高鳴った。右側の外国人は、となりの人に比べて、いくらか色黒で、豊かな黒い巻《ま》き毛《げ》をしていた。中年の人のようにも、若《わか》い人のようにも見えたが、はっきりした大きな目が、やはりまっすぐにこちらを見ているのが印象的だった。フー子は、まるで、今、その人に見つめられているような気がして、ぞくっとした。

あの懐中時計《かいちゅうどけい》が、もし、この人の作ったものだとしたら、祖父母が知りあいだったということもありうるだろう。すると、この女の人は、ほんとうに祖母なのかもしれない。だが、史料館に展示《てんじ》されるほど貴重《きちょう》な物ならば、あんなところに無造作につるしておくだろうか。

フー子は、ガラスケースの前へ駆《か》け戻《もど》ると、もう一度、時計に見入った。映介がついてきて、声をかけた。

「どうしたの、ずいぶん真剣《しんけん》じゃないか」

そして、ケースの中の時計を見ると、

「ああ、あの時計師の作った時計か……」

と言った。

フー子は、思いきって言った。

「おじいさんの家に、これと同じ懐中時計《かいちゅうどけい》があるの。この人が作ったのかと思って」

映介は、とたんに興味を示した。

「ほんと？　よく見てごらんよ。あ、ほら、文字盤《もじばん》に印があるよ。その印、こっちの置き時計にもついてる。この人のマークなんじゃないかな？　あとで、確かめてごらんよ」

映介の指さすところをよく見ると、『ＰＯＭ』という字が小さく彫《ほ》られていた。

「ポムって読むの？　何のことかしら？」

「チェルヌイシェフっていうのは、きっと名字だから、ポムっていうのは、その人の名前かもしれないね。それとも、会社か何かのマークかな」

ふたりが顔を近づけて、ひそひそ声で、興奮《こうふん》したように話しているのがわかったのだろう。さっきから、退屈《たいくつ》そうに見守っていたおじさんが、近づいてきて、ふたりに話しかけた。

「その人ね、たいした時計作りだったようだよ。きみたち、ここの時計塔《とけいとう》、知ってるでしょ。あの時計もこの人が作ったんだよ」

急に話しかけられたので、びっくりしたが、いったん口を開いたおじさんには、陰気《いんき》な感じは少しもなかった。そのうえフー子は、昨日見た、あの熾天使《してんし》の顔が忘《わす》れられなかったので、いっそう胸《むね》が鳴り、おじさんに話しかけずにいられなかった。

「へえ、あの、顔から羽の生えた天使も、この人が作ったんですか？」

「顔から羽の生えた天使？」

おじさんは、けげんな顔で言った。

「きみ、それ、どこで見たの？　写真か何かで？」

「いいえ、昨日の三時に、ちょうど下を通ったんです」

「昨日？　……昨日、ここで？」

おじさんは、ますますけげんそうな顔をした。

「時計は今も動かしているけど、からくりは、もうずっと、動いてないんだよ。変だねえ。へえ……じゃあ、何かのはずみで、出たんだねえ。調べてもらうよ。今も動くなら、そりゃいい。いやあ、知らなかったなあ」

フー子は驚《おどろ》いた。何か不思議なことが、少しずつ自分の周りで起こっているような気がして、不安になった。映介は、

「へえ、なんか、ぞくぞくするな」

と、うれしそうに言った。そして、

「この子のおじいさんの家に、この懐中時計《かいちゅうどけい》とそっくりの物があるんですって。もし、それが、こ

のチェルヌイシェフって人の物だったら、すごいですよね?」

と、目を輝《かがや》かせて、おじさんに話した。それを聞いたおじさんは、ただの子どもを見る目つきから、興味ある人物を見る目つきに変わって、フー子を見ると、言った。

「へえ……そりゃあ、さぞ大切にしてられるでしょうねえ。チェルヌイシェフの時計と言えば、大変高価なものだったんですからねえ」

「あ、でも、それが、全然そういうふうじゃないんです……だから、わかんないんですけど……」

フー子は、いいかげんなことを言ってしまったと後悔《こうかい》した。おじさんは、少し心配そうに言った。

「買った方が亡《な》くなられて、価値がわからなくなってしまうと、家族の人が、二束三文《にそくさんもん》で古道具屋に売る場合があるから、見ておいたほうがいいですよ。じつは、ここにある物にも、古道具屋から買ったのがあるんですがね。もったいない話でしょう?」

「じゃあやっぱり、このマークがあるかどうか、調べなくちゃね。戻《もど》ればすぐわかるよ」

映介が言うと、

「この近くなんですか?」

と、おじさんはたずねた。

「はい。そっちの、斜《なな》めの坂に面したところです」

「斜《なな》めの坂って……あ、もしかして、丘原《おかはら》さんじゃないですか?」

おじさんは意外そうな声を出した。

「そうです。ごぞんじなんですか。わたしは、夏休みだから、祖父の家に遊びに来てるんです」

フー子は、このおじさんが祖父を知ってるのかと思うと、急に親しみをおぼえた。

「へえ、そうだったの！」

おじさんは、ちょっと大げさにうなずきながら、また言った。

「ぼくはねえ、丘原さんのおじいさんは、直接には知らないんだけど、ぼくの伯母《おば》が、亡《な》くなられたおばあさんと、親しくしてたので、伯母《おば》から、丘原さんのことはときどき聞いてたんです。ぼくはこの史料館の担当《たんとう》になってから、まだ一年ちょっとなんですがね、ここに決まったときも、まっさきに丘原さんが頭に浮《う》かんだくらいでね。時計塔《とけいとう》のすぐ近くにお住まいだって話でしたからねえ。ふうん、そうでしたか。きみは、お孫さんか……。ああ、丘原さんの家なら、チェルヌイシェフの時計があるかもしれないなあ」

そしておじさんは、しみじみとフー子を見た。

そういう話を聞いて、フー子よりも、むしろ映介がうれしそうな顔をしていた。

「すごいよ。早く確かめたいね。……でも、どうして、丘原さんになら、チェルヌイシェフの時計があるかもしれないんですか？　おじいさんて、すごいお金持ちなのかな」

映介がきくと、おじさんは、

「いやね、丘原さんは、昔、確かロシア語の通訳《つうやく》をなさってたって聞いてましたからね」

と言った。

考えてみれば、フー子は、祖父のかつての職業をまったく知らなかったのだ。そういうことなら、あれは、チェルヌイシェフの物なのかもしれない。でもそれなら、祖父が、その価値《かち》を知らないはずはないだろうに……。

映介が、ふと思いだしたように、壁《かべ》を指さすといった。

「あそこにチェルヌイシェフの写真がありますね。いっしょに写ってる女の人、この子のおばあさんじゃないかなって、ぼくがふざけて言ったんですが、案外、ほんとうかもしれませんねえ。似てるんですよ、すごく」

するとおじさんは、「どれどれ」と言いながら歩いていくと、まもなく、

「ははあ、なあるほど……」

と、そりかえりながらうなずいた。

「そうかもしれないよ、いや、ほんとに」

そしておじさんは、戻《もど》ってきながら話した。

「おばあさんてね、みんなが着物を着ている時代に洋装《ようそう》をして、とにかくすごくおしゃれな方だったって聞いたからねえ。汀館《みぎわだて》初のモガだったそうですよ。……でも、おじいさんは、まだ、ここに入ったことないのかなあ。まだなら、今度ぜひ、おじいさんを連れて来なさいよ。おばあさんだったら、驚《おどろ》くだろうねえ」

「そうだよ！　こんなところに、若《わか》いころの奥《おく》さんの写真が飾《かざ》ってあるって知ったら、きっと喜ぶ

よ！」

と映介もはしゃいだ。

（そうだ、あれはきっと祖母なんだ）

はじめ、ただ笑っていたフー子は、祖母かもしれないとほんとうに思いはじめたとたん、不安になった。……花に変わる懐中時計《かいちゅうどけい》、そして祖母も入っていった、あの園《その》……。祖母には、何か秘密《ひみつ》めいたものがあったに相違《そうい》ない。そういう祖母であれば、外国の時計師といっしょに、おしゃれをして立っていたって、少しもおかしくはないのだ。だが、ひとりだけ写っている女の人というのが、なんとなく奇妙《きみよう》な気がした。写真屋で写したものらしいから、あの人たちだけで、わざわざ出かけていったのだろう。祖父はいないし、いったい、どういう顔ぶれが集《つど》って、そんな写真を写すことになったのだろう。

フー子は、あれが祖母などではなく、まるきりの他人だったらいいと願った。そして同時に、祖母のことを知るのが、妙《みよう》にはばかられるような気がしはじめたのだった。

それから、おじさんは、ふたりを二階に案内した。案内しながらおじさんが言った。

「いちおうお連れしたものの、お恥《は》ずかしいことに、資料関係は今ぼちぼち集めているようなぐあいで、さっぱり充実《じゆうじつ》してないんです。汀館《みぎわだて》のカメラと時計関係の資料は、いずれここに全部収《おさ》めるようにしたいと思ってるんですがね」

そこは資料室で、文献《ぶんけん》カードの入った木箱と、本棚《ほんだな》、それに閲覧用《えつらんよう》の机《つくえ》がふたつ置いてあったが、確かにどれも新品らしく、まだ木の匂《にお》いがした。

「市立図書館が、今いちばん持ってはいるんですが、それもまだ整理されていない状態で、まあ、ぼくがゆっくりまとめていこうと思っています」

おじさんが話すのを聞きながら、三人はまた下におりた。

帰るとき、おじさんは、

「山村《やまむら》って言ったら、ひょっとして、おじいさん、わかるかもしれない。おばあさんの友達だった伯母《おば》の旧姓《きゅうせい》なんだけど」

と言った。でもそのあとで、

「でも、もう、三十年以上も前のことだから、奥《おく》さんの友達まで、おぼえてらっしゃらないかもしれないねえ……」

と付けたした。

8　錆《さ》びついた時計

表に出たふたりは、少しあとずさって、時計塔《とけいとう》を仰《あお》ぎみた。古い煉瓦《れんが》の塔《とう》にはめこまれた時計は、気にかけないときには、なんの変哲《へんてつ》もないものに見えたが、しみじみ見れば、手の込《こ》んだ美しい時計なのがわかった。文字盤《もじばん》はかなり黄ばんでいたが、それがかえって、堂々としたローマ数字や、その周囲に描《えが》かれた細かい花模様《はなもよう》に格調をあたえているように見えた。そしてここにも確かに、『POM』のマークが刻《きざ》まれていた。

「ねえ、それでその天使は、どこから出てきたの？」

映介《えいすけ》が、上に向けていた首の後ろをおさえながら聞いた。フー子は、

「ああ、それは、こっちのじゃなくて、反対側の時計なの」

と答えた。塔《とう》には、東西の壁面《へきめん》それぞれに文字盤《もじばん》が付いていたので、つごうふたつの時計が動いているのだった。

ふたりは、裏側《うらがわ》にまわって、また塔《とう》を見あげた。美しい形の二本の針《はり》が、『Ⅻ』の文字を指して重なりあうまでに、あと十分ほどだった。

「ああ、あそこだね？　天使が出てきたところって。また出てくるかなあ」

映介が、『Ⅻ』の文字上にある、閉《と》じた鎧扉《よろいとびら》を指さしながら言った。

フー子は、部屋の窓からも見えるから、もう一度、祖父の家によらないかと映介を誘《さそ》った。

「お帰りなさい。ああ、映介さんもいっしょでよかった。お昼食べていってって言《い》い忘《わす》れたから気になってたのよ」

奥《おく》から出てきたリサさんは、それだけ言って、にこっと笑うと、また奥《おく》へ走っていった。

「リサさんて、いつも忙《いそが》しそうにしてるんだねえ」

お礼を言うまもなくいなくなったリサさんに、なかばあきれて映介は言った。


ふたりは階段《かいだん》をのぼった。

「これよ。その懐中時計《かいちゅうどけい》って」

フー子は、踊《おど》り場《ば》からつづく階段《かいだん》をさらにのぼりながら言った。

「ええっ、そんなところにあるの？」

と映介は、あきれたように言いながらやってきて、それを手に取った。

「わあ重い……。それに、ずいぶん錆《さ》びちゃってるねえ……」

よく見ると、蓋《ふた》の表面には、細かい彫刻《ちょうこく》が施《ほどこ》されていた。もっとも、どこもかしこも黒々と錆《さ》びていたから、もとの美しさや輝《かがや》きを想像することはできなかったが、純銀《じゅんぎん》の高価な時計ではあるらしかった。

「何の模様《もよう》かなあ……草の模様《もよう》はわかるけど……」

映介のつぶやきに、フー子は初めて、その時計の蓋《ふた》に見入った。

「模様《もよう》なんて全然気がつかなかった……あら、ここのとこ、幌馬車《ほろばしゃ》みたいに見えない？」

草に混じって、確かにそんな物が見え隠《かく》れしていた。

「ああ、そうかもしれない……。ねえ、ところで、これ、どうやって開けるの？」

映介は、竜頭《りゅうず》をくいっと押《お》してみながらたずねた。

「え、開かないの？」

「うん……。だって、蝶番《ちょうつがい》のとこも錆《さ》びてるし……」

映介は、なおも開けようと試みて、指の腹《はら》を赤くした。

「ちょっと貸してみて」

フー子も手を出したが、自分で開けようとしたことは一度もなかったのだから、勝手がわからないのは映介と変わらない。

「無理、無理、フー子ちゃん。手を痛《いた》くするよ」

言われてフー子もあきらめた。フー子は、不安になった。ほんの二時間ほど前に体験したあのことが、もうほんとうではないような心もとないできごとに思われてきたのだ。目覚めたばかりのと

きには、はっきりおぼえている夢が、時間とともに、あやしげな記憶《きおく》に変わってゆくのと同じように、映介が来たり、時計塔《とけいとう》に行ったりしているうちに、あの園《その》のことは、フー子の頭の中で、もうぼんやりしはじめていたのだ。

「でも、フー子ちゃん、中、見たことあるんでしょ？」

と映介が、いぶかしそうにたずねた。

「え？　あ、うん……。針《はり》も数字も、あそこのとそっくりだったのよ……」

（花に変わる前までは……）

と付けたしたかったが、それを言うわけにはいかない。だが、それさえも、ぼんやりしている。

「どうやって見たのさ？　これ、しっかり錆《さ》びてるよ」

映介に言われて、フー子は困《こま》った。

「……あのね、開いたのよ。ひとりでに……」

「ひとりでに？」

映介の口調は、ちょっと問いつめるようだった。フー子はうつむいていたが、映介が、奇妙《きみょう》な目つきで自分を見ているのがわかった。映介に、うそをつく、わけのわからない女の子だと思われるのがいやだった。でも、そのためには、あのことを映介に話さなければならなかった。

すると映介が、話を変えるように、壁《かべ》を眺《なが》めながら言った。

「ここ、ドアだったんだね……。階段《かいだん》があるから、変だと思ったよ。この向こうに何があったんだろうね」

フー子は、あわててそれに答えた。

「ああ、そうなのよ。物干《ものほ》し台《だい》があったんだって。……おばあさんね、その物干《ものほ》し台《だい》から落ちて亡《な》くなったんだって。だから、壊《こわ》したんだって」

フー子の説明を聞いて、映介は、気の毒そうに顔をくもらせた。そして、あらためて窓《まど》から外を見おろした。それから、首をかしげて言った。

「だけど、ここ坂になってるから、二階っていっても、地面まではずいぶん近いし、この先にあった物干《ものほ》し台《だい》なら、よけい近かったはずだよねえ。落ちて死ぬなんて、信じられないな……」

そう言われて、フー子もあらためて下をのぞいた。もしも、物干《ものほ》しがつきでていたなら、確かに地面までの距離《きょり》は、今いるところ以上に近かったに相違《そうい》ない。死ぬほどのけがをするとは、やはり思えない気がした。

（でも、おじいさんはそう言った。うそなんだろうか。それとも、あの中にいて落ちたっていうのは、ただ物干《ものほ》しから落ちたのとはちがうのかしら……）

そのとき、

「あっ、時計塔《とけいとう》を見なきゃ！　もう十二時じゃないの？」

と映介が叫《さけ》んだ。フー子もハッとして、考えるのをやめた。そして、映介を伴《ともな》って、部屋に走っていった。

ちょうど十二時になるところだった。ふたりは窓《まど》から身をのりだして、じっと文字盤《もじばん》を見つめた。二本の針《はり》が、真上を指して重なった。だが、その上にある扉《とびら》には、何の変化もなかった。やがて、長針《ちょうしん》が、びくんと動いて、十二時一分になった。

「ねえ、映介くん、わたしのこと、うそついてるって思ってない？」

とフー子は、海の方を見ながら言った。

「そうは思ってないよ」

と映介も、同じ方を見ながら言った。

「顔から羽の生えた天使を見たなんていううそを、何のためにわざわざつかなきゃいけないのさ。それに、見なけりゃ言えないよ、そんなこと。懐中時計《かいちゅうどけい》だって、開いてるところを見なきゃ、そっくりだなんて思うはずないんだし。不思議でしかたないよ」

「……うん」

映介くんて、何て気持ちのいい人なんだろうと、フー子は思った。大人っぽくはないのに、ほんとうは、ずいぶん大人なのかもしれなかった。

玄関《げんかん》の鈴《すず》が鳴った。祖父が戻《もど》ってきたらしい。まもなくリサさんがふたりを呼《よ》んだ。


祖父と向かいあってすわった映介は、とてもいきいきしていた。よほどうれしいようだった。映介は、時計塔《とけいとう》に来たわけを簡単《かんたん》に話し、さっそく、懐中時計《かいちゅうどけい》の話をはじめた。フー子は、はらはらしながらも、そしらぬ顔をして、温めたサンドイッチに手をのばしていた。これも母がよく作る。

「その、チェルヌイシェフっていう人の時計かもしれないってことになって、それで今、二階にある懐中時計《かいちゅうどけい》を見せてもらったんです」

と映介は言った。祖父の表情が、ほんのわずかにくもったように見えた。でも、食べ物をゆっくり口に運びながら、

「若《わか》い人っていうのは、ああいう古めかしいものが、かえって気になるのかねえ。フー子ちゃんなんか見向きもしないかと思ったら、ちゃんと見てたんだねえ」

と言った。そして、つづけて話をした。

「あれはねえ、フー子ちゃんのおばあさんが、あそこにかけたんだけどね、それ以来、三十年以上

もあそこにかかったままなんだよ。それというのも、はずそうにも、鎖《くさり》がね、こう、しっかり絡《から》まってて、取れないんだ。懐中時計《かいちゅうどけい》ってのは、懐中《かいちゅう》で使う物なのに、しょうがないんだ。だけど、蓋《ふた》が開かないもんだから、かりに懐《ふところ》に入れたところで、役に立たないから残念にも思わない」

祖父はそう言って、おかしそうに少し笑った。それから、急にその顔をひきしめると、一言一言《ひとことひとこと》、言葉を選ぶように、注意深く話した。

「それで、映介くんの言う、そのなんとかっていう人物の作品かどうかという件だけれど、非常にありうる、ということは言える。が、ぼくは、はっきりしたことはわからない。ぼくが知ってるのは、おばあさんが、友人からもらったものだということと、国産品ではないだろうということだけなんだ」

祖父の言葉づかいと厳《きび》しく光る目に、映介はやや圧倒《あっとう》され、たじろいだ様子だった。映介は、うつむきかげんに目をしばしばさせると、遠慮《えんりょ》がちに言った。

「……その時計師とおじいさん、お知りあいだったかもしれない、なんて、さっき話したりしてたので……。時計塔《とけいとう》のおじさんから、おじいさんのことをたまたま聞いたものですから」

「いや、ぼくはその時計師には、会ったことはないです」

祖父は間髪《かんはつ》を入れずにきっぱりそう言うと、表情を変えて、史料館のおじさんのことをたずねた。祖母の友人だったという山村さんの名前が出ると、祖父は、とうの昔に忘《わす》れていたことを思いだしたというふうに顔をあげて、

「ああ……山村さん……」

とつぶやいた。

「へえ、山村さんの甥《おい》の方がいるわけか……」

だが祖父は、懐《なつ》かしがるというよりは、どこか、疎《うと》ましそうに見えた。

そんな様子が映介にも伝わったのだろう。「史料館に行かれたことはありますか？」とたずねて、祖父が、「開館当時に一度入ったが、がらんとしていて、見るようなものはまだ揃《そろ》っていなかった」と言うと、映介はそれ以上何も言わなかった。祖母かもしれない写真のことを、映介が口にしないでいてくれて、フー子はほっとした。

祖父が席を立つと、台所の空気がとたんにほぐれたようにフー子は思った。映介も同じ思いだったに相違《そうい》ない。大きな目を一度ぎゅっとさせてから、肩《かた》で息をした。そして、気分を変えるように、

「リサさんは、おばあさんのこと、ごぞんじなんですか？」

と立ちあがって食器を下げはじめたリサさんに声をかけた。リサさんは、

「わたしは全然知らないのよ。ちょうど亡《な》くなったあとに、ここに来たから」

と言った。それはフー子にも意外だった。だが、祖母が亡くなって、家事が大変になったために、お手伝いさんに来てもらったというのは、ありうることだと思った。

「そのころは、時計塔《とけいとう》はずいぶん新しかったでしょうね」

映介は、自分も立って、食器を下げるのを手伝いながら言った。リサさんは、「手伝わなくてい

い」などとは言わずにそれを受けとりながら、

「そうねえ。毎日見てるから気がつかないけど、文字盤《もじばん》がまだまっ白だったわね」

と答えた。

「そのころは、ちゃんとからくりが動いてたんですね？」

「からくりって？」

てきぱきと食器を洗《あら》いながら、リサさんはきいた。

「昔は、顔から羽の生えた天使が、鳩時計《はとどけい》みたいに、出てきてたんでしょう？」

リサさんは、手を休めずに言った。

「あら、そんなことになってたの。まあ、そんな物なら、なくたって、べつに不便じゃないからいいけどね」

「見たことないんですか？」

映介がきくと、

「一度もないわね。さあ、あんたたち、もし暇《ひま》だったら、食器をふいてちょうだい」

とリサさんが言った。

映介とフー子は、だまって顔を見あわせた。


「なんだか不思議だね」

坂下のバス停で、映介はぽつりと言った。だがそのあとで、明るく付けたした。

「でも、不思議なことって、すごくいいじゃないか。気持ち悪いなんて思っちゃ、つまらないよ」

「そうよねえ……！」

フー子は、久しぶりに、ぽっとうれしい気持ちになった。フー子はいつだって、そんなふうに考えていたのだ。それなのに、いざ身にふりかかったとたん、不安におそわれているなんて、何てつまらないのだろう。

「もし、また不思議なことがあったらおしえてよ。だって、こんなぞくぞくすることって、めったにないからね。やっぱり時計坂の家って、ミステリアスだねえ！」

半分ふざけながらも、目を輝《かがや》かせている映介を見て、フー子は、初めて、マリカにではなく、映介に話すのが、いちばんいいのかもしれないと思った。

だが、そう思ったとき、バスが来て、映介は去っていった。

9 朝の散策《さんさく》

映介《えいすけ》が来たことで、フー子の心に、また新しい希望が湧《わ》いた。フー子が思《おも》い描《えが》いた汀館《みぎわだて》の空想の中に、そんな少年の存在《そんざい》などどこにもなかったというのに、たった一日のうちに、フー子は、とても近しいと言えるほどの親しみを、映介にたいして抱《いだ》くことができた。不思議なことが起ころうとも、ここにはマリカがいる。映介もいる。そう思うと、胸《むね》がわくわくした。

もうまもなくマリカは戻《もど》る。それまで、あの秘密《ひみつ》はそっとしておこうとフー子は決めた。それまでは、懐中時計《かいちゅうどけい》にも近づかず、窓《まど》の向こうをのぞくのもだめだ。あの緑の園《その》の中で、おばあさんと同じ運命をたどることだって、ないとは言えないのだから。そんなことになったのなら、物干し台《ものほしだい》のない今、自分の死は、いったい、どんなふうに説明づけられるのだろう……。

フー子は、朝の洗濯《せんたく》をしながら、今日は、新しい服に着がえ、新しい手《て》さげ袋《ぶくろ》を下げて散歩に出ることにしようと考えた。流しの前の窓《まど》から吹《ふ》きこむ風が、フー子の心を外に誘《さそ》いだしていた。

もちろんフー子は、家で洗濯《せんたく》なんかしない。母がみなの分を集めて、いっぺんに洗濯機《せんたくき》に放りこんでくれるから。だが、ここには、洗濯機《せんたくき》すらないのだ。流しに置いた金《かな》だらいで、ぎゅっぎゅっ、と洗《あら》うのだ。

「洗《あら》い物《もの》があったら洗《あら》っておくから出してね。でも自分で洗《あら》うんだったら、このたらい使って」

とリサさんは言った。こんなふうに言われたら、小さい子どもとは言えないフー子は、自分で洗《あら》う方を選ぶしかない。だが、爽《さわ》やかな朝に、洗濯物《せんたくもの》を手で絞《しぼ》って干《ほ》すのは、気持ちのいいものだった。もっとも、路地を通る近所の老人が、洗濯物《せんたくもの》を干《ほ》すフー子を、ぶしつけなまでにしげしげと眺《なが》めてゆくのには、閉口《へいこう》したけれども。だが、三十年来、この家の物干《ものほ》し場《ば》といえば、玄関《げんかん》の横に張られたロープのことなのだからしかたがない。そんなところに、洗《あら》い物《もの》がひらひらするのは、見よい光景とはとても言いがたかったとしても。

黄色いワンピースを着て、麦《むぎ》わら帽子《ぼうし》をかぶり、はずみをつけてオレンジ色の手《て》さげ袋《ぶくろ》を振《ふ》りながら、フー子は、楓《かえで》の並木《なみき》が揺《ゆ》れる坂道を下っていった。

祖父やリサさんにとって、フー子が来たことが、なにほどのことでもないらしいのが、かえって気ままだった。子どもがひとりで退屈《たいくつ》しやしないかとか、せっかく来てくれたのに、相手をしてあげられずかわいそうだ、といった気づかいがされないことは、はじめのうちこそ不安だが、慣れてしまえば気楽なものだ。さりとて、軽《かろ》んじられているわけでないことは、もうじゅうぶんに伝わっている。

「このあたり、歩いてくる」

と、リサさんの部屋の扉《とびら》を少しばかり開けてフー子が告げたときも、リサさんは、
「ああ、行ってらっしゃい」
と言って、黒々とした瞳《ひとみ》で、にこっと笑っただけだった。

坂を少しおりただけで、海はぐんと近くなった。左手に見える、赤と白の縞《しま》に塗《ぬ》られたドックのクレーンは、巨大《きょだい》な磁石《じしゃく》を海につきたてたようだ。右手には、ずっとずっと遠くの山並《やまなみ》が、海の向こうに青くかすんでいる。そして、色紙《いろがみ》をちぎったような鮮《あざ》やかさで岸に群れる、何叟《そう》もの船が、その光景の中心を飾《かざ》っている。港までおりていって、あの海岸線を歩いたら、さぞ気持ちがいいだろう。それとも、部屋の窓《まど》から見えていた、あの緑色の屋根の教会の方へ行ってみようか……。フー子は、しばらく思案してから、教会の方へ向けて、山沿《やまぞ》いの道を行くことにした。

初めて通る道には、水色や緑色のペンキが塗《ぬ》られた、洋館風のたたずまいの二階家が、ひしゃげたように並《なら》んでいた。そんな家並《いえなみ》がいったんとぎれると、山から海に向かって一気に流れて落ちるような坂道と交わる。新たな坂道に一歩踏《ふ》みこんで下を向くと、必ず海が待っている。そうやってフー子は、古く風変わりな通りを楽しんでぬけ、坂道と出会うたびに、道のまんなかに躍《おど》りでて、海に向かって手を広げ、深く息をついた。ゴム紐《ひも》でつなげた麦《むぎ》わら帽子《ぼうし》が、身体《からだ》をそらしたとたんに、するりと背《せ》に落ちてゆくのも快かった。夏休みだというのに、子どもの姿《すがた》は多くなく、ややけげんな目でフー子を見つめるのは、猫《ねこ》や犬や老人たちばかりだ。

やがてフー子は、屋根の赤い教会と、緑色の教会とが、ふたつとも視野に入るところまで来た。そのあたりは、汀館《みぎわだて》の、いちばん美しい一画かもしれなかった。石畳《いしだたみ》も街燈《がいとう》も、道に沿《そ》った黒い鉄《てつ》柵《さく》からあふれだすたわわな緑葉も、その一画に建つ堅牢《けんろう》な建物とみごとに溶《と》けあい、おだやかな朝に輝《かがや》いている。フー子は、ひんやりする鉄柵《てつさく》にもたれて立ちどまり、その中にゆったりと身を置いた。

(お母さんたら、こんなところで育ったんだわ……)

ふと母がうらやましく思った。

(それなのに、お母さん、どうして来たがらないんだろう?)

汀館《みぎわだて》のことなど、まるで忘《わす》れているかのような母。フー子が住んでいる街に比べたら、ここは小さな都市だったし、母のような実際家には、確かに物足りないところではあっただろう。だが何も、住むというわけではないのだ、たまにたずねてきたっていいではないか……。ああ、どうして今まで連れてきてくれなかったのかと、フー子は、母をうらめしく思った。五歳《さい》のときに来たことを忘《わす》れたわけではないが、五歳《さい》はいかにも小さすぎた。

そんな思いにとらわれながら、教会の前まで歩いた。緑色の屋根を持つ白壁《しらかべ》の教会が、固く閉《と》ざされた鉄の門扉《もんぴ》の向こうに、美しくたたずんでいた。入ってみることはできなかった。

ふと目を転じると、教会の敷地《しきち》の脇《わき》から、細い細い、ひどく急な坂道が、上に向かってつづいているのが見えた。フー子は、背の高い草々が左右からふりかかるその坂道を見あげ、思いきって登りはじめた。

登りきってみてフー子は驚《おどろ》いた。その道は、白いテーブルとパラソルがいくつか置かれた、芝生《しばふ》の庭につながっていたのだ。そして、そのテーブルのひとつには、祖父がすわっていた。

「驚《おどろ》いたねえ。どうしてここへ？」

祖父のそばにおそるおそる近づくと、祖父は新聞から目をあげて、ほんとうに驚《おどろ》いた様子で言った。

「このあたりを散歩していたんです……」

祖父がそこにいる理由などを、たずねたものかどうか、わからなかった。

「せっかく坂道を登ってきたんだ、さあ、立っていないですわりなさい」

祖父はそう言って、白い椅子《いす》をすすめた。

椅子《いす》についてみて、フー子はまた驚《おどろ》いた。一気に視界《しかい》が開けたからだ。こんなふうに見はらしのきく場所があったなんて……。すぐ下には教会の裏庭《うらにわ》、その下には、もうひとつの教会の赤い屋根、汀館《みぎわだて》の街並《まちなみ》、そして、くっきりと見える港、船……。フー子は思わず息をのんだ。

「うちの二階の窓《まど》と比べてどうだい。ずっといい眺《なが》めだろう」

頰《ほお》づえをつきながら祖父が言ったとき、コーヒーが運ばれてきた。

「ああ、きみ、ちょっと待って」

そして祖父は、フー子に何か飲むかとたずねた。そこが喫茶店《きっさてん》だということに、フー子はやっと気がついた。庭の奥《おく》に一軒《けん》建った、白い家のガラス窓《まど》からは、並《なら》んだテーブルが見えていた。フー子はジュースを頼《たの》んだ。

「ぼくは、晴れた日には、まずだいたい毎日、ここに来ることにしてるんだ。ここまで歩いてくると、けっこういい運動になるからねえ。そうして新聞を読むんだ。お昼に戻《もど》るまでには、何紙か読めるよ」

高くなりはじめた夏の陽《ひ》が、テーブルの上に重ねて置いた新聞の面を白く照らした。なるほど昨日も、こんな時間に祖父は外出していたっけ、とフー子は思った。

「気持ちのいいところだから、そのうちね、フー子ちゃんを誘《さそ》って来てみようと思ってたんだけどね」

祖父は頬《ほお》づえをついて、海を見おろしたまま言った。

その言葉はうれしかった。だが、祖父とふたり、美しい景色を下に見ながら、その気持ちのいい庭にすわっている今、フー子は、緊張《きんちょう》しないではいられなかった。近づきたいと望むのに、いざ近づくと、いっそ、その前から逃《に》げだしてしまいたくなる。祖父の表情には、長いこと思索《しさく》を重ねてきたような厳《きび》しさにくわえて、深い悲しみやつらさが、湛《たた》えられているように見えるのだった。簡《かん》単《たん》には近よれないという印象をあたえずにいないのは、そのせいかもしれない。

「洗濯《せんたく》なんか、家ではするの？」

祖父が、フー子の方を向いて、唐突《とうとつ》にたずねた。目が笑っていた。フー子は、首をすくめてかぶりを振《ふ》った。すると祖父は、

「リサさんというのは、ぶっきらぼうで、親切なのだか不親切なのだか、ちょっとわからないようなところがあるんだけど、非常に透明《とうめい》な感じのする人でねえ……。慣れると、気持ちのいい人だと思うようになると思う」

と言った。

「ああ、わたし、もうそう思っています」

フー子の口がなめらかに動いた。「非常に透明《とうめい》な感じ」と祖父が言ったとき、フー子は、ああ、そうだ、そうなのだ、と納得《なっとく》したのだ。

どっしりとした身体《からだ》つきの、しっかり地面を踏《ふ》みしめて歩く、年配の婦人そのもののような人でありながら、リサさんというのは、その瞳《ひとみ》にも、目尻《めじり》のしわにも、歳《とし》を重ねてきた人間くささといったものを、いっさい感じさせないところがあるのだった。どこかしら、子どものようでさえあった。確かに透明《とうめい》な感じだ。祖父が、「それはよかった」とつぶやいた。そして、

「怖《こわ》がってやしないかと思ったものだからね。それとも、怖《こわ》がられてるのは、ぼくの方だったかな？」

と付けたして笑った。

フー子は、祖父がいつになくうちとけているようで、心が弾《はず》んだ。自分もうちとけて、「はい、

おじいさんの方が怖《こわ》いです」などと言って、笑うことができそうだった。

だがそのとき、きらりと光る目でフー子を見たと思うと、祖父は、

「懐中時計《かいちゅうどけい》だけどね」

と、きりだしたのだった。フー子の身体《からだ》が一瞬《いっしゅん》のうちにこわばった。

「あれがロシアの時計師の作ったものではないかと思いついたのは、昨日来た彼《かれ》ではなく、フー子ちゃんなの？」

「……はい」

「あの錆《さ》びた蓋《ふた》の外側から見ただけで、そう考えたの？」

フー子の手のひらに汗《あせ》がにじんだ。この先いったい、どんな話がはじまるのかと考えると、心臓《しんぞう》がドキドキした。それでもフー子は、なるべく自然に、「はい」と答えた。祖父にうそをつくべきなのかどうか、むろんわからなかったが。

「そう。それなら、いいんだ」

祖父は、それだけ言うと、遠くを見つめてコーヒーをすすった。

（やっぱり、おじいさんは、何か知ってるんだ……！　ほんとうのことを話して、それをきいた方がいいんだろうか……？）

フー子の胸《むね》が高鳴ったとき、ミントの葉を飾《かざ》ったオレンジジュースが運ばれてきた。持ってきたのは、さっきとちがう、白髪《しらが》まじりの婦人だった。

「あら、お孫さんですか？」

と、その人は話しかけ、ふたりの大人は話しはじめた。

高まりかけたフー子の思いは、じきにおさまり、フー子は、冷たいジュースを飲《の》み干《ほ》した。

10 マリカという名前

その二日後、とうとうマリカから電話がきた。海に行っていたことなど話したあとで、

「そういえば、エーちゃん、そこに行ったんだって？」

と、マリカはそこだけ高い声で言った。前よりもずいぶん親しげな感じがした。自分のいとこが、自分のもう一方のいとこに会ったというのは、やはりどこか面《おも》はゆく、それでいて、たがいに親しみも増すのかもしれない。

「映介《えいすけ》くんから、何か聞いた？」

フー子も友達に話す口調で、受話器に口を近づけ、ささやくように言った。映介がマリカに時計のことを話していて、マリカが興味をもっているなら、話がしやすいと思った。

「うーん、聞いたのはねえ、史料館に用があったから、ついでにおじいさんの家によってお昼をよばれたってことだけ、ちゃっかりしてるね」

ゆっくりした調子でそう言うと、マリカは、

「フー子ちゃん、こっちに来ない？　こっちで遊ぼう？」

と誘《さそ》った。

汀館《みぎわだて》に来てから、初めての遠出だった。

フー子は、祖父におそわったとおり、バスに乗り、十文字街《じゅうもんじがい》というところで市電に乗りかえ、四十分近くも揺《ゆ》られてから、杉森町《すぎもりちょう》という電停で降《お》りた。

麦《むぎ》わら帽子《ぼうし》をかぶった日焼けしたマリカが、花屋の前で、笑ってひらひらと手を振《ふ》った。

ふたりは、太い並木道《なみきみち》を歩いた。まっすぐにつづく気持ちのいい道だった。マリカはとてもやせていて、そのくせ、フー子よりずいぶん背《せ》が高かった。並《なら》んで歩いていると、フー子は、自分がまるで、どしんと重苦しい身体《からだ》を引きずっているように感じて、ちょっと居心地が悪かった。そのうえ、間近で見るマリカの目は、おどろくほど大きく、長いまつげに縁《ふち》どられているので、フー子はついドキンとした。電話では、あんなに気安く話せたのに、急に、ひけめのようなものを感じて、フー子は緊張《きんちょう》した。

「あの子、ちょっと変わってたでしょ?」

と、マリカが、かすれ声で言った。

「あの子って、映介くんのこと?」

「うん。あの子さ、中学二年のわりに、けっこう生意気なんだよね」

マリカは、独特の節まわしで、のったりとそんなことを言った。大人っぽいと言わずに、生意気だというのが、なんだかおかしかった。自分は小学生なのに。マリカは、手をのばして、街路樹《がいろじゅ》の葉を一枚《まい》取ると、それをちぎりながら、

「でもね、今日から同好会の人たちと、蝶《ちょう》ちょを採りに行っちゃってるから、今はいないの。中学生なのに、大人の同好会に入ってるのよ。あのね、エーちゃんのこしらえた蝶《ちょう》ちょの標本、きれいよ。フー子ちゃんに見せてもいいって。フー子ちゃんのこと、きっと気に入ったのね。普通《ふつう》は、さわっちゃだめっていうもの」

と言った。

そう言われて、悪い気はしなかった。だが、映介がいないというのは、マリカにだけ、あのことを話せるということだ。それは、ちょっとうれしいことだった。三人で秘密《ひみつ》をもつより、やっぱりマリカとふたりでもつ方がいい。

並木道《なみきみち》に面した、立派《りっぱ》な門扉《もんぴ》の前で止まると、マリカは慣れた手つきで、それを開けた。門には、「蠣崎恭之介《かきざききょうのすけ》」と「蠣崎浩平《かきざきこうへい》」というふたつの表札がはめこんであった。映介の祖父と父の名前だろう。どちらも、フー子にとっては、初めて見る名前ではない。

中に入ると、映介の母親らしい、感じのいい婦人が出てきて、映介が訪《おとず》れたことにお礼を言った。やがて、おばあさんも出てきて、またお礼を言った。

「時計坂のおじい様には、ずっとご無沙汰《ぶさた》していますのに、あの子がお電話もさしあげずに、とつ

ぜんうかがったそうで、驚《おどろ》きました。おじい様とお昼までごいっしょしたとか。ご迷惑《めいわく》ではなかったのでしょうかねえ」

おばあさんは、ていねいな言葉で、心配そうにそう言った。やはり祖父は、だれにとっても、近づきがたい人なのにちがいない。


マリカは、映介の部屋にフー子を案内した。ごちゃごちゃした、物にあふれたような部屋だった。中学生とは思えないほど、本が並《なら》んでいた。

「そこらへんの厚い本は、伯父《おじ》さんがみんなのために買ったんだって。それなのにエーちゃんは、いちばんよく見る人のところに置くべきだって言って、自分のものにしちゃったんだって」

とマリカは言った。それは、学校の図書室でしか見たことのないような絵画全集だった。昆虫《こんちゅう》や植物の図鑑《ずかん》もいろいろあった。なんとか殺人事件、なんとかの謎《なぞ》、なんとかの惨劇《さんげき》、といったような物騒《ぶっそう》な題の本もずいぶん並《なら》んでいる。本などまず読まない兄の部屋とは大ちがいだ。

「エーちゃんて、好きな物がいっぱいあるの。虫でしょ、絵でしょ、推理小説《すいりしょうせつ》でしょ、それに、天体望遠鏡も持ってるし、レコードも持ってる。……ほら、これが蝶《ちょう》ちょの標本。きれいでしょ？」

マリカは、棚《たな》から標本箱を取りだして、フー子に見せた。ガラスおおいのついたケースの中に、ジャノメチョウやシジミチョウが、羽を広げて、きちんと縦横《じゅうおう》に並《なら》んでいた。学名、和名、という小さな紙が貼《は》りつけてあって、まるで大人の専門家《せんもんか》が作ったものに見えた。部活、部活と騒《さわ》いで、帰ってくるなり汚《きたな》らしい格好のままひっくりかえって、母を怒《おこ》らせている兄とは、ほんとうに何とちがうのだろう。映介を知る前にこの部屋に入ったなら、なんだかキザっぽい中学生だと思ったかもしれないが、もちろん今では、そうは思わない。映介の抱《かか》えている世界に、目を見はるばかりだ。

「だけどさ、この標本、こんなふうに並《なら》べた方が、もっといいと思わない?」

マリカはそう言って、一冊《さつ》の本を棚《たな》からぬくと、ぺたんと床にすわって、中ほどのページを開いた。フー子も同じようにすわると、本を受けとった。そこには、色とりどりの蝶《ちょう》が、中心に向かって円を描《えが》くように並《なら》べられ、さながら美しいテーブルクロスのような模様《もよう》を形作る、大きなカラー写真が写っていた。

「エーちゃんに、こうやればって言っても、そんなの、『じじい』の悪趣味《あくしゅみ》だって言うの。だけど、『じじい』なんか、蝶《ちょう》ちょの模様《もよう》のスカートもはかないし、刺繍《ししゅう》したバッグだって持たないじゃない? どうしてなんだろ」

マリカは、片方《かたほう》の膝《ひざ》を抱《かか》えながら、首をかしげた。

「んん……」

フー子は、その一見美しい写真を見ながら、マリカに同意はできなかった。模様《もよう》や刺繍《ししゅう》ならば、きれいだと思えても、それが、死んだ生き物で作られているとなると、やはりぞっとしない。それを、喜びながら、美しく美しく並《なら》べていくのは、いかにも、「ひっひっひ」という声の似合う気味の悪い『じじい』のすることだと、フー子も思う。

（マリカちゃんて、変わってる……）

フー子は、何かまったくちがう感覚でものを考える相手と向きあっているような気がした。

（でも、どっちだって、生き物を殺して並《なら》べてるんだし、それなら、どう並《なら》べたって同じことなのかしら……）

「フー子ちゃんたら！」

とマリカが呼《よ》んだ。

「せっかく遊びに来たんだから、はやく遊ぼう？」

フー子も、そうだ、あのことを話さなければ、と思った。フー子は本を置くと、マリカと向きあうように、きちんとすわりなおした。

「ねえマリカちゃん」

そうきりだすと、フー子はドキドキした。とうとう、望んでいたとおり、マリカとふたりきりで、あの話をするのだ。

「あのね、すごい秘密《ひみつ》の話があるの。まだだれにも話してないの。信じられないけど、ほんとうの話なの」

フー子は、思いつめたようにマリカを見た。マリカは、白い靴下《くつした》についたフリルをいじりながら、

「どんなこと？」

ときいた。

そのきき方が、あんまりあっけないので、フー子はちょっと気がぬけた。それでも思いきって、踊《おど》り場《ば》からつづく階段《かいだん》、もとはドアだった壁《かべ》、そこにかかる懐中時計《かいちゅうどけい》のことを話したのだった。

「懐中時計《かいちゅうどけい》ねえ……。それね、ここの家のおじいさんも持ってるわ」

とマリカは言った。

「あ、そう、それでね……」

フー子は、それがすっかり錆《さ》びていて、開けようとしても絶対に開かないのに、ひとりでに開き、花に変わったのだと話した。そこのところを早く言いたかった。

「へえ、おもしろいねえ」

とマリカは言った。あいかわらず、フリルをいじっていた。糸がほつれてきているのだ。

「そしたら、窓《まど》の向こうに、お庭みたいなところが見えたのよ」

マリカは、さぞ驚《おどろ》くだろうと思った。

「フー子ちゃん、入ってみたの？」

とマリカはきいた。フー子は、マリカとのやりとりが、なんとなくしっくりこないように感じながらも、それに答えた。

「うん。でも、それは二回目のとき。蔓草《つるくさ》みたいなのが、いっぱい生えてて、道があっちにもこっちにもつづいてて、広いのよ。空が薔薇色《ばらいろ》で、歌も聞こえたの。すごく不思議なところなの。迷路《めいろ》みたいでね、わたし、迷子になったのよ。うそじゃないの、その中で拾った髪飾《かみかざ》り、ちゃんと持ってきたわ。ピンク色の髪飾《かみかざ》りよ。……見せようか？」

「うん」

そこでフー子は、大切にくるんできた珊瑚《さんご》の髪飾《かみかざ》りを手さげから出すと、マリカにそっとわたした。マリカは喜んで受けとると、すぐ頭にさしてみて、

「似合う？」

とたずねた。フー子は、あっと思った。拾ってから今まで、さしてみることなど、まるで思いつかなかったのだ。フー子は、マリカのすることに驚《おどろ》いた。

珊瑚《さんご》の髪飾《かみかざ》りをつけたマリカが、にっこり笑っている姿《すがた》は、息をのむほど美しかった。

「ああ、この部屋に鏡ないのかなあ。あ、あった！」

マリカは、ひらりと立ちあがると、窓《まど》の横にかかった鏡を見ようとして、妖精《ようせい》がするような格好で、つまだちをした。そして、満足そうに、クスッと笑った。光が髪《かみ》にふりかかり、金色に見えた。

マリカを見ていたフー子は、あの園《その》の中に入りこんだときにおそってきた、あの言い知れぬ、惹《ひ》きつけられるような感覚に、再びとらえられているのを感じた。忘《わす》れていた夢が、急にくっきりとよみがえったかのようだった。あの中にひそんでいた、このうえもなく魅惑的《みわくてき》な何か。それと同じものを、今、感じる。ああ、これだ、この感じだ……。何とくらくらするんだろう……。

（マリカって、あちら側の子なんだ）

フー子は、不意にそんなふうに思った。

「ねえ、それで、どうしたの？」

マリカが振《ふ》りむいて、物憂《ものう》い調子で先を促《うなが》した。

フー子は、夢から覚めるようにハッとすると、

「あ、ああ……。それだけ」

と答えて、それ以上のことを言うのをやめた。

「なんだあ、終わりなの？」

とマリカはすねたように言った。

たった今のことがなかったら、フー子はマリカに失望し、腹《はら》を立てていただろう。人は必ずしも、こちらの期待したとおりの反応を示すわけではない。それはわかっていても、こんな話をしている最中に、髪飾《かみかざ》りをつけて鏡を見るなんて、ずいぶん失礼なことだった。だが、マリカはもう、フー子にとっていっしょに秘密《ひみつ》を探《さぐ》っていく仲間ではなく、探《さぐ》っていく秘密《ひみつ》そのものに変わったのだった。だから失望などしない。

（マリカがちっとも驚《おどろ》かないのは、きっとそういうわけだ）

とフー子は、ぼんやりと考えた。それがどういうことなのか、わからないままに。

「今の話、秘密《ひみつ》なんでしょ。あたし、ちゃんとないしょにしてるわ」

マリカはそう言って、髪飾《かみかざ》りをフー子に返した。花に変わる懐中時計《かいちゅうどけい》を見てみたいとも、園《その》の中に入ってみたいとも言わなかった。それでもフー子は、少しも失望しなかった。

「フー子ちゃんが、秘密《ひみつ》をおしえてくれたから、あたしもフー子ちゃんに、だいじなもの見せてあげるね。でも、ほんとは、秘密《ひみつ》をおしえてくれなくたって、見せるつもりだったんだけど」

マリカはそう言うと、部屋を出て、すぐに戻《もど》ってきた。驚《おどろ》いたことに、大きな人形を抱《だ》いていた。

「かわいいでしょ？　ジャスミンちゃんていうの。旅行のときは、必ず連れて歩くんだ」

マリカは、人形の髪《かみ》を撫《な》でながら言った。

（何なんだろう、マリカって……）

十二歳《さい》にもなって人形を抱《だ》いていることに、フー子はあきれた。だがマリカは特別だ。

「どうしてジャスミンていうか、おしえてあげるね」

そしてマリカは、頼《たの》みもしないのに、映介の本棚《ほんだな》から植物図鑑《しょくぶつずかん》を取りだすと、

「ええと、ええと、どこだっけ……」

とつぶやきながらページを捜《さが》し、フー子に示した。

フー子はそこにある花を見て、思わず息をのんだ。あの園《その》の中で香《かお》りながら咲《さ》いていた、白い可《か》憐《れん》な花が描《か》いてあったのだ。

「ジャスミンて書いてあるでしょ？　でも、日本語でいうと、マツリカなの。漢字だと、マリカとも読めるのよ。つまり、あたしの名前を外国風につけてあげたわけ」

『ジャスミン：和名マツリカ（茉莉花）』

（あの花は、マリカなのか……！）

でもフー子は、そのことを口に出せなかった。だが、わざわざ人形などを連れてきて、こんなことを示してみせたのは、あの園《その》のことを知っていると匂《にお》わせるためではないのか。

(わたしを汀館《みぎわだて》に誘《さそ》ったのはマリカだ。マリカって、いったい何なんだろう……何もかも知っているのだろうか……)

フー子の頭がぐらぐらした。それでもさりげなく、本のページを一枚《まい》めくった。するとそこに、まさに、あの時計の花が描《えが》かれていたのだった。

『時計草』という名前が付《ふ》されていた。

11　スカーフの模様《もよう》

市電が動きだし、もうマリカの姿《すがた》が見えなくなったとき、フー子はため息をついて、毛のぬけたビロード張りの座席《ざせき》に腰《こし》をおろした。もやもやするような、混乱《こんらん》した気持ちはそのまま残っていたものの、ようやく人心地がついた気がした。

マリカのちょっとした仕草や、ちょっとした言葉のひとつひとつが、奇異《きい》でいて魅力的《みりょくてき》なものに感じられたから、そして、さまざまの謎《なぞ》の鍵《かぎ》は、きっとマリカがにぎっていると思うから、長い時間をいっしょに過ごせはしたが、マリカに振《ふ》りまわされたという気持ちはぬぐえなかった。

デパートのおもちゃ売り場に並《なら》んでいるような、あの「ジャスミンちゃん」を持ちだしたマリカは、次には、「ジャスミンちゃん」の洋服を持ちだして、着せかえをはじめた。そして、自分の家ならほかにも人形があるのに、ここにはないのが残念だと言って、映介《えいすけ》の母からいらないストッキングをもらってくると、フー子のために、即席《そくせき》の人形をこしらえだした。白いタオルをぎゅうぎゅうつめて、マジックインキで目鼻を描《か》くと、はげ頭の人形ができた。

「ハンカチをかぶせれば、髪《かみ》がないなんて、だれも思わないわよ」

マリカはなぐさめるように言い、自分のハンカチをスカーフのようにかぶせて、額のところに、ちょいちょいとマジックインキで前髪《まえがみ》を描《か》いた。そして「ジャスミンちゃん」の服を着せ、服の中に、またタオルをつめてふくらませた。

「フー子ちゃんのだから、プーコちゃんて名がいいと思うわ」

そして、あろうことか、フー子は、マリカと人形遊びをすることになったのだ。どんな幼稚《ようち》な子だって、十二歳《さい》ともなれば人形遊びはしないだろうとフー子は思い、少し情けなかった。

「プーコちゃん」は今、フー子の手さげに入っていた。もっとも、ごろんとした顔だけだ。首から、残りのストッキングが垂《た》れ、何とも言いようのない代物《しろもの》だったが、「これはプレゼント」と言って、頭のハンカチはそのままかぶせてくれた。

それからやがて、人形遊びに飽《あ》きたマリカは、

「いっしょに勉強やらない？」

と提案した。マリカは私立《しりつ》の中学を受験するので、これから大変なのだと言った。学区内の中学に行く以外考えられないフー子には、それも驚《おどろ》きだった。

マリカは『少年年鑑《しょうねんねんかん》』という大きな本を出してくると、石炭や石油など、さまざまな資源《しげん》の産出量を国別に示した円グラフを見せた。

「一位から五位までの国を言ってみて。何のグラフか当ててみるから」

そう言って、フー子に本をわたし、問題を出させると、マリカは、髪《かみ》の毛《け》の端《はし》をかんだりしながら、クイズにでも答えるように、次々と楽しそうに答えた。フー子の知らないことを、マリカはよくおぼえていた。こんなことを勉強している一方で、人形遊びをするマリカが、フー子には、ますます不思議だった。

マリカと無二の親友になる、などという夢は、もののみごとに砕《くだ》かれたが、マリカに惹《ひ》かれる気持ちは、少しも変わらなかった。これは、じつに奇妙《きみょう》な感情だった。好きだと思う相手に嫌《きら》われてはいないのに、友達になりたいというわけではない。それでいて相手にたいする興味は、前にもまして強いのだ。

フー子は、手さげの中をそっとのぞいて「プーコちゃん」を見た。どこかまのぬけたその顔を見ていると、マリカと別れたときにはあんなにほっとしたのに、もう、マリカが懐《なつ》かしく思われた。

(帰ったら、これに何か着せてあげよう)

そうフー子は思った。

家に帰ると、リサさんは、まだミシンをかけていた。夕食まではは、まだありそうだった。

フー子は部屋に入ると、さっそく端《は》ぎれの山を引きよせて、「プーコちゃん」のふにゃふにゃの身体《からだ》に、あれこれと当てがってみた。はやばやと端《は》ぎれをもらったものの、宿題には手をつけていなかったので、きれもそのままだった。

（だけど、このきれをプーコちゃんの服にしちゃうと、ちょっと困《こま》るのよねえ……）

それに、布を切ったり縫《ぬ》ったりするのもやっかいだった。

「あ、そうだ！」

フー子は、リサさんの行李《こうり》の中にあった、やぼったい模様《もよう》のスカーフのことを思いだした。あれなら、縫《ぬ》う必要もない。巻《ま》きつけておけばちょうどいい。

下におりていくと、エプロンの紐《ひも》を後ろで結びながら、台所へやってくる、リサさんに会った。

「リサさん、行李《こうり》の中から、また端《は》ぎれもらっていいでしょ？」

フー子はそう言って、リサさんの部屋に入っていった。そして行李《こうり》を引きだすと、両手で穴《あな》でも掘《ほ》るようにしてきれをかきわけ、あのスカーフを捜《さが》しだした。甘《あま》い香《かお》りがぷんと漂《ただよ》った。

フー子は、もう一度それを広げてみて、

「まあ、ほんとに変な模様《もよう》だこと……」

とつぶやいた。だが、そうしながらフー子の目は、そこに描《えが》かれている白い花に釘《くぎ》づけになった。

（……これ、マツリカじゃないの……）

急いでべつの花を見ると、スカーフをとりまくように描《えが》かれているのは、時計草だった。

フー子は、バタバタと行李《こうり》をかたづけた。そして、それを大急ぎでまるめるとリサさんの部屋を出た。台所の横を通るとき、

「いいのあった?」

とリサさんが振《ふ》りむきもせずに、声をかけた。フー子はすばやく手を後ろに回してスカーフを隠《かく》した。そして、「もらうのやめたの」とあわててうそをついた。

フー子はドキドキしながら階段《かいだん》をあがった。あがったところで、そっと窓《まど》を見あげた。西陽《にしび》があふれる窓《まど》を背《せ》に、蓋《ふた》の閉《と》じた懐中時計《かいちゅうどけい》が、なにごともなくぶらさがっている。フー子はそれ以上、そこには近づかずに、部屋に入った。

机《つくえ》の上には、頭だけの「プーコちゃん」が着物を待っているかのように、ごろんとのっていたが、そんなことは、もう、あとまわしだった。フー子はまるめていたスカーフを、おそるおそる、畳《たたみ》の上に広げてみた。甘《あま》ったるい匂《にお》いが鼻をついた。

牡丹色《ぼたんいろ》の地に濃《こ》い緑色で、絡《から》みつくような草や蔓《つる》が描《えが》かれている。そのところどころに花が配されている。縁《ふち》の方には、時計草が。中に行くと、マツリカに変わる。さらに中に行くと、だるまと動物の形が、影絵《かげえ》のようにあしらってある。中心には、まっ黒く塗《ぬ》りつぶされた正八角形が描《えが》かれている。フー子は、もう一度、緑の葉に縁《ふち》どりされたような、スカーフの周りを丹念《たんねん》に見た。葉はぐるりとつながっているのに、ただ一箇所《かしょ》、角のところで、それはとぎれていた。あたかも入り口のように、そこだけ開かれているのだ。そして、その前に、全体の模様《もよう》からはみだして、時計草がひとつ描《えが》かれていた。

フー子はそこに指を当てると、迷路《めいろ》遊びをするように、葉にはさまれた牡丹色《ぼたんいろ》の部分をたどっていった。指は、たちまちいきどまりにつきあたった。戻《もど》ってきて、右に行ったり左に行ったりした。上手に進むと、スカーフの反対側の方まで行く。だが結局、ぐるぐると回るばかりだ。フー子はくたびれて指を放した。

フー子は広げたスカーフの前にすわったまま、ぼうっと宙《ちゅう》を見つめた。そのスカーフが、何の模《も》様《よう》を表しているのか、フー子にはもう、わかっていた。それは、あの園《その》の地図だった。甘《あま》い香《かお》りは、マツリカの匂《にお》いだ。

あの園《その》に入ったのは、わずか三日前の朝のことだったが、もう何日も前のような気がした。フー子は、あの園《その》が、ひどく懐《なつ》かしく感じられた。一度旅した地を、もう一度訪《おとず》れてみたいと思う気持ち……いや、さっき別れたばかりのマリカに、もう、また会いたいと思うような気持ちだ。

(この地図があれば、あの中で迷うことなんてないんだ。だから、落ちることもない……)

と、フー子は思った。そう思うと、いても立ってもいられない気持ちになった。

フー子は、スーツケースに入れたままの、セルロイドの裁縫箱《さいほうばこ》の中から、白いチャコを取りだした。チャコは、いくらでも修正がきくから、迷いながら進んでいくのにふさわしかった。めざすところは出口ではない。園《その》の中心だ。なぜかわからないが、そこへ行くべきだという気がするのだ。

フー子は、背《せ》をかがめて、いく度もいく度もやりなおしながら、道を探《さぐ》っていった。

だが、いっこうに中心に行きつく道は見つからなかった。フー子は、背《せ》をのばして、ぶるぶるっと首を振《ふ》った。もう明るくはない部屋の中で目を凝《こ》らし、濃《こ》い牡丹色《ぼたんいろ》や緑色をしきりとにらんでいたせいで、目がちかちかした。そのときフー子は、ふと、

（どうして、リサさんがこれを持ってたんだろう……）

と思った。だがすぐに、これはきっと祖母の遺品《いひん》だったのだろうと思った。これほど意味のある物とは思わずに、祖母の亡《な》くなったあとに来たリサさんがもらい、使う気にならないまま、やがて端《は》ぎれあつかいされたのだろう。そうにちがいないとフー子は考えた。それでは、祖母は、いったいこれをどうやって手に入れたのか。

（懐中時計《かいちゅうどけい》をくれただれかが、きっと、これもくれたんだわ……）

フー子は漠然《ばくぜん》とそう思った。でも、何かしっくりしなかった。そう、祖母がこんな物を持っていたのなら、なぜ、あの中で髪飾《かみかざ》りをなくしたり、死んだりしたのかという疑問《ぎもん》。これを持っていても、だめなのだろうか……。

フー子は、やはり、懐中時計《かいちゅうどけい》の出所《でどころ》をまずは知りたいと思った。だが、そんなことを調べていくには、ひとりではとても無理な気がした。だが、もうマリカを頼《たよ》るわけにはいかないのだ。祖父に話す？　……いや、やめよう。行きつくところは映介しかいなかった。

（そう、映介くんに相談するのがいちばんいい）

フー子は、そう決めると、スカーフをたたんだ。

12　マツリカの園《その》

映介《えいすけ》に話そうと決めたとたん、フー子は矢もたてもたまらない気持ちになったが、映介の合宿は三泊四日《さんぱくよっか》だとマリカは言っていた。これまでマリカを待ち、これからは映介の帰りを待たねばならなかった。

フー子は、朝のかたづけを手伝ったあとで、港へとおりていったり、知らない小道を分け入って登ってみたりして、毎日爽《さわ》やかな午前中を過ごした。山にも海にも、たちまち手がとどきそうなこのあたりには、散歩するところも、探検《たんけん》するところも、たくさんある。本物の外の世界が、こんなにすてきに輝《かがや》いている夏の日には、あの幻《まぼろし》の園《その》など、どれほどのものでもありはしない、とフー子は、眩《まぶ》しい空を見あげ、汗《あせ》をぬぐいながら思う。そして、お昼どきになると、ペコペコにおなかをすかせて家に戻《もど》る。リサさんが、いつもちがう、色鮮《いろあざ》やかな模様《もよう》のエプロンをかけて台所に立ち、気のきいた昼食を作っている。フー子が、それをテーブルに揃《そろ》え、祖父を待って、三人で昼食をとる——。このきちんとしたリズムのある暮《く》らしが、快かった。

食後は、きまって部屋に寝《ね》ころんで、持ってきていた雑誌《ざっし》を眺《なが》めた。だが、フー子はまもなく、たんすの引きだしにしまってあるスカーフを、取りだしてみずにはいられなくなる。外の世界がどれほど光に満ちていようとも、あのひそやかな世界を忘《わす》れてしまうことなど、やっぱりできはしないのだ。

フー子はチャコを取りだし、迷路《めいろ》をたどった。

映介の合宿が終わる日だった。でも、おそらく、そう早くは家に戻《もど》るまいとフー子は思い、あわてて電話をかけにいくのは控《ひか》えた。そして、フルーツサラダをおかわりしたせいで、かなり重苦しくなったおなかをもてあましながら、今日もまた畳《たたみ》の上にスカーフを広げ、迷路《めいろ》を探《さぐ》った。

「……そうだ、まんなかから出発してみよう」

だが、黒く塗《ぬ》られた中心からたどっても、たちまちいきどまりになるのは同じだった。フー子は、これだけ苦労しても、道を見つけることができないのだ、祖母が見つけられなかったのは無理もないと、肩《かた》でため息をついた。

だがそのとき、半分いたずらにマツリカの蕾《つぼみ》をつついていたチャコの先が、思いのほか、何にもさえぎられることなく進んでいくことに、フー子はハッとした。

(あ、もしかしたら……!)

ついに、あるきまりに気づいたのだった。蕾《つぼみ》だ。曲がり角に来たら、いちばん近くに描《か》いてあるマツリカの蕾《つぼみ》をめざして進むようにするのだ。咲《さ》いている花に惑《まど》わされてはいけない。蕾《つぼみ》はどこか……？　注意深く、注意深く……。フー子は、そろそろとチャコを引きつづけた。そのような隠《かく》された合図は、入り口から進めてきたのでは、けっして気づかないものだった。

そして、フー子はとうとう、入り口にたどりついたのだった。


フー子は、面《おもて》をあげて、ぼうっと宙《ちゅう》を見つめた。

（この、黒い八角形のところまで、とにかく迷わないで、もう、わたしは行けるんだ……）

まだ、お昼が過ぎたばかりだった。映介は戻《もど》っているだろうか、たぶん、まだだろう。フー子は、とつぜんじれったくなった。でも、今まで待っていたのだ、待てないわけはない。それに、映介に相談してから行動するのが、たぶんいちばんいいのだ。そうなのだ。でも、迷わずに行って戻《もど》れると思うと、フー子は、どうしても今、あの園《その》の中に入ってみたくなったのだ。

（だいじょうぶよ、これがあるもの）

だが、そう言ってスカーフを抱《かか》えようとしただけで、チャコの粉が落ちた。フー子は、あわてて、またそっとそれを広げると、ノートと鉛筆《えんぴつ》を取りだして、チャコの跡《あと》を丹念《たんねん》に見ながら、書きつけていった。

「左↓右↓曲がらない↓曲がらない↓右↓すぐまた右↓斜《なな》め左↓（ここはカーブの道）左↓すぐ右↓左……」

ひとつでもまちがえたら何にもならない。フー子は、最後まで書き終えると、また最初から確かめた。長い時間がかかった。

そのほかに、真っ赤な端《は》ぎれで、リボンをたくさん用意した。たとえまちがえても、結びながら行けば、もとに戻《もど》ることはできる。

フー子は、手さげの中にノートと鉛筆《えんぴつ》、それにリボンを入れて、部屋を出た。


踊《おど》り場《ば》からの階段《かいだん》をあがり、緊張《きんちょう》して窓《まど》の前に立った。ここに立つのは久しぶりだ。ここに来さえすれば、やがてコチコチという音が聞こえるはずだと信じていたフー子は、時計に目をやったり、窓《まど》の向こうを見たりしながら、時計が花に変わるのを待った。だが、いっこうに何も起こらない。

フー子はもう、二十分も三十分もそこにいたような気がした。

(なぜ……?)

フー子は焦《あせ》った。でも、どうしようもない。フー子は、とうとう窓《まど》に背《せ》を向けると、階段《かいだん》に腰《こし》をおろした。

頰《ほお》づえをついて、どれくらいそこにすわっていただろう。

(もう、あらわれないんだろうか……)

そう思えば思うほど、あの中に入ったときの目くるめくような感覚が恋《こい》しくなった。それは、マリカがつまだちをして鏡を見ていた、あの姿《すがた》と同じ種類のもの……。そして、マリカが背《せ》をまっすぐにのばして、ピアノを弾《ひ》いていた、あの姿《すがた》と同じ種類のものだ……。あそこでは、あのうっとりする瞬間《しゅんかん》が永遠のようにつづいている。……ああ、どうしても、どうしても、あの中に入りたい……！

たまらなくなって、フー子が、再び窓《まど》の方を振《ふ》りむいたとき、かすかなコチコチという音がはじまったのを、フー子の耳は聞いた。

あれほど力を入れても開かなかった懐中時計《かいちゅうどけい》の蓋《ふた》が、すでにぱっくりと開いていた。針《はり》は二時半を指している。前のときとちがいそれは今の時刻《じこく》だった。そして時計は、徐々《じょじょ》に花に変わっていった。

（ああ、よかった……変わったんだ……！）

大急ぎで立ちあがり、壁《かべ》に手をついた。フー子は、ふと、そこでだいじなことを思いだし、急いで時計に目をやった。そして、文字盤《もじばん》に記された字を読んだ。『ＰＯＭ』という字が、見るみるかすんで、美しい時計草に変わっていくところだった。

（ああ、やっぱり、チェルヌイシェフの時計だったんだ……）

それだけのことを、やっと心に刻《きざ》んだ。ガラスの向こうに少しずつ少しずつ、あの園《その》があらわれてくる今、フー子はもう、きちんとものが考えられないほど緊張《きんちょう》し、そして、うっとりしていたのだ。

フー子は、窓《まど》の向こうに広がる美しい園《その》をじっと眺《なが》めながら、身体《からだ》を包みこむ心地よさに浸《ひた》った。

そして、壁《かべ》に押《お》しあてた手に力を込《こ》めた。

この前のときと、何もかも同じだった。壁《かべ》は扉《とびら》となって、向こう側に開き、まっすぐの道がフー子の足もとからはじまっていた。フー子は今日、恐《おそ》れなかった。地図を持っているせいかもしれなかった。だが、とうとうあらわれた園《その》は、前よりもいっそう魅力的《みりょくてき》に見えたのだ。薔薇色《ばらいろ》の靄《もや》がかかる緑の園《その》のはじまりに立ったなら、恐《おそ》れなどを感じる心のゆとりはない。

フー子は、ただただ、惹《ひ》きつけられるように園《その》の中に入っていった。

フー子は、踊《おど》り子《こ》のように軽やかな足どりで、くるくると思うままに入りこんでいきたくなる気持ちをおさえて、ノートの書きこみに従《したが》った。

（今度は右……）

曲がるたびに、その字を◯で囲み、まっ赤なリボンを目の高さの枝に結んだ。そばには、きまって、水色の紙きれが結んであった。

花の横を通ると、せつないような香《かお》りが、フー子のあとを追った。繁《しげ》る葉はつやつやと輝《かがや》き、柔《やわ》らかかった。どこからか金色の光がふりそそぎ、行く道は輝《かがや》いて見えた。

（マリカちゃん、あんたは、ここの精だったのね？　外の世界に出て、わたしのことを呼《よ》んでくれたのでしょ？　でも、あんたは、どこから出入りするの？　中には、あんたがいるの？……）

フー子は、心の中でマリカに語りかけながら進んだ。首も手も指も足も、何もかもひょろりと長く、たおやかなマリカが、ひそんでいるような気がしたのだ。

そのとき、またあの歌声が聞こえた。遠くの古鐘《ふるがね》を思わせる、不思議な声……。
フー子は立ちどまって、耳をかたむけた。声は、ひとつではなかった。ふたつ、三つ、あるいはもっとかもしれない。それはあたかも、微妙《びみょう》にちがう音色のいくつもの鐘《かね》が、同時に鳴《な》り響《ひび》いているかのように聞こえた。外国語の歌らしい。もちろんどこの国の歌なのかわからない。だが、ひとつの声が歌いやめ、またひとつと声がやみ、最後に響《ひび》いた声をじっと聞いていると、靄《もや》の中からうっすらと浮《う》かびあがってくるように、歌の台詞《せりふ》の意味がわかった。日本語ではないというのに。
まるで、小鳥のさえずりを、あるとき不意に理解してしまったかのような意外な喜びが、フー子をとらえた。

「(ほらほら、もうすぐよ。
園《その》が目覚め、わたしたちが目覚めて、
はじまるわ、はじまるわ。
また新しい命の喜びが。
眠《ねむ》りの中のさすらいは、もう終わり)」

もうひとつの声がくわわった。

「(ああ、わたしたちの友だち!
わたしたちの主《あるじ》!
おいでおいで、
また再びの日々を連れて)」

フー子は、そっとノートに目を落とした。

「右↓左↓」とある後ろに「黒いだるまの形が、とびとびにかいてある」とメモしてあった。そう書きこんだとき、スカーフのどのあたりを見ていたかはおぼえていた。もう、かなり中心に近づいている。

声は、はっきりと聞こえたり、またかすんだりはしたが、この前のときのように遠ざかってしまったりはしなかった。

(もしかすると……)

フー子は確信した。歌っているのは、黒いだるまの模様《もよう》で表された者たちにちがいない。この前、声が遠ざかっていったのは、自分の方から、遠のいてしまったせいなのだとフー子は思った。

フー子は、あとふたつの角を、なるべく音をたてないようにして急いで曲がった。そして、道の脇《わき》により、生《お》い繁《しげ》る蔓草《つるくさ》をそっとかきわけた。厚みのある垣根《かきね》の向こうを透《す》かして見るのは難《むずか》しい。

でも、かすり傷《きず》など恐《おそ》れずに、深く手を差しこんだ。どんな姿《すがた》のものがそこから見えるのだろうか。フー子はおそるおそる、顔をのぞかせた。

そこもまた、今まで通ってきた小径《こみち》と変わらないように見えた。白いマツリカがところどころに咲《さ》いている。だが、今までにはなかった何か色鮮《いろあざ》やかな物が、ちらっと動いたのだ。歌声が、右から左から、輪唱のように聞こえる。

「(おいで、おいで、もっと中へ。
早く、早く、わたしたちの友だち、
わたしたちの主《あるじ》)」

(誘《さそ》っているのかしら……わたしのことを……?)

フー子は、垣根越《かきねご》しにきょろきょろと目を動かした。

すると、さっきより、もっとはっきり見えたのだ。オレンジ色の鮮《あざ》やかな、長いスカートをぞろりとさせて、大きなスカーフをかぶった、ちょうどだるまのような輪郭《りんかく》の、さほど大きくはない人が、斜《なな》め向こうの垣根《かきね》からひょいと出てきて、そそくさと小径《こみち》を駆《か》け、たちまち姿《すがた》を隠《かく》したのが。

フー子は、驚《おどろ》いてその場から離《はな》れると、またノートの書きこみに従って、小径《こみち》を進んだ。今見えた人が走っていったその方向を、ノートの矢印もまた指していた。

（ああいう人が、この先に、きっと何人かいるんだわ！）

フー子は、胸《むね》を弾《はず》ませた。歌声は、まだ聞こえる。

次の角を曲がったとき、小径《こみち》の先をそぞろに駆《か》けてゆくまたべつの後《うし》ろ姿《すがた》が、さらにくっきりと見えた。小さな人だった。するとまたひとり、ゆくての垣根《かきね》からあらわれて、すっと消えた。まるでへたなかくれんぼをしているようだ。ひとりが黄色に赤の花柄《はながら》のスカートを、あとのひとりが目の覚めるような青のスカートをはいていたのが、フー子の目に焼きついた。心が躍《おど》った。いったいあの人たち、だれなんだろう。色鮮《いろあざ》やかな服を着て、楽しげに、駆《か》けていく……。今までとはちがう期待に、フー子の足はもつれんばかりだ。

歌声が、すぐそばで聞こえる。

「(ラリラリラー、ルリルリルー、
ああ、わたしたちを呼《よ》び覚《さ》まし、
わたしたちに息を吹《ふ》きこむ心の友だち、
花香《かお》るマツリカの園《その》の
園《その》の主《あるじ》、
さあ、早くおいで)」

（……マツリカの園《その》の主《あるじ》……？）

フー子は、ぴたりと足をとめた。躍《おど》るようだった心も、同時にぴたりと躍《おど》るのをやめた。

（あの人たち、マツリカの園《その》の主《あるじ》を呼《よ》んでいたんだ……。ここは、マツリカの園《その》だったんだ……）

フー子は、自分が何かの手ちがいで、この園《その》に入ってしまったことを、はっきりと感じた。待たれているのが、ほんとうはだれなのか、フー子にはわかった。そう。マリカなのだ。それは疑《うたが》いようのないことだった。

フー子は、まっ赤なリボンを目で追いながら、来た道を引きかえした。

13　マトリョーシカ

フー子は、北向きの薄暗《うすぐら》い部屋の中でピアノに向かい、つれづれに、音を捜《さが》していた。あの人たちが歌っていたのは、こんな節だったろうか……。それはマリカが弾《ひ》いた曲に似て、うらさびしく、心を掻《か》きむしる、独特のメロディだった。

フー子の頭は、靄《もや》がかかったように、ぼうっとしていた。映介《えいすけ》に電話をしようという意気ごみも薄《うす》れ、もうこのまま自分の家へ帰ってしまってもいいような気になっていた。

ここで起こった不思議の数々は、ほんとうは、マリカに起こるはずのことだったのだと思うと、納得《なっとく》がいった。マリカは、何もかも知っていると考えたのは、おそらく誤《あやま》りで、たぶん何も知らないのだ。知らないけれど、マリカという人物が、もともとマツリカの園《その》と、見えない糸で結ばれているからこそ、フー子の話にも、驚《おどろ》きさえしなかったのだ。あんなうちあけ話を、不思議とも思わずに聞くことができるのは、自分も同質の不思議さをもっている者だけだろう。あとはマリカにゆずって、もうあの窓《まど》にはいっさい近づかないことにしようか。あるいは、マリカにゆずる、なんてことさえせずに、ほうっておいたっていいではないか……。

フー子は今まで、自分の身に起こったことが喜ばしいとは一度も思わなかったのに、園《その》の中に、目もあやな衣裳《いしょう》をまとった小さな人々がいるのを知った今、招かれていたのが自分ではないというのは、やはり寂《さび》しい思いがするのだった。

(でも、そんなこと、きまってるじゃないの……)

フー子は、幼《おさな》いときから感じていたのだ。主人公にふさわしい人間と、そうでない人間があること、見られている人間と、いつもじっと見ている人間があることを。それは努力で変えられる質のものではなく、もう決定的にそうなのだと。もちろん、そんなことを思うのは、きまって見る側にいる人間の方だ。

(あんなにすてきで、あんなに変わってる子はちょっといないもの……)

だから、園《その》の主《あるじ》と呼《よ》ばれるのは当然だとフー子は思う。

ポロンポロンと片手《かたて》でピアノを鳴らしながら、フー子はピアノの上に飾《かざ》られた、ロシアの人形を見あげた。木でできた、大小十人の人形たち。みな色褪《いろあ》せたスカーフと服とを身につけている――。

フー子は、ふとピアノから手を放した。

(青……黄色に赤の花模様《はなもよう》……それに、この、だるまの形……)

褪《あ》せていても、もとの色を失うほどではない。そしてスカーフ……。スカートとちがい、スカーフは、どれも同じ色だった。濃《こ》い緑と牡丹色《ぼたんいろ》、ところどころに白い花……。

（そうよ、あの人たちも、この色のスカーフをかぶってた……！）

フー子の鼓動《こどう》が速くなった。ここに並《なら》ぶ人形と、あの人たちとの類似《るいじ》。そして、フー子の部屋にある、あのスカーフとの……！

（いったい、どういうことなの……?!）

フー子はガバと立ちあがると、十センチほどの背丈《せたけ》の人形を手に取った。以前にも、町で見たことがあったから、それが入《い》れ子《こ》になっていることを知っていた。上下を持って、くるっとひねると、人形は腰《こし》のところでふたつに分かれる。それも簡単《かんたん》に開いた。みな外に出ているから、中はからっぽだった。だが、中に記された文字を見て、フー子はドキリとした。そこには、ＰＯＭと書かれていたのだ。

（チェルヌイシェフのマーク……！）

フー子は急いで、べつの人形も開けてみた。やはりＰＯＭという印がある。

（これもやっぱり、おばあさんが、もらったんだろうか）

そのとき、となりのドアが開いて祖父が自分の部屋から出てきたので、フー子はとたんに緊張《きんちょう》した。

「フー子ちゃん、ずいぶん哀愁《あいしゅう》を帯びた曲を弾《ひ》いていたじゃない」

と祖父が話しかけた。

「え？　あいしゅう……？」

すぐに自然さを装《よそお》えず、フー子は、手の中の人形をきゅるきゅるといわせながら、乱暴《らんぼう》にひねった。

「うん。悲しいような寂《さび》しいような感じの曲。ちょっと、ジプシーの音楽みたいだねえ。マリカも、この前そんなの弾《ひ》いてたけど、女の子は、そういうのが好きなのかねえ」

フー子は、曖昧《あいまい》に肩《かた》をすくめた。

祖父は、そのまま行ってしまうのかと思ったら、フー子の手の中で、半端《はんぱ》にひねられたままの人形を見て、

「ふたつに分かれるの知ってたのか、フー子ちゃんは。順々に、これが、すっかり入るんだよ」

と言って、ピアノの上の人形を示した。

「マトリョーシカっていってね、ロシアの民俗《みんぞく》人形だ」

「マトリョーシカ……？」

「マトリョーナという名前が、ロシアの女の人によくある名前なんだけどね、小さい女の子を呼《よ》ぶときは、終わりを『シカ』というふうに変えるんだよ。花子さんを、お花ちゃんと呼《よ》ぶようなものかなあ」

祖父の説明はフー子の興味をそそった。

「じゃあ、これみんな子どもだったんですね。ロシアの女の子って、こういう顔してるのかな……」

すると祖父は、人形を手に取って、首をかしげながら言った。

「……ううむ。そう言われてみれば、これはあんまり、ロシアの女の子には見えないねえ。もっと

も、いろんな民族のいる国だから、こんな感じの少女もいるんだろうけれど、典型的とは言いがたいなあ」

そういえば、以前町で見たのは、頬《ほほ》の赤い、まっ白い顔の人形だったとフー子は思った。あのチェスの駒《こま》にしてもだ。それに比べて、ここに並《なら》ぶのは、どれも茶色の顔で、大きな瞳《ひとみ》が黒々と描《か》かれた人形たちばかりだ。

「これ、どうしたんですか？」

「これは、どうしたんだったかねえ。……たぶん、おばあさんがどうかしたんだろうねえ。外国人の友達も、わりにいたし、こういうものが好きな人だったからねえ」

祖父はそう言って、フー子の顔をじっと見た。フー子は、ドキンとした。どうして祖父は、ときどきこんなふうに自分を見るのだろう。

（わたしが、おばあさんに似てるからなんだろうか）

それから祖父は、にっこり笑って部屋を出ていった。


かつては、さぞ美しいターコイズ・ブルーであったろう、手の中の人形のスカートを見つめながら、フー子は、また新たに発見した不思議なつながりにおののいていた。

（おばあさんが、この人形を持ってたのか……。いったい、おばあさんて、どんな人だったんだろう？　……あの園《その》って、いったい何なんだろう？）

フー子は、園《その》の主《あるじ》がだれであろうと、謎《なぞ》めいたさまざまのことがらをこのままにして忘《わす》れてしまうことなど、とてもできない、チェルヌイシェフのことも祖母のことも、やっぱり知りたいのだと思った。

（やっぱり、早く電話しよう！）

フー子は、部屋をとびだすと、サンダルをつっかけた。


電話には映介の母が出た。

「ああ、フー子ちゃん？　マリカちゃんは、今ちょうどおつかいに出たんです。すぐ戻《もど》りますから、お電話させますね」

「……あ、あの、映介くんは……」

「合宿に行ってたんですがね、さっき、汀館《みぎわだて》についたって電話がありました。でもね、お友達のところによってから帰ると言ってましたから、何時に戻《もど》るかしら……」

フー子は、歯がみをした。もう、マリカではだめなのだ。電話をもらっても困《こま》る。でも、マリカにではなく、映介に用があるのだとは言いにくかった。こんなときでさえ、フー子は、中学生の男の子を待ちぶせて、チョコレートをわたすような子の類《たぐい》だと思われたくなかった。

「マリカちゃんじゃなく、映介にご用なの？」

いきなりそうたずねた映介の母の声には、どことなく、おもしろがっているような調子があった。

フー子は赤面した。そして、消え入るように、やっとのことで言った。

「……頼《たの》まれたことがあったので、それを伝えようと思ったんです」

うそではない。何かあったらおしえてほしいと映介は言ったのだから。

「どんなことかしら？」

わざと問いつめるように聞こえたので、フー子はムッとした。すると、急に頭がしゃんとして、ふてぶてしいほど淀《よど》みなく、言葉が流れでた。

「映介くんがこの前、自由研究のことで時計塔《とけいとう》に調べものに来たとき、わたしもいっしょに行ったんですが、そのときにわからなかったことが、今日行ったら、わかったので、おしえてあげようと思ったんです。戻《もど》ったら、そう伝えてください」

いかにも、きりりとしていた。それにたいする映介の母の受け答えには、明らかに変化があった。急にあらたまった声で礼を述べ、映介に伝えると約束した。

（大人って、ほんとに、ときどき、大嫌《だいきら》いよ）

フー子は、受話器を置きながら唇《くちびる》を結んだ。でもそのとたん、映介の母にたいして、ぶっきらぼうな態度をとったことが、もう悔《く》やまれた。遊びに行ったとき、あんなに親切にしてもらったのに。

フー子は、この電話のせいで、一瞬《いっしゅん》にして暗い気持ちになった。そして、たった今口をついて出た、流暢《りゅうちょう》なでたらめの埋《う》めあわせをしようと、ほんとうに、時計塔《とけいとう》に足を向けた。

14　祖母の友人

史料館は、今日もひっそりとしていた。そんなところへ、用もないのに入りこんでゆくのは、少し気おくれがする。

展示室の扉《とびら》が、ギイーッという耳ざわりな音をたてた。案の定、中にはだれもいなかった。この、ドアの軋《きし》む音が、ベルの役割《やくわり》を果たしているらしく、まもなく、あのおじさんが、奥《おく》からあらわれた。

「やあ、こんにちは」

おじさんは、フー子を認《みと》めたとたん、顔じゅうで笑って親しげに声をかけた。

「今日はひとりですか」

そしてまもなく、眼鏡《めがね》の奥《おく》の目を大きくして近づいてきながら、声に抑揚《よくよう》をもたせて言った。

「きみにおしえてあげたいことがあってねえ。来るのを待ってたんだよ」

おじさんは、フー子たちが訪《おとず》れた翌日、さっそく時計屋さんに来てもらっていっしょに塔《とう》に登り、からくりを調べてみたのだった。

「きみ、夢でも見たんじゃないのかなあ……。だってね、すっかり錆《さ》びていて、動くだなんて信じられなかったですよ。その人もね、こりゃあ、時計屋の出る幕《まく》は、まだまだ先の話ですねって、笑ったくらいだからねえ。人形は、確かに顔から羽の生えた天使でしたけどねえ、巻《ま》き毛《げ》なんか、溝《みぞ》じゅう、緑青《ろくしょう》が吹《ふ》いてたてねえ」

少しとびだしたようなおじさんの目に見つめられて、フー子はいっそう動揺《どうよう》した。おじさんは、おびえきったようなフー子に同情したのか、口調を柔《やわ》らかくして言った。

「たぶん、小さいときにでも、おじいさんなどから、からくりの話を聞いたのが記憶《きおく》のどこかに残っていて、それで、見たように錯覚《さっかく》したんじゃないのかねえ」

「そうなのかもしれません……。あの、暑かったし、汀館《みぎわだて》についたばかりで疲《つか》れてたから……」

フー子は、うつむきながら言った。もちろん、そんなことはうそだ。見たのは事実だ。要するに、時計塔《とけいとう》のからくりも、あの懐中時計《かいちゅうどけい》とつながりがあるということなのだ。それならば、天使を見たという話だって、人に吹聴《ふいちょう》するべきではない。

おじさんは、フー子の肩《かた》をぽんぽんとたたいて元気づけると、

「ところで、あれ、どうだった？　チェルヌイシェフの懐中時計《かいちゅうどけい》かどうか、わかりましたか」

とたずねた。フー子は、

「なんだか、ちがったみたいでした」

と口をにごした。おじさんは、

「丘原《おかはら》さんなら、あるいはと期待したのだけど……」

などと言い、

「じゃ、あっちにいますから、ゆっくりしてってください」

ときりあげて、奥《おく》の方に入っていった。


からくりが長いこと動いていないのは、すでに知ってはいたが、錆《さ》びて緑青《ろくしょう》が吹《ふ》いていたなどと聞くと、妙《みょう》に現実感が備わって、不気味だった。そう思うと、これらがすべて、自分にではなく、マリカに起こるはずのできごとだったというのが、無責任ではあるが、せめてもの救いに思われた。フー子は、ガラスケースに歩みより、もう一度懐中時計《かいちゅうどけい》を見た。花に変わる前のＰＯＭという字が、はっきり思いだされる。それから、壁際《かべぎわ》に行き、あの写真の前に立った。

(おばあさん、ね、あなたは、わたしのおばあさんよね？　おしえて。昔、いったい何があったの？　あそこはどこなの？)

左端《ひだりはし》に立った女の人は、たぶん、美人ではなかった。もっとも、大人の基準でいう美人というのが、フー子には、まだよくわからなかったのだが。だが、かすかに笑いながら毅然《きぜん》としているその表情は、すてきだった。フー子は、こうしてひとりきりになって、その人と向きあうことで、前に見たときにおぼえた、一種の嫌悪《けんお》にも似た感情から解き放たれ、その人に親近感を抱《いだ》いたのだった。

(この人に似てるなんて、うれしいな……)

そしてフー子は、そっと瞳《ひとみ》をすべらせるようにして、チェルヌイシェフを見た。一瞬《いっしゅん》、背中《せなか》がぞくりとした。なんだか、見つめられているようでしかたないのだ。

(ああ、いったい、この人、何者なんだろう？　それに、この写真何なんだろう？　ここにいるほかの人たちは？)

フー子の心の中で、祖母のことをどうしても知りたい、という欲求が、とつぜん強くなった。祖父にはきけない。リサさんも知らない。すると……。

フー子は、思いきって奥《おく》の部屋に向かった。

フー子の頼《たの》みは、祖母と親しかったというおじさんの伯母《おば》という人に会わせてもらうことだった。

「もちろん会えますよ」

おじさんは、ふりかかる前髪《まえがみ》をはらいながら、にこにこして、すぐに電話機を引きよせた。

「昔の話を聞きたいなんていったら、伯母《おば》さん、躍《おど》りあがって喜びますよ」

電話はすぐにつながった。そして、じっと見守るフー子の前で、おじさんは快活に用件を伝えたと思うと、受話器の口をおさえて、

「今日これから、時間ありますか」

とフー子に向かってたずねた。急のことだったが、むろん時間はある。

フー子は今すぐ、祖母の友人宅《ゆうじんたく》を訪《おとず》れることになったのだった。

伯母《おば》さんの家は、山の東側にある公園のそばだった。「歩くのはけっこう大変ですよお。バスで二、三十分はかかるはずだなあ」と、おじさんは言ったが、書いてくれた地図を見ると、朝のフー子の行動半径を、わずかに越《こ》す距離《きょり》でしかなかった。

フー子は、いったん家に戻《もど》ってソックスをはくと、珊瑚《さんご》の髪飾《かみかざ》りをハンカチにくるんで手さげに入れた。そして、むろん行き先は告げずに、明るい陽射《ひざ》しの中を歩きだした。

たったひとりで、こうした行動に踏《ふ》みきることになったのが、少し不安だった。日をあらためて、映介《えいすけ》といっしょに行った方がよかったろうか、とも思う。だが、もうあとには引けない。朝の散歩のときのように、景色を楽しむ余裕《よゆう》はなかった。初対面のおばさんに会い、祖母のことを聞く、ということだけで、フー子の頭はいっぱいだった。フー子は、もくもくと歩いた。

フー子は、公園の裏手《うらて》にある小道に入ったところで立ちどまった。公園内の青々と繁《しげ》った木立ちが、小道を越《こ》えて、道に沿《そ》った一軒家《いっけんや》にまで影《かげ》を落としていた。蟬《せみ》の声ばかりが響《ひび》く夏の昼さがりの中、玄関《げんかん》の見あたらぬ古びたその家は、ひっそりして見えた。

手作りらしい表札が、道ばたの松の幹にぶらさがっていた。おじさんから聞いたとおりだ。『安《あ》達《だち》』という名前の下に矢印が書かれている。フー子は、おじさんからもらったメモをもう一度見た。祖母の友人は、結婚《けっこん》して、山村《やまむら》から安達という姓《せい》に変わったのだ。

フー子は、矢印の指示通りに、置き石を踏《ふ》みながら、庭の中へ入っていった。とたんに犬の吠《ほ》え声《ごえ》がし、フー子の心臓《しんぞう》が一瞬《いっしゅん》止まりそうになったが、犬は家の裏《うら》にでもつながれているらしく、姿《すがた》を見せることはなかった。その声のせいで、来訪者《らいほうしゃ》に気づいたのだろう。テラスのカーテン越《ご》しに、立ちあがって小走りに部屋を横切る様子の人影《ひとかげ》が見えた。

そしてまもなく、ゆくての玄関《げんかん》が開かれ、老婦人が顔を出した。

「あらあ……！」

小柄《こがら》な老婦人は、声にならないような声でそう言ったきり、しばらくドアの取っ手をつかんだまま、フー子の顔を見つめていた。それからしみじみ、

「よくいらしてくれたわねえ」

と言った。まるで、何十年ぶりかで、親友に再会したとでもいうふうな迎《むか》え方《かた》だった。

「スギノさんのお孫さんね？　スギノさんの若《わか》いころに、そっくり……」

老婦人の目が、赤くなったように見えた。

外から見たときの陰《かげ》った印象とは逆に、部屋の中は、手づくりの小物が人目を惹《ひ》く温かみにあふれていた。フー子がかけたソファーにも、背《せ》の低いテーブルにも、ちょっと見ないデザインの刺繍《ししゅう》がされた布がかけてあった。木の幹にかけられた表札も、きっとこの婦人が作ったのだろう。

その婦人は、フー子と向かいあってすわり、じっとフー子を見つめていたが、部屋の中に走らせたフー子の視線《しせん》に気づくと、

「いたずらが好きでね、変なものたくさんこしらえちゃって」

と言って笑った。感じのよさそうな人だったことが、フー子を安心させた。


どういうわけで、四十年近くも前に死んだ祖母のことを聞きに、わざわざたずねてきたのかと問われたらどうしようかと、フー子はずっと気をもんでいたが、婦人は、自分から話しだした。

「フー子ちゃんのお母さんは、おばあさんのこと、あまりおぼえてらっしゃらないでしょうねえ。五つか六つくらいだったのかしら……」

「四つだったそうです」

婦人は遠くを見るように目を細めて、

「健《たけし》ちゃんは、もう学校にあがってたけど、トキちゃん、まだそんなだったのねえ。かわいい子どもがふたりもあってねえ……」

と言うと、深々とため息をついた。

「でも、フー子ちゃんがあんまりスギノさんに似てられるから、さっきから、なんだかわたし、娘《むすめ》時代に戻《もど》ったような気になっちゃって……。ちょっと、ぼんやりしちゃったほどよ。あなたくらいのころ、ほんとにスギノさんとはよく遊んだの。いちばんの仲良しだったのよ」

婦人は、細めた目をきらきらさせた。
そして、祖母の若《わか》いころのことを、話しはじめた。

15　祖母のこと（1）

婦人が祖母と知りあったのは、女学校に入った年だった。さっきもその前を通ってきた、そこからほど近いところにある高校が、昔、祖母たちが通っていた学校だった。今は共学のその学校は、昔、小学校を終えたあとで試験を受けて行く、女子だけの学校だったのだ。

その一年生のときに、十二歳《さい》だった山村サチは、同じ十二歳《さい》のスギノと、親しい友人になったのだ。それ以来、たがいに結婚《けっこん》して子どもができてからも、ふたりは変わらずに友達どうしだった。

「スギノさんも、ちょうどあなたみたいに、ぷくんとしたほっぺをしてましたよ……ほんとうによく似てるわ。お母さんが女学校に行ってらしたときに、お会いしたことあるけれど、お母さんよりも、もっとスギノさんに似てるように思うわ。……そう、目が似てるのね、きっと」

よほど感じ入ったのだろう。婦人は、また同じことを言った。そして、

「あなたが、スギノさんのお話を聞きに来るというでしょう。それで、さっきから、昔のことを考えていたら、忘《わす》れていたことを次々と思いだしてねえ、あんなこともあった、こんなこともあったって、ひとりで、もう懐《なつ》かしがっていたのよ」

と前置きすると、婦人は、女学校時代の話から、なめらかに話しはじめたのだった。

スギノという少女は、見たところ、ごく普通《ふつう》のおとなしそうな女の子だったが、親しくなってみると、そのころの女の子なら思いもしないようなことを、いろいろと心に描《えが》いているのがわかって、婦人は驚《おどろ》いたそうだ。もちろん、まだほんの子どもといっていい歳《とし》だから、進んだ考えの上級生たちのように、社会的な問題や、女性の生き方を論《ろん》じるというようなことで驚《おどろ》かしたというのではない。それどころか、むしろ子どもっぽい、そんなことをやって何になるのかというような突飛《とっぴ》なことに次々と夢中になっていたのだ。

「夏の朝ね、スギノさんが、岬《みさき》の端《はし》まで行こうって言うんです。何しに行くのかと思ったら、これを瓶《びん》に入れて海に放るんだって言って、手紙を見せてくれました。絵とも字ともつかない妙《みょう》なものが、書いてあるのよ。聞けば、オオウミガラスにあてた手紙だって言います。オオウミガラスって、知ってますか？　もう、せんに滅《ほろ》びた鳥なのよ。でも、まだきっと、遠くの遠くの北の島のどこかに生きてるって言うの。そう聞いたら、わたしもたちまちうれしくなって、ふたりで出かけていって、犬の子一匹《びき》いない岬《みさき》の端《はし》から、遠くの海めがけて、ぽーんぽーんて、五つも六つも放ったんです。きっとオオウミガラスは読んでくれるって、ほんとにそんな気がしましたよ。

『闇《やみ》のもやしが原』を作ろうなんて言ったこともありました。わたしたち、お裁縫室《さいほうしつ》の掃除《そうじ》当番でね、あるとき、床板《ゆかいた》が、半畳《はんじょう》だけ開くようになってるのに気がついて開けてみると、三尺《じゃく》くらい下が土だったんです。そうしたらスギノさん、もやしが陽《ひ》の差さないところにできるって理科で習ったのを思いだして、そこに『闇《やみ》のもやしが原』を作ろうって言いだしたのです。あくる日、土を耕すのに大きなシャベルを持って学校に来てね、掃除《そうじ》のあとで、床下《ゆかした》にもぐっては、せっせと耕して……。三、四人がとこ協力したかしら。とうとう種を蒔《ま》きました。あきれたもんでしょ。そのときにスギノさんが、歌うみたいに言った言葉、どんなだったっけなあって、ずっと考えてて、さっき思いだしたのよ。こういうのよ。

『ほんわりほよよ、ほよほよ、ほよほよ、のびるぞのびるぞ、もやしがのびるぞ、まっ暗くらの闇《やみ》の闇《やみ》、もやしが原が、踊《おど》るぞお』」

婦人は、両手を揺《ゆ》らしながら、唇《くちびる》をつきだすようにして、作り声でまねた。

「土のついたまっ黒い顔して、スギノさんがこんなふうにした様子、はっきりおぼえてる。結局、先生に見つかって、叱《しか》られましたけどね」

目の前にいる歳《とし》とった婦人は、すっかり、いたずらな女の子の顔つきになって、次々と祖母との楽しい思い出を語った。

家に遊びに行くときは、玄関《げんかん》から入らずに、梯子《はしご》を登って、中二階くらいの高さの部屋に窓《まど》から入ったこと。よく板戸をはずして卓球台《たっきゅうだい》にして遊んだこと。襖《ふすま》を張りかえるという日にたまたま行くと、一枚だけ白地の襖《ふすま》を自分のものにさせてくれと祖母が頼《たの》み、そこに二人で思う存分《ぞんぶん》、絵を描《か》いたこと——。

「手ばなしで自転車をこぐ練習したり、ブランコ乗りの訓練したりもしました。スギノさん、サーカスがお好きでねえ……。わたしはサーカスが来ると、どうしたもんだか、何かこう、胸《むね》のあたりがきゅんとなったんです。サーカスって、見た目は派手《はで》でも、ふだんに暮《く》らしてるところを、よっと揺《ゆ》らして、底なしの穴《あな》でも見せるふうな、気味悪さがあるんですよ。妙《みょう》なのが、ニッと笑って馬鹿力《かぢから》を出したり、火を吹《ふ》いてみたり……。道化《どうけ》も、なんだか怖《こわ》かった。それに大人はよく、言うことを聞かないとサーカスに売りとばすぞって子どもに言ったりもしたものですからね。だから、サーカスに出てる子どもを見ると、売られたのかなあ、なんて気の毒になって……。でも、スギノさんは、そういうものに惹《ひ》きつけられるところが、昔からあったんですね。サーカスが来ると、毎日のように通ってたようでした。そしてね、しまいに、いつでもサーカスの団員になれるようにって言って、いやがるわたしにまで、練習させるんです。どういうわけか知らないけど、双子《ふたご》の少女というのじゃないとまずいって言ってね。しょうがないから、スギノさんが『リリー』で、わたしが『ローズ』になりました。もう、ひどい目にあいました。自転車ではころげるし、ブランコからは落ちるしね。……でも、おかしいわね、今思うと」

さっきまで笑っていた婦人は、目頭をおさえていた。

婦人の話は、少しずつ、その後のことへ移った。

女学校には、いろんなタイプの人がいたが、それでもみなそれなりにしっかりしていた。きちんとした良妻賢母《りょうさいけんぼ》になることが、女子の進むべきいちばん正しい道だと、おしえられるままに信じて、落ちついたいい感じの人になるのが多数だったが、教師になるつもりの人もいた。当時、学校を出た女の人が働こうとすると、教師の職くらいが適当だったせいでもある。少数ではあったが、東京の女子大学に進む者もいた。もう子どもとは言えない歳《とし》になり、スギノ以外の友人たちとも交わるうちに、山村サチも、いくらかものを考えるようになった。

「汀館《みぎわだて》から、大学までは行かせてもらえそうもないし、さりとて、先生になるのも気が進まないし、すぐにお嫁《よめ》にいくのは、なんだかもっと情けないしなあ……なんてね」

ところがスギノは、そういう女学生の中にありながら、周りのどよめきには、いっさい左右されずに成長していた。

「わたしが、真剣《しんけん》にそういう話をもちかけても、スギノさんの言うことったら、絵描《えか》きか、手品師か、博打《ばくち》打ちか、砂金《さきん》掘《ほ》りか、船乗りか……。全部はおぼえてませんが、何かそういうものになりたいと思ってる、だなんて変なことばかし。余裕《よゆう》のない年ごろでもあるし、わたしはプリプリして、まあ、ちっとも真面目《まじめ》じゃないのねって怒《おこ》ったことがありました」

だが、スギノは、卒業すると親類を頼《たよ》って上京し、そこから、洋画の研究所に通いはじめたのだから、不真面目《ふまじめ》に答えていたわけではなかった。もっとも、それは、そう長いことではなかった。海産問屋だったスギノの生家が火事にあい、スギノもゆうゆうと絵の勉強などをしていられなくなったのだった。スギノは、二十歳《はたち》のころに汀館《みぎわだて》に戻《もど》り、借家住まいをはじめた。その後、スギノ

の父や母が次々倒《たお》れて、スギノはその世話に追われたのだ。

「そんなふうに言うと、かつての奔放《ほんぽう》な女の子が、苦労を背負《せお》ってさぞ大変な思いをしたのだろうと思いがちでしょ。ところが、やっぱりそうじゃないのね。変わったところと言えば、女学校時代よりおしゃれになったことだけ。病人が家にいるはずなのに、港に入る船を見にいっては、スケッチしたり、外国人と片言《かたこと》の会話をして、長い船旅のことなど聞きだしてうっとりしていたみたいでした。帆船《はんせん》が入ると興奮《こうふん》してね、サッちゃん、見にいこうよ、なんて迎《むか》えにくるんですけど、スギノさん、あのころから髪《かみ》を短いおかっぱにして、着物も派手《はで》で目立つのね、だから、なんだかいっしょに歩くのが気恥《きは》ずかしくてね……」

スギノの両親は、まもなく亡《な》くなった。そして、それからほどなく、貿易関係の会社で通訳《つうやく》をしていた祖父と、スギノは結婚《けっこん》したのだった。

婦人の話に、すっかり引きこまれ、耳をかたむけていたが、婦人が一息ついたおりに、フー子は初めて口をはさんだ。

「そういう人が、普通《ふつう》に結婚《けっこん》して奥《おく》さんになるって、なんだか似合わないみたい……」

「ええ、わたしもそんなふうに思ったわ。……まあ、だけども、やっぱりスギノさんは……」

婦人はそこで言葉を切って、フー子の顔をうかがった。そして、

「フー子ちゃんはおばあさんのこと、どういうふうに聞いてるのかしら……」

とたずねた。

「あの、どういうふうにって……」

フー子が、唾《つば》を飲みこみ戸惑《とまど》いながらつぶやくと、婦人も同じような戸惑《とまど》いを見せながら、

「そのう……亡《な》くなったっていうふうに……？」

と、ためらいがちに言った。

「ええ。物干《ものほ》し台《だい》から落ちて、亡《な》くなったのだって」

聞いたとおりのことを用心深く答えると、婦人は目を伏《ふ》せた。

（あの園《その》のこと、知ってるんだろうか……！）

フー子は緊張《きんちょう》した。だが婦人は、それから小刻《こきざ》みにうなずいて、言った。

「そうなのよね。そう。そうなのだわ。きっと、そういうことなのです」

「えっ……あの……ちがうんですか、ほんとうは……」

フー子がおそるおそるたずねると、婦人は目を伏《ふ》せたまま、首をかしげた。フー子は、映介《えいすけ》の言ったことを、ためらいがちに口にした。

「……物干《ものほ》し台《だい》って、落ちて死ぬほど高くはないんじゃないかって、……思ってました」

婦人はハッとしたように顔をあげると、

「そのことをききたくて、わたしのところにいらしたの？」

と言って、眉《まゆ》をひそめた。フー子は、婦人の声に険を感じて、かえって驚《おどろ》いた。婦人は、フー子の戸惑《とまど》った表情を見るなり、鬢《びん》をおさえながら、

「まあ、ごめんなさい」

とすぐに謝《あやま》った。

「こんなことたずねたの、わたしの方だったのにね」

(山村さん、ほんとうはいったい何を言いたかったのかしら……物干《ものほ》し台《だい》から落ちるってことの、ほんとうの意味を知ってるってこと?)

ドキドキする胸《むね》のうちに、声に出してたずねてみたいという誘惑《ゆうわく》が、にわかに起こった。でも、何をどんなふうにたずねたらいいのか? 短い沈黙《ちんもく》が流れた。婦人は、心もち首をかしげたまま、考えるようにうつむいていた。

フー子は、思いきって口を開いた。

「祖母は、チェルヌイシェフっていう、時計を作る人のことを、話していたことがありませんか」

すると、再び驚《おどろ》いたように婦人は顔をあげ、

「まあ……」

と声をもらした。

16 祖母のこと（2）

婦人は、気分を変えるような表情をすると、

「あら、わたしったら、暑いところを来ていただいたのに、何もさしあげないで……。今のお話、ちょっと中断ね。ジュースもアイスコーヒーも、ちゃんと用意してあったのよ。どっちにする？」

と快活にたずねた。フー子がジュースと答えると、パンと手を打って、

「何てことかしらねえ。いらっしゃる前にと思って、急いでクッキーも焼いたんだった。昔のことをこんなにおぼえてるのに、クッキーのことなんか、けろって忘れてた」

と言いながら、立ちあがった。そして、

「そうそう。これ、お見せするんだった」

とつぶやいてとなりの部屋に入っていくと、まもなく、古くさい大きなアルバムを一冊、開けたまま抱えて出てきた。

「恥ずかしいから、それより前の方は見ないでいてね。ほら、スギノさんが写ってるでしょ。この先、ときどき写ってるはずですよ」

婦人はそう言ってテーブルの上にアルバムを置き、台所へ立った。

開かれたページにあったのは、もう茶色に変色した、入学のときの写真だった。三十人ほどの、まだあどけない少女たちが、おさげ髪《がみ》を垂《た》らし、袴《はかま》をはいて、先生を囲んでいた。全体に不機嫌《ふきげん》そうな顔をしている。祖母が写っていると言われても、祖母のほんとうの写真を見たことはないのだ。だが、生徒の顔を順に追っていったフー子の目は、まんなかの列の端《はし》で、ぴたりと止まった。ふっくらとした頬《ほほ》の、きょとんとしたような少女。

(この子だわ)

自分に似ていると思った。この少女が、さっき聞いたようなことを次々とやらかしたのだと思うと、フー子は、いっそう親しさをおぼえた。そして、そんな友達と日々を過ごせたこの家の婦人を、うらやましく思った。祖母のとなりに立った。おさげの女の子が何十年か前の婦人のようだった。つるんとした顔のかわいい女の子と、今の歳《とし》とった婦人が同じ人間だというのは、いかにも不思議ではあったが。

アルバムをしばらくめくっていったとき、フー子は、一ページ全部を占《し》めている、大きくのばした写真に釘《くぎ》づけになった。それは、ふたりの婦人が、それぞれ赤《あか》ん坊《ぼう》を抱《だ》いて写した写真だった。右にいるのは、着物を着て髪《かみ》を結《ゆ》った、この家の婦人。そしてあとのひとりは、だれあろう、史料館の写真に写っていた、まさにあの人だった。白い大きな襟《えり》の、花模様《はなもよう》のワンピース。ふんわりとパーマのかかったような短い髪《かみ》。やはり、あれは祖母だったのだ。

「おばあさん、すてきだったでしょう?」

お盆《ぼん》を持った婦人が戻《もど》ってきながら言った。

「そんな格好してる人、まずいませんでしたよ。まあね、汀館《みぎわだて》にはそのころロシアの人がけっこう住んでいましたから、洋装《ようそう》の人は見かけましたよ。でも日本人でしょう。だってほらごらんなさい。わたしの場合はだんだん洋服を着るようになりましたが、わたしくらいの歳《とし》の方たちは、今でもみんな着物を着てますでしょ。それが、昭和の初めの頃《ころ》のことですよ。それはそれは目立ちました。洋服なんか売ってもいません。スギノさんは、自分でデザインして、それを縫《ぬ》ったっていうのだから、たいしたものなのですよ」

確かにそうかもしれない。写真の色が褪《あ》せていなければ、そして、祖母がひとりだったら、つい最近写したものだと言われても信じられたろう。だが、髪《かみ》をまるく結《ゆ》い、着物を着てとなりに立つ婦人が、当時の普通《ふつう》の服装《ふくそう》なのだ。

婦人はまた腰《こし》かけると、ストローで一口ジュースを飲んでから、再び話しはじめた。

「そのお洋服といい、よくあれこれと突飛《とっぴ》なことを思いつく人でしたから、スギノさんが、機知に富んだ、アイデアの人だったことは、まあ確かなのですけれど、でも、そういう言葉では、ちょっと言いきれないんです……」

婦人は、「何と言ったらいいのかしら……」と思案したあげく、

「どうも、何かに強く惹《ひ》かれる人なんです」

と言って、細かくうなずいた。

絶滅《ぜつめつ》したオオウミガラスの姿《すがた》や、人知れず床下《ゆかした》に広がるはずだった『闇《やみ》のもやしが原』の光景が、スギノの目に浮《う》かぶや、もうスギノはそれに惹《ひ》きつけられてしまうのだ。

「それも、ちょっと変わったものばかりにね……。何て言うのかしら……美しいけれども、どこか不気味なような、怖《こわ》いような、よくわからないもの……そう、ちょうど、サーカスのようなものに、強く惹《ひ》かれる癖《くせ》があったようなのです。そして、そのあまり、いろいろなことを思いついて、やってみずにはいられなくなるんですね、きっと」

そうした傾向《けいこう》は、長じるにつれて、ますます強くなった。

「とびきりのおしゃれになったのも、結局そのひとつの表れだと思うのです」

だが、洋服に凝《こ》るというだけなら、それがいかに珍《めずら》しかったにしろ、女にはありそうなこととしてすまされたかもしれない。

「でも、周りにひとりもそんな人がない時分に、好きなものを身にまとって平気でいられるって、やはり、そのほかの点でも、相当に跳《は》ねあがってたってことなのよ」

便利な電化製品などまったくないそのころは、炊事《すいじ》をするにも洗濯《せんたく》をするにも、多くの時間を要した。そのうえ、普通《ふつう》は家族も多く、よほどの金持ちの婦人でもなければ、家庭の女がしなければならない仕事はいくらでもあった。子どものころは奔放《ほんぽう》に遊んで暮《く》らせた者であっても、結婚《けっこん》をしたら、もう、最後まで家のことに追われて日々を過ごすだけだ。だが、それが普通《ふつう》となると、だれもみな、そんなものだと思って、それなりにこなすようになる。

ところがスギノはちがった。子どものできる以前は、夫婦ふたりだけの気安さも時間もあったせいだろう、周りの者が、まだ洗濯物《せんたくもの》を干《ほ》しているような午前中のうちから、スケッチブックを持ったり、シャベルや補虫網《ほちゅうあみ》を持ったりして、颯爽《さっそう》と出かけ、夜は夜で、着飾《きかざ》って夫といっしょによく出かけるというぐあいなのだ。そんな日の翌朝《よくあさ》は、なかなかカーテンが開けられない。

「そりゃあ、近所からは、奇妙《きみょう》な人だと思われていたようです。今だって、近所の若い夫婦のことを、あれこれいう人があるくらいですし、まして当時でしょ。スギノさんのことは、離《はな》れたところにいたわたしの耳にまで、ときどき聞こえてきましたよ。みな、あまり話題もないから、ちょうどいい噂《うわさ》の種なのです。わたしはどんなにしたって、やっぱりスギノさんのことが好きだったから、自分ではけっして賛同できない場合であっても、がんばれスギノさん、スギノさんは特別だからいいのよって、心で応援《おうえん》してました。でもスギノさんは、じつは何を言われてもへっちゃらなんですよ。ホホホ」

スギノはそのころにチェスをおぼえた。夫の仕事の関係から、ロシア人の家を訪問《ほうもん》するようになり、そこでおぼえたのだ。しばらくの間、スギノはそれに夢中だった。そのころはもう、安達《あだち》姓《せい》になっていた婦人が、スギノの家をたずねたときに見せてもらったチェスの駒《こま》のことを、婦人は今もおぼえていた。

「駒《こま》が小さなロシアの人形なんです。同じ物をよそで見たことは、今にいたるまで一度もありません。まして当時でしょ。珍《めずら》しいし、かわいいし、よくこんな物があるものだと、それはそれは、感心しました」

「それ、今も祖父のところにあります。わたし、祖父とそれで遊んだんです」

フー子が思わず身をのりだして言った。

「祖母は、そのチェスをどうしたんですか」

「親しくしていたロシアの婦人が、国に帰るときにスギノさんにプレゼントしてくれたのですって。スギノさん、そりゃあ気に入った様子をしてました。一晩《ひとばん》に一度は、丘原《おかはら》さんと指すのだっていうのですから、うらやましいと思いましたよ」

家柄《いえがら》のやかましいところへ『お嫁入《よめい》り』をした婦人にとっては、友人と自由につきあうのさえ、ままならなかったから、たまにスギノと会って、遠い世界のような話をいっぺんに聞かされると、心が解放されるような、妬《ねた》ましいような、複雑な気持ちにおそわれたのだ。

スギノは、懇意《こんい》にしていたロシア人夫婦が去ったあとも、外国人が出入りする社交場へ出かけては、チェスの腕《うで》を磨《みが》いていたらしい。

「そのころ、同じ時期に子どもができたんです。スギノさんみたいな人が、お母さんになるというのがなんだか不思議だったけど、同じ母親になるのだと思うと、スギノさんが、また身近に感じられてうれしく思いました」

ところがスギノは、やはり、どんなことが起ころうと、スギノなのだった。子どものことは大切にしていたが、子どもにかまけるよりも、自分の興味のものに、やはりかまけていた。赤《あか》ん坊《ぼう》のころは、背中《せなか》におぶってよく遊びに出かけ、歩けるようになると連れて歩いた。

「でもね、それでも、子どもから見たら、あんないいお母さんて、いなかったんじゃないかしら。だってね、よく遊ぶんです。絵が得意だから、紙芝居《かみしばい》や絵本をこしらえてあげたり、健《たけし》ちゃんがおかしげな猫《ねこ》の絵を描《か》いて、こんな猫《ねこ》がいたらなあ、と言ったからと言って、お昼寝《ひるね》をしている間に、そっくりのぬいぐるみを作って、枕《まくら》もとに、置いておいたりするんです。近所の子どもまで、おもしろがってやってくるんですね。その子たちの親が、スギノさんを煙《けむ》たがってることなんて、てんで意に介《かい》さずに、集まってくる子といっしょに遊んでました。家のことなんか、ほんとにどうしていたのかしらね。あのころ、そんなことしてる大人といったら、少し頭が軽いと思われたくらいです。だって、みんな忙《いそが》しいし、子どもは山ほどいるでしょ。子どもはほったらかされるのがあたりまえでしたし、子どもも、子どもどうしで楽しく遊んでいましたからね。

健《たけし》ちゃんのあと、トキちゃんが生まれて……ああ、その写真、そのときに写真屋に行って撮《と》ったのよ。そのあたりだったかしら……チェルヌイシェフさんと知りあいになったのは……」

フー子は、ぐっと身がまえた。

だが婦人は、チェルヌイシェフのことを、詳《くわ》しく知っているわけではなかった。もちろん見たことなどなかった。

チェルヌイシェフという人がなぜ、汀館《みぎわだて》に来たのかは定《さだ》かではない。だがとにかくそのころ、ロシアから来て、驚《おどろ》くような時計を作るというので、にわかに有名になったのだ。ところがチェルヌイシェフは、時計師というだけではなかった。奇術師《きじゅつし》でもあったのだ。そのことは、一般には知られていなかった。婦人もスギノに聞いて知っているだけだ。

子どもができてからは、さすがに夜の外出をしなくなっていたスギノは、あるとき、そのことを耳にはさんで、どうしても見にいかずにはいられなくなった。そしてある夜、昔行った社交場へ、それを見るために出かけたのだ。不思議な目をしたその外国人が見せた手品は、スギノをすっかり魅了《みりょう》したのだった。

「だって、スギノさん、自分も手品師になりたいって言ったことがあるくらいだもの。なるほど、それはいかにもスギノさんを虜《とりこ》にするだろうって、わたしがまず思いましたよ。

でも、それから、どれくらい社交場に通ったのかは知りません。とにかく、スギノさんの口から、その人のことを聞いたのは、その後一度だけだと思います。そのときは、珍《めずら》しく興奮《こうふん》していて、それにちょっと得意そうだったわ」

ふたりの子どもを連れたスギノと、町でばったり会った婦人は、スギノがいっそうすてきになっていることに、まず驚《おどろ》いた。それに、ひどくうれしそうな様子なのも印象的だった。

「あのときはね、わたしの方にもちょっとうれしいことがあって、それで心が弾《はず》んでいたんです。

だから、スギノさんのお話にも耳をかたむける余裕《よゆう》があったんですね。もし、生活のことで頭がいっぱいのときだったら、まあ一家の主婦が何てことかしらって、あきれて腹立《はらだ》たしく思ったと思います」

『あら、いいことがあったみたいね』という婦人の言葉に促《うなが》されて、スギノが話したのは、何と、前の晩《ばん》、チェルヌイシェフとチェスをして勝ったという話だった。だが、それだけではなかった。自分に勝ったお祝いにと、チェルヌイシェフは、自分の懐中時計《かいちゅうどけい》をくれたと言うのだった。

「チェスに勝ったという話の方は、正直に言って、ああ、さようですかっていう気持ちが半分はあったんですけどね、その、時計をもらったというのには実際驚《おどろ》きました。だって当時、チェルヌイシェフの時計を買うなんて言ったら、目がとびでるような話だったんですから」

婦人のついたため息に誘《さそ》われて、フー子もいっしょに大きな息をした。あの懐中時計《かいちゅうどけい》は、そうやって、手に入れた物だったのだ。

だが婦人は、その懐中時計《かいちゅうどけい》について、スギノから聞かされたことは、その後一度もなかった。

(じゃあ山村さんは、園《その》のことは何も知らないんだわ……)

それならば、なぜあんなふうに曖昧《あいまい》な言い方をしたのだろうとフー子は思う。だが、それをしつこく話題にするのははばかられた。フー子は話のつづきを促《うなが》すつもりで、なにげなくたずねた。

「チェルヌイシェフは、そのあとも、汀館《みぎわだて》にいたのですか」

「いいえ。そうねえ、どれくらいあとかしら。とにかく、どこかに行っちゃったようでした……」

「祖母が亡《な》くなったあとで？」

するると婦人は小さく唇《くちびる》をかみながら、

「それがねえ……」

と、つらそうにつぶやいたのだった。

「スギノさんが行方不明《ゆくえふめい》になったのと、どちらが先だったかは、よくわからないんですよ」

17　祖母の行方《ゆくえ》

「行方不明《ゆくえふめい》」という言葉が、フー子の心をぐらりと揺《ゆ》らした。「死んだ」という、とり返しのつかない言葉以上に、それは不気味に響《ひび》いた。

姿《すがた》のない「ひとさらい」が不意にあらわれて、遠い世界の彼方《かなた》へと連れ去ってゆく。そこは、ゆらゆらとした陽炎《かげろう》に包まれた、静かな真昼の世界……あるいは、いつもたそがれた、すみれ色の、あるいは、どこもかしこも灰色《はいいろ》にくすむ、見捨《みす》てられた世界の果てだ……。その世界へ連れていかれた者の名を、どんなに呼《よ》ばわっても、声はけっしてとどかない。「ひとさらい」と手をつないで、もくもくと歩きつづける子どもの後《うし》ろ姿《すがた》が、ぼんやりかすむ。「行方不明《ゆくえふめい》」とは、そんな言葉だ。

フー子は、レースのカーテンのすきまから、窓《まど》の向こうを眺《なが》めた。夕暮《ゆうぐ》れを迎《むか》えるにはまだ早い、おっとりと静かな夏の日が熟《じゅく》し、庭の草木を包んでいる。何もかも、止まってしまったかのようだ。フー子の心も、ふっと宙《ちゅう》づりにされたまま、あれこれと思うことをやめていた。

「フー子ちゃん」

婦人が声をかけた。

「ごめんなさい。驚《おどろ》かしちゃったわね？」

フー子は、我《われ》にかえって婦人の方を見た。

「ずっと亡《な》くなったとおしえられていたおばあさんのことを、行方不明《ゆくえふめい》だなんて聞かされたら、だれだって、びっくりしちゃうわね、だって……」

「……生きてるのかも、しれないいんですものね」

フー子がささやくように、あとの言葉をつづけた。口にしてみると、くっきりとした驚《おどろ》きが広がり、身のうちがぞくぞくとした。

ところが今度は、婦人があらぬ方を見て、ぽつりと言ったのだった。

「でもね、さっき物干《ものほ》しから落ちて亡《な》くなったって聞いたとき、妙《みょう》なことですが、ああ、そうなのだ、行方不明《ゆくえふめい》っていうのは、そういうことだったのだって、すとんと納得《なっとく》がいったのです……」

婦人は、ゆっくりとフー子の方に向きなおると、

「たぶん、フー子ちゃんが聞いたお話のとおりなんだと思います」

と輝《かがや》きのある目で付けたしたのだった。

フー子が婦人の家を辞そうとすると、婦人は、犬の散歩がてらに、図書館に本を返却《へんきゃく》するからと言って、いっしょに家を出た。

耳のぴんと立った白い犬を連れて、婦人は家の裏手《うらて》から出てきた。

「そこの公園には、来たことがあるでしょ？」

涼《すず》しすぎるほどに、ひっそりと陰《かげ》った小道を歩きだしながら、婦人が言った。フー子は、訪《おとず》れたことがなかった。

「あらそう、汀館《みぎわだて》公園っていってね、けっこうな広さの公園よ。まだお時間だいじょうぶでしょ、フー子ちゃんも散歩しない？　図書館、その中にあるのよ」

そしてふたりは、公園の裏門《うらもん》から、中へ入った。起伏《きふく》のある芝生《しばふ》の、ところどころには緑の木が繁《しげ》り、小高い丘の上には、あずまやが見えた。そんな中を縫《ぬ》っていくと、木造の白い建物が不意に姿《すがた》を見せる。昔の博物館や民俗《みんぞく》資料館だが、建物が老朽化《ろうきゅうか》してしまい、今は開いていないと婦人は説明した。

「今も使ってるのは図書館だけ。わたしたちが女学校の時分からあったのよ」

芝生《しばふ》の上を這《は》う細い小道を、犬に引かれて身をそらして歩きながら、婦人は、少し荒《あら》い息づかいで話しだした。

「スギノさんと丘原《おかはら》さんが、初めて出会ったのが、その図書館の前の芝生《しばふ》なの。わたしもいっしょにいたのよ」

女学校一年の夏休み。ふだん遊んでばかりのお転婆《てんば》のふたりが、珍《めずら》しく、図書館で勉強をし、お昼に外に出て、木陰《こかげ》でおむすびを頬張《ほおば》っていたときのことだ。スギノが何かおかしなことを言ったとたん、近くの木の下から、プーッと吹《ふ》きだす声がする。やはりおむすびを頬張《ほおば》りながら本を読んでいた、中学生だった。耳に入る少女たちの会話を、聞くともなく聞いていたのだろう。ふたりがそちらを向くと、中学生はひどく恥《は》ずかしそうにして、かぶっていた学帽《がくぼう》のつばを、あわててぐいとおろしたのだった。

「それが、フー子ちゃんのおじいさん。夏休みの間、何度も図書館でお会いしました。しまいにお話しするようにもなりました。おじいさん、そのときからスギノさんのことが、ずっとお好きだったのね」

いかめしい様子の古びた建物が、ゆくてにあらわれた。

「フー子ちゃん、ここでちょっと、ポッキーの鎖《くさり》、持っててくれる？　大変だったら木につないでいいから」

そして婦人は返却《へんきゃく》する本を抱《かか》えて、幅広《はばひろ》の階段《かいだん》をのぼっていった。

フー子は、犬に引かれながら、図書館の前の木立ちの中へと踏《ふ》みこんだ。

洪水《こうずい》のように流れこんできた初めて聞く話に、頭はまだ親しめず、ぼんやりしていた。何から、どう、思い返したらいいのかさえわからない。さしずめ、たった今聞いたことに、心が引っぱられる。

（ここで、おじいさんとおばあさん、初めて会ったんだ……）

祖父は、どのあたりで本を読んでいたのだろう。祖母たちは、どのあたりでおしゃべりしていたのだろう。アルバムの中に並《なら》んだ、ふっくらとしたふたりの少女の顔が目に浮《う》かぶ。かつての少年や少女がよりかかっていた木が、今もまだあるのだと思うと、フー子の胸《むね》は急に熱くなった。

（女学校一年の夏休みか……わたしよりも一つ年上だったんだ……）

だが、誕生日《たんじょうび》がきていなければ、まだ十二歳《さい》だったかもしれない。フー子は、ふと、汀館《みぎわだて》に来た日に祖父が言った言葉を思いだした。

「十二歳《さい》の夏休みか……」

そう祖父は言ったのだった。祖父は、ほかの歳《とし》とった大人とちがって、数え年を使わなかった。そして、チェスをしようと誘《さそ》った祖父……。フー子は、祖父の目の中にひそむ悲しみの深さを、今感じた。

（おじいさんは、おばあさんのことを、死んだんだって思うことに決めたんだ……）

どこかで生きていると信じつづけることと、死んだものと決めることとの、どちらがつらいのかわからない。でも、祖父は後者を選んだ。

そのとき、手の中でするりと鎖《くさり》がすべり、ポッキーが木立ちの中へ消えていったので、フー子は思わず我《われ》にかえって走った。じゃらじゃらと鎖《くさり》を引きずる音とともに、ポッキーの白い姿《すがた》が木立ちの合い間にちらちらしたと思うと、やがて見えなくなった。フー子は焦《あせ》った。

「ポッキー！　ポッキー！」

しばらくして、高い吠《ほ》え声《ごえ》と、それにつづく悲しげな声が聞こえたので、フー子はそちらへ駆《か》けた。鎖《くさり》が木に絡《から》みつき、ポッキーは身動きができなくなっていた。

「行方不明《ゆくえふめい》になるとこだったわ」

鎖《くさり》をほどきながら、そう口をすべらせたとき、フー子はふと、祖母はどうして行方不明《ゆくえふめい》になど、なったのかと思った。小さな子どもではない。むろん子どもでなくとも、行方不明《ゆくえふめい》になる事件はあるとしても。

(チェルヌイシェフもいなくなったんだ……チェルヌイシェフにさらわれた? そうだ、チェルヌイシェフにさらわれたんだ! おばあさんたら逃《に》げられなかったのかしら……)

そう考えたとき、まったくべつの不穏《ふおん》な思いが頭の隅《すみ》に湧《わ》き、それは徐々《じょじょ》にふくらんだ。

——もしも、逃《に》げたいなんて、ちっとも思っていなかったなら? それどころか、もしも、いっしょにどこかへ姿《すがた》をくらましたいと思っていたのなら? ……そうだ、それならばわかる。なぜ、祖父が、死んだと思うことに決めたのかも。

フー子の心の中で、花柄《はながら》のワンピースを着た女の人の、かすかな笑顔《えがお》が急に冷たいものに変わり、その姿《すがた》は、ぐんぐんと遠のいた。

(……おばあさんなんか、嫌《きら》い)

フー子は、ぎゅっと鎖《くさり》をにぎりしめ、唇《くちびる》をかんだ。

婦人の姿《すがた》を認《みと》めたポッキーが、急にしっぽを振《ふ》って歩きだした。図書館の階段《かいだん》を、小太りの婦人が、よちよち歩くような感じでおりてくる。フー子は、その姿《すがた》を、にらむように見た。

(山村さんたら、どうして、物干《ものほ》し台《だい》から落ちたっていう話に、納得《なっとく》がいったなんて言うのかし

ら）

たぶん、まだ子どもだと思って、そう言ったんだろうとフー子は思う。

「ごめんなさい。前に注文していた本のことで、係の方に呼《よ》びとめられて、長くなっちゃった」

婦人は息をはずませて言った。

「ねえ、フー子ちゃんのその手さげ、遠くからでも、とても目立つのね。木の中にオレンジ色の花が、ぱって咲《さ》いたみたいに見えるわよ」

婦人の声の明るさに、フー子は気をとりなおして答えた。

「リサ……あ、祖父の家に、お手伝いのおばさんがいるんですが、作ってくれたんです」

「ああ、リサさんね。お元気なのね」

「ごぞんじなんですか？」

婦人はフー子に犬を引かせたまま、後ろ手に手を結び、ぶらぶらと歩きだしながら言った。

「お話ししたことはないんだけれど、見かけたことは何度かあります。それに、洋裁《ようさい》なさるでしょ。お友達で、縫《ぬ》ってもらった方もあるから……。いいの作ってくださったわねえ」

「ええ。いつも、すごく忙《いそが》しそうにしてるから、こんなの作ってくれて、びっくりしました。急に、はいこれって言って、くれたんですもの」

汀館《みぎわだて》に来てまもなく、リサさんは、さっと手さげを作りあげて、フー子にプレゼントしてくれたのだ。フー子のことを、気にかけているようには、とても見えなかったのに。

「とても使いやすいんです、中にポケットも付いていて……あ、そうだ」

フー子は、そのポケットに入れてきた髪飾《かみかざ》りのことを、すっかり忘《わす》れていたことに気づいた。祖母の物かどうかを、たずねようと思っていたのだ。

フー子は、鎖《くさり》を婦人に預けると、立ちどまって、ハンカチを開いた。

いっしょに立ちどまった婦人の表情が、それを知っていることを語っていた。過ぎた日が、婦人の頭の中に再び訪《おとず》れたのにちがいなかった。それも、記憶《きおく》の奥底《おくそこ》に埋《う》もれていた日が。

「まあ、懐《なつ》かしい……ちょっと待って」

婦人は、あわてて犬を木につなぐと、ハンカチの上の髪飾《かみかざ》りをそっと手に取った。そして、もう一方の手で、ゆっくりと撫《な》でた。

それは、若《わか》かった祖父が、若《わか》かった祖母に贈《おく》った初めての贈物《おくりもの》だった。それをもらった日、スギノは顔をほてらせて、婦人の家に駆《か》けてきたのだ。「見て、見て！」とスギノは息を荒《あら》くして言い、婦人は玄関先《げんかんさき》で小箱を開けたのだった。美しい珊瑚《さんご》の髪飾《かみかざ》りだった。

「ほらほら、あの丘原《おかはら》さんにもらったのよ」

と、スギノはささやくように告げた。それほど愛らしいスギノの顔は見たことがないと思ったことを、婦人はおぼえている。

「東京から戻《もど》って、ご両親の面倒《めんどう》を見ていたころのことよ。そう、そのときに、ああ、丘原《おかはら》さんはスギノさんのこと、お好きだったんだなあって、思ったの」

たそがれの公園を縫《ぬ》って、そぞろに歩くフー子の心に、祖父と祖母の美しい過去の話は、柔《やわ》らかなやさしさを伴《ともな》って溶《と》け入《い》った。

公園の裏門《うらもん》で婦人と別れ、歩きだしたフー子は、しきりと流れでる涙《なみだ》を懸命《けんめい》にぬぐった。心地よい婦人の家の居間で語られた、遠い昔の少女たちの話や、若《わか》くすてきだった祖母の話に、今もまだ胸《むね》が躍《おど》る一方で、その同じ祖母の、手のとどかない、ぐらりとするような危《あや》うさを、嫌悪《けんお》せずにはいられなかった。揺《ゆ》れやすい少女の心だけでは、とても支えきれないほどの話だった。そして、その話は、けっして過去のことではなく、フー子の現在につながっているのだ。

「なんだか……どうしたら……いいんだろう……あたし、ひとりで……」

夕暮《ゆうぐ》れの美しい小道が、そのせつない思いをよけい募《つの》らせ、フー子は、頬《ほほ》の涙《なみだ》を何度もはらった。

だがフー子は、映介《えいすけ》のことを思いだした。

(そうだ。映介くんから電話がくるかもしれないんだ)

ぽっとともった火が、フー子を勇気づけ、フー子の足は、にわかに駆《か》け足《あし》になった。が、またたちまち、足どりは鈍《にぶ》くなった。帰る先には祖父がいるのだ。祖父の顔を見るのがフー子には、つらいのだった。

……物干《ものほ》し台《だい》が腐《くさ》っていてね、お母さんは、そこから落ちて死んだんだよ――。幼い子どもたちに、そう言いふくめながら、あの扉《とびら》を打ちつける、まだ若《わか》い祖父の姿《すがた》……。

そんな光景が、ひとりでにフー子の頭に浮《う》かんだ。だが、どこか不自然な光景だった。外国人の時計師とともに姿《すがた》をくらましたという話を、子どもに告げたくはなかったとしても、いったい、ただ子どもに納得《なっとく》させるためだけに、日常使っている物干《ものほ》し台《だい》を、ほんとうにとりこわし、扉《とびら》を打ちつける人があるだろうか。そんなことを、なぜわざわざ、思いつくものだろうか。おかしい。祖父がそんなことをしたのには、きっとやっぱり意味があるのだ……。

そのときフー子は、とんでもない思いこみをしていたことに気づいて啞然《あぜん》とした。「落ちて死ぬ」ということを、艶《あで》やかな死体に結びつけてはいけなかったのだ……！

（……死体なんか、あるはずないんだわ。山村さんの言い方は、正しかったんだ）

ああ、いったい今まで何のために、園《その》の中を恐《おそ》れていたのだったか。そこで祖母が死んだと思うからこそではなかったか。あそこは、ふだんは存在《そんざい》しない。だから少女たちだって存在《そんざい》しない。すると、少女たちは「行方不明《ゆくえふめい》」だ。「死んでいる」という言い方さえ、できるかもしれない。そのふたつの言葉にいったいどんな差があるだろう……。

フー子は、とうとう頭に浮《う》かんだ、途方《とほう》もない思いに、胸《むね》がドキドキした。

（おばあさんは、あの中にいるんだ……）

18 海岸で

電話が鳴ったのは、夕食の最中だった。リサさんが身軽く立ちあがり、台所を出て駆《か》けていった。

「はい、丘原《おかはら》です。あ、映介《えいすけ》くん、こんばんは。ちょっと待っててくださいね」

祖父と向かいあって箸《はし》を動かすフー子の耳に、階段前《かいだんまえ》で話すリサさんの声が、はっきりととどく。

フー子は戸惑《とまど》いながらも、口の中のものを急いでかみ下した。

「……もしもし」

「もしもし、何かわかったんだって？」

「うん」

電話の向こうで、車の走る音がする。家からかけているのではなさそうだった。

「……あのう、時計や何かのこと？」

「うん」

「じゃあ、あれ、やっぱりチェルヌイシェフのだったの？」

「うん」

「そうか、やっぱり……。ほかには?」

「うん……」

沈黙《ちんもく》の間に、人の話し声が通りすぎていくのも聞こえた。静かになると、映介が言った。

「それ、今そこで話すには、まずいこと?」

「うん」

「じゃあ、要するに、今は、『うん』以外には、聞けないってわけか」

フー子はケラケラッと笑って、

「うん!」

と元気に答えた。

「いろいろあるの? ……わかった。『うん』だよね」

フー子はまた笑った。映介は、「それじゃあ……」と唸《うな》り声《ごえ》をあげたあとで、待ちあわせの場所と時間を告げた。

「明日十文字街《じゅうもんじがい》のバス停に一時半。それとも、もっと早いほうがいいのかな?」

「うん」

映介は笑いながら言った。

「よほどすごいこと聞けそうだな。よし、じゃあ、一気に九時にしよう」

受話器を置きながら、フー子は、やっと息をついた。明日の朝には、この一週間に起こったことすべてを、そっくりそのまま、映介に伝えることができるのだ。映介は頼《たよ》りになる。それは確かだ。

そのとき、今切ったばかりの電話が、耳をつんざくような音で鳴った。再び受話器をあげてフー子が応じると、ぼってりと低い、かすれた声がした。

「あのう、マリカですけどお……もしかして、フー子ちゃんかな？　……よかったあ。おじいさんが出たら、やだなって思ってたの。ねえ、今、お話し中だったね。あのさ、もう、ごはんすんでるよね？」

「ううん、今食べてるとこ。でも、平気よ」

マリカの声を聞いたとたん、フー子の心に言い知れぬ喜びが広がった。電話の向こうで、ガラス玉のようなマリカの目が、きらきらときらめくのが見えるようだ。あの少女たちが待ち焦《こ》がれている、あの園《その》、マツリカの園《その》の主《あるじ》なのだ……。

「ねえ、明日、遠足に行かない？　修道院まで、てくてく歩ってって、そのあとで、青翠苑《せいすいえん》までおりてきて、お弁当食べるの」

マリカの背後《はいご》で、女の人の声がしきりと何かを言い、マリカが受話器をふさいで、「いいんだったら！」とそれに答えるのが、くぐもって聞こえてくる。

「ねえ、行こう？　フー子ちゃん」

よほど受話器に口を近づけているのだろう、再びフー子に語りかけるマリカの声は、切羽《せっぱ》つまったように、ぼってりと熱い。

「明日じゃなきゃ、だめなの？」

「うん。だめなの。どうしてもだめなの！」

今まで、暇《ひま》な日はいくらでもあったのに、どうして、いろんなことって重なるんだろうと、フー子は運の悪さを呪《のろ》った。マリカと修道院へ遠足に行くなんて、断るにはすてきすぎる誘《さそ》いだった。

「だれか行くの？　ほかに」

「エーちゃんにきこうと思うんだけど、さっき、どっかに行っちゃったの。エーちゃんが行かないんなら、あたしたちふたり、行くなら三人。定員は三人なの。つまり、お弁当のつごうなんだけどね。あ、だからね、フー子ちゃんは、お弁当いらないのよ」

「……何時に、どうしたらいいの？」

マリカは、「よかった。来てくれると思った」とはしゃぎながら、時間を言った。その時間を一時間遅《おく》らせてもらって、フー子は電話を切った。


次の朝、フー子は、持ってはきていたが、一度も着そうになかったシャツを着て、七分《しちぶ》ズボンをはいた。下におりていくと、水筒《すいとう》と、チェックのハンカチにくるまれた小さな包みとが、テーブルの上に置いてあった。ぴんと立ったハンカチの結び目が、ウサギの耳にように楽しい。

「麦茶と、あと、おかずのたしになりそうなもの、ちょっとだけ入れてみたけど」

フライパンを揺《ゆ》すりながら、リサさんが言った。フー子は、もし外国人の少女だったなら、こんなとき、少しも不自然ではなく、リサさんの首にとびついて、気持ちを表せるのにと残念に思った。いらないと言われているお弁当を持っていく必要はないとしても、せっかくの遠足に、まるきりの手ぶらで行くのはなんだか張りあいがない。リサさんは、いつも、何も言わずに、ちょうどいいだけの心配りをしてくれるのだ。

フー子は、映介と会う約束のことにはふれず、家を出ると、すがすがしい朝の坂道を下り、バス停に向かった。今までのできごとやこれから先のことを、心ゆくまで映介と話したくて、わざわざ早い時間を頼《たの》んでいながら、勝手にマリカと約束してしまったことが、やや気がかりだった。

十文字街《じゅうもんじがい》でバスをおりようとすると、映介が立っているのが見えた。ポケットに手を入れて、フー子の方に笑いかけている。

「おはよう！　忙《いそが》しいことになったね。ぼくは汀館《みぎわだて》の端《はし》から端《はし》まで行ったり来たりだよ」

映介は、気を悪くしているようには見えなかった。

「映介くんも遠足に行けるの？」

「うん。せっかく三人分の弁当があるんだからね。……さて、どっちに歩こう。あとで修道院まで歩くエネルギーを残しておかなきゃいけないんだから、山はやめて、海の方に行こうか」

ふたりは、海岸に向けて歩きだした。映介は、フー子のしょったナップザックを、フー子にか

『ココの詩《うた》』

高楼方子 作／千葉史子 絵

『時計坂の家』

高楼方子 作／千葉史子 絵

『十一月の扉』

高楼方子 作

※編集部に感想をお寄せくださった皆さま全員に、
高楼方子作品オリジナルポストカード（3枚）をプレゼントします。ぜひ感想をお寄せください。

〒113-8686
東京都文京区本駒込6-6-3　福音館書店　童話第一編集部
電話 03-3942-2780　FAX 03-3942-9615

三冊の思い出

著者 高楼方子

『ココの詩』『時計坂の家』『十一月の扉』の三冊は、去年（二〇一五年）までリブリオ出版の本でした。細々とであれ版を重ねていたのですが、リブリオ出版が閉鎖されたため、装いを新たに、嬉しい再出発をさせていただくことになったのです。この機会に、それぞれの本の（周辺のささやかな）思い出を書いてみようと思います。

『ココの詩』が出たのは一九八七年。私の最初の単行本です。フィレンツェで書いたものなので、清書まで含めて滞在中に仕上げようと、脱稿した後、まず万年筆を買いに行きました。五倍くらい価格の違う二本の間で、くよくよくよくよ迷うのを、お店中の人が固唾をのんで見守っていたのですが、高価な方に決めたとたん、一斉に安堵の溜息と拍手と「ブラーヴァ！」という賞賛の声とが沸き起こったので、よほどの善行を施したようで嬉しくなったのですが、でも本にならなかったら……と思うと、ひやあ……っと冷たい汗が流れたのでした。（だって若くて貧乏でしたからね）

　さて、友人に頼んで日本から持ってきてもらった原稿用紙に、そのペンでもってせっせせっせと清書し、帰国後はりきって福音館を訪れると、やがてベテランの編集者から、どこがどういけないかの懇切丁寧な説明と、したがって半分以上書き直してもらわなくては本にはできません、というお返事が届きました。うーむ、多少ヘンかもしれないとは思っていたけれど、まさかそこまでとは……と、しょげていたところ、同じ福音館の編集者、斎藤惇夫さんが、リブリオ出版の田中庸友さんを紹介してくださったのでした。斎藤さんは、どうやら批評眼を光らせるのを忘れて、子どもみたいにずぶずぶと、書いてあるとおりの世界に浸って楽しんでしまわれた（らしい）のですが、斎藤さんが睨んだとおり、田中さんも事情は全く同じだったようで、「半分も直したらそれはもう別物。これはこれでよいのだ！」と、バーンと真っ白い豪華な本に仕上げてくださったのでした。（お蔭でフィレンツェの文房具やさんに支払った万年筆の代金は補塡することができたのですが、その後、田中さんも私も、倉庫のおじさんに、こんなに汚れやすい嵩張る重たい本を作るなんてと、ぶつぶつ小言をいわれ、ペコペコあやまるはめになったのでした。倉庫から出し入れするたびに本はこすれるものですし、嵩張るものは場所ふさぎ、重いものは扱いが厄介ときてますから、申し訳ないことでした！）

　とはいえ、そうあっさりと豪華な本ができたわけではありません。幼い子が二人いた姉に絵を描いてもらうことになったため、上の子を私が、下の子を母が預かり、ついでに母と同居していた姑（私の祖母ですが）も私のところに来てもらう、というような家内工業的やり繰りをして、姉の制作態勢を整え、数十点に及ぶ挿絵を完成させてもらったのです。――が、それにもかかわらず、表紙だけが、なぜか時間切れのやっつけ仕事になってしまったことを、姉はずっと悔いていました。そこで『ココの詩』に限り、この機会に、たっぷり時間をかけて、美しく、同じ構図で描き直してもらうことにしたのです。

　それにしても、三十年を経て、結局福音館から出版されることになったのですから、何だか不思議な気がします。こういうのを「粘り勝ち」と言うのかどうか、そこはちょっとわかりませんが。

　さて、この物語の背景になった三十年前の懐かしいフィレンツェでの暮らしについても、あれこれ語りたい欲求が頭をもたげるのですが、でもそれはあと三十年くらいたったら（そしてその時まだこの本と私が健在だったら）「あのね、あのね」と、フガフガ話してみたいと思います。

『時計坂の家』は一九九二年に出まし

た。その頃から手書きをやめてワープロで書くようになっていたのですが、執筆中に子どもができ、大きくなってくるお腹に遮られて、キイボードが日に日に打ちにくくなっていったことや、これ以上丸くなれない、というほど最高潮に丸くなったからだをよちよち揺らしながら、昭和初期の新聞の様子を見に図書館に行くと、新聞はマイクロフィルムになっていて、バーのカウンターチェアみたいな高い椅子にヨッコラショと乗っかって、ボールよろしく今にも転げそうになりながら、くるくる見続けたことなどを思い出します。

さて子どもは生まれたものの、お話の方はまだできません。そこで今度は乳母車に寝かせ、顔が見えるように机の横に置いて、時どき左手で動かしながらキイボードを打ちました。機嫌のいい可愛い赤ちゃんなので、目が合うたび、ぽっと嬉しくなったのですが、あまりうるさくバブバブ言われるとはかどらないので、キュッときびしい顔をしてみせて威嚇し、またパチパチやったのです。

昭和四十二年の夏の、むんむんするような蠱惑的な世界を出現させようと、黒いブラウン管の画面と夢中で向き合いながら、ひょいと横を向いては白桃みたいな赤ん坊に「いいこちゃん、いいこちゃん！」などと声をかけ、それがちっとも不自然ではなかったのですから、人の頭というのは、けっこうタフなものです。――などと思ったけれど、良く考えてみたら、表向き、にっこり笑いかけているだけで、心は、私の目にだけありありと見える架空の昭和四十二年の夏のど真ん中にいたのですから、タフどころか、自分の妄想の虜になったまま、心ここにあらずで、ふわふわしていたというべきなのでした。

物語を書いてる最中は、往々にしてそうなりがちですが、『時計坂の家』を書いていたときは特にそうで、全体にぽかんとしながら、家事育児をしていたように思います。

『十一月の扉』は、図書館向けの週刊誌『週刊全点案内』（リブリオ出版の親会社だった図書館流通センター発行）に連載を依頼されて書いたものです。臆病者の私には、週刊誌の連載だなんて空恐ろしく、何回分かを書き溜めてからスタートさせてもらったものの、ストックはたちまち尽き、次はどうなるの？次は？と、毎日、脂汗を流しながら暮らすようになりました。夜中に目を覚ましては、ああ困った……と何度ため息をついたことやら。

しかも掲載誌を開くたび辛くなったのは、「十一月の扉」の次頁に連載されていた、今は亡き安原顕さんの超辛口書評が嫌でも目に飛び込んでくることでした。「究極の駄作！」的な過激な言葉がしょっちゅう踊るわけで、私が言われているわけじゃないとわかっていても、半分ノイローゼのように傷ついてしまうのです。だって、こんなにグダグダと、何事も起こらないようなことを書いちゃってる……と思っているので。本当に胃の痛いことでした。

――というか、情けないことでした。

　いくらか気持ちよく思い出せるのは、ストーリーを考えながら歩いていたとき目に映っていた景色の移り変わりです。連載時、(『時計坂の家』の頃赤ん坊だった)娘は小学一、二年生だったのですが、しょっちゅうお稽古事の送り迎えをしていました。札幌市内にこんもり横たわる円山《まるやま》や藻岩山《もいわやま》を近くや遠くに見ながら、てくてく連れていっては引き返し、またてくてく迎えにいっては連れ帰り……を繰り返していたのですが、道中、頭の中は『十一月の扉』の行方で満杯。作品の表面にはちっとも現れていないのですが、赤々と芽吹くカツラ、山のところどころを白く染めるコブシ、色濃くもりもりと山全体に膨らんだ緑、赤や黄色に紅葉し、葉が落ち、そしてすっぽり山を覆ってしまう雪の白などが、ストーリーとは関係なしに、考えごとをしていた時の背景として浮かんでくるのです。今もその道を歩きながら山を見あげるたび、当時のことを思いだします。

　でも執筆中、いちばんギョギョッとし、いちばん心臓に悪かった忘れがたい出来事は、締切直前、深夜までワープロに張りついてようやく書き上げた原稿を、どういうわけか消してしまったこと。もうどこを探してもない。手書き原稿の優越性を認めたくなるのはこういう時です。破ろうが捨てようが、どこかには「ある」のですから。頭はジンジン、心臓がバクバクしましたが、絶望してもいいことはない、覚えているうちに書き始めたほうがいい、と何とか理性を取り戻し、朝までかかって仕上げました。で、その禍々しい出来事を、そのまま登場人物に降りかかったエピソードとして物語に採り入れることで、リベンジ(誰に、なのかは判然としませんが)を果たしたのですが、ああいうときの、サーッと血の気が引いていくような気持ち悪さったら、ありませんよ(よね？　体験された方なら強く共感して下さることでしょう)。

　さて最後に、この物語に登場するネズミのぬいぐるみ、〈ロビンソン〉についてちょっと触れたくなりました。〈十一月荘〉に暮らす女の子〈ルミちゃん〉の持ち物であると同時に、作中の童話〈ドードー森の物語〉の主要登場動物でもある、子ネズミです。

　〈ロビンソン〉は、私の恩師(ちょうど〈十一月荘〉の閑さんのように、学生時代の面白い思い出話などをたくさん聞かせて下さった英語の先生です)から娘へのプレゼントとして、いただいたものでした。五歳だった娘は、なぜかすぐに〈ロビンソン〉と名づけ、以来、いつもいつもいつも、そばに侍らせていたのでした。〈ロビンソン〉がいるから大丈夫、というわけです。(『ラチとらいおん』を見習って、そうしていたのだと大きくなってから教えてくれましたが)〈ロビンソン〉は、ポーッとしていることの多い母親(私のことですよ)の力不足を補い、実によく娘を励まし、相談相手になってくれたのです。(ついでに『十一月の扉』のためにもひと働きしてくれたわけですしね!)

　すっかりやつれてしまったけれど、独立した娘のもとに今もちゃんといて、棚の上から娘の様子を見守ってくれているようです。というわけで、実物をちょっとご覧にいれましょう。(この子ですよ)

ロビンソン

　脈絡もなく、心に思い浮かぶまま、三冊それぞれの思い出周辺を書いてきましたが、膂力《りょりょく》に乏しい身ゆえ青息吐息で何とか書いてきた物語が、こうしてまた新しい読者の皆さんのもとへ届けられることになったのを、本当に有難く、幸福に思います。どうか、楽しんで読んでいただけますように。

【この一冊と出会って】

『ココの詩』は一九八七年、『時計坂の家』は一九九二年、『十一月の扉』は一九九九年に初版が刊行され、それ以来多くの方に読まれてきました。このたびの再刊にあたり、それぞれの作品に思い入れのある三人の方に、エッセイをお寄せいただきました。

『ココの詩』とわたし

漫画家　はるな檸檬《れもん》

『ココの詩』を初めて読んだ時の衝撃は忘れられない。

　なんだかわけのわからないものに心が支配され、かき乱されて、十二歳の私はあんまりびっくりしてしばらく動けなかった。これはいったいなんだろう、と考えても考えてもさっぱりわからない、経験したことのない気持ちを初めて味わって、私はとにかく驚いていた。

　小学校六年生の時に引っ越しをした。引っ越した先には近所に新築の大きな図書館があって、そこはどこよりも心ときめく場所だった。新しい建物の匂い、紙の匂い、インクの匂い……私は図書館中を自分の部屋みたいに自由に動き回りながら、毎週五冊、本を借りる。その中に、高楼方子の『時計坂の家』があった。私はその本を気に入って気に入って、毎日抱いて眠りたくて、借りては返し、返しては借りを繰り返していた。私のあの図書館での幸福な日々を象徴するような一冊。あんまりその本が好きだったので、同じ作家のものならと、ちょっとたじろぐ分厚さの『ココの詩』にも挑戦してみようと思ったのだった。

　内容は、いかにも子供向けだ。小さな人形のココが、ネズミの漕ぐ舟に乗って、ネコと暮らして……しかし読み進めると、そこには全く子供騙しではない、シビアな、ゾッとするほどの現実が描かれてもいる。設定は、あくまでファンタジーだ。だけど、心が、登場人物たちの心の中が、怖いくらいにリアルなのだ。

この頃の私はいつも本ばかり読んでいて、知識に経験が伴わない子供で、読んでも理解できない表現がたくさんあった。だけど、それでもこのお話の持つ迫力をビシバシと感じていた。ココと一緒に笑って、泣いて、冒険をして、ドキドキした。そうして、異世界に連れて行かれて、最後には……とてつもない衝撃に襲われたのだった。

まさか、あんな結末が待ち構えているなんて思いもしなかった。もう二十年も前のことなのに、いまだにあの感覚を忘れることができない。心に、ひゅうっと風が吹いたようだった。穴があいてしまった、と思った。胸に、ぽっかりと、巨大な空洞ができて、そこを風が吹き抜けていく、そういう感覚だった。その感覚を、気持ちを表現する言葉を知らなくて、戸惑った。いまだにわからない。むなしい、だったかもしれない、かなしい、だったかもしれない、さびしい、はきっとあっただろう。ぼんやりと、せつない、と思った。意味もわからず、だけど初めて、せつないという言葉を理解したような気がした。

『時計坂の家』は大好きな本だった。だけど『ココの詩』は、また違う印象だ。もう一度借りたい、とは思わなかった。だけど、図書館でこの本が置いてある棚の前を通るだけで、胸がズキリとした。いつも静かに迫力を持って、その背表紙がこちらを見ているような気がした。あの感覚を表現する言葉を、いまだに見つけることができない。

十代で読んだたくさんの本の中で、最も印象深い一冊である。

迷い続ける人生の、きっかけとなった本（いい意味で）

編集者　福丸　玲

子どものころの私は、趣味も特技もないかわりに食欲だけは旺盛で、よその子に劣らぬのはＢＭＩ値のみ、というありさまでした。

娘の将来と健康を危惧した両親は、学習塾と水泳に通わせましたが長続きせず、「自主性を重んじる教育」に方針転換、せめて読書くらいしてくれと、大量に本を買い与えました。

しぶしぶ最初に手に取ったのが『時計坂の家』でした。装画が素敵だとか、そういう理由だったと思います。

寡黙な祖父とお手伝いの女性。古い家の階段の先には開かずの扉、あるはずのない場所に広がる庭と、そこで見つけた珊瑚の髪飾り。行方不明になった祖母、時計職人チェルヌイシェフ、まばゆい光を放つマリカ、そして、憧れを唯一理解してくれる映介……。ファンタジーでしかも児童書なのに、作中で描かれる人びとと彼らの感情はリアルで恐ろしく、読書初心者の私にとって、そのすべてを理解するのは難しいことでした。

それでも、本から立ちのぼる「匂い」に、すぐに夢中になりました。庭の土と緑、そして花の甘い匂い。ページをめくるほどにそれらは濃くなるのに、言葉の意味を辞書で調べなければ読み進められず、はがゆく思ったことを覚えています。

フー子は、美しいものや奇妙なものに強く惹かれてしまう少女です。マリカに憧れ、扉の向こうの世界に痛々しいほど心を傾ける彼女が、凡庸な自分と重なって見えました。

初めてこの物語を読んだ日から、フー子と一緒に何度となく庭を冒険しました。禁断の一歩を踏み出すときのためらいと、それを凌駕するときめきは、いつでも新鮮なまま胸を満たします。読み終わると、庭を駆け巡った疲労と、「こちらの世界」に帰ってこられた安堵で、ぐったりしてしまいます。

この物語の最大の魅力は不思議な世界に「迷い込む」ことですが、大事なのは、フー子が帰ってくることでしょう。妖しい闇に迷うことに背徳の喜びすら覚えつつ、最終的にフー子は「愛おしい者」がいる世界を選びます。うっとりする夢から醒めたときの寂しさを覚えながらも、恋を知り、少女はほんの少し大人に近づくのです。

『時計坂の家』を読んだときの、夢と現実の境をふわふわと漂うような感覚、物語に没頭する喜びをもっと味わいたくて、私は本を読み漁るようになりました。読書が趣味になり、やがて生きがいに変わりました。そして、本からしか得られないその感覚や幸福を、たくさんの人に味わわせたくて、編集者を志しました。

少女ではなくなってもうX十年経ち、BMI値は上昇の一途をたどり、映介のような素敵な男性との出会いも今のところありません。それでも、珊瑚の髪飾りのかわりに書類用のクリップで髪をまとめ、ああでもないこうでもないと本のことばかり考えるのは、あの庭の冒険に似た喜びがあります。

『時計坂の家』は、私を本の世界に引きずり込み、今でも迷わせ続けている、美しく、恐ろしく、偉大な作品なのです。

物語を流れる爽やかな風

児童文学者／作家　斎藤惇夫

『若草物語』のジョーや『秘密の花園』のメリー、『大きな森の小さな家』のローラや『小公女』のセーラ、それに『赤毛のアン』のアンや『足ながおじさん』のジュディーなどと同じく、『十一月の扉』の主人公の爽子は、私たちの国からようやく誕生したヒロインと言っていいと思います。ジョーのような逞しさはまだないし、メリーのように心に傷を持っているわけではありません。ローラのように失明した姉がいるわけでもないし、セーラのように両親を早く亡くしていたり、アンやジュディーのように孤児院で育ったわけでもありません。外見も、言っていることも、ごく普通の家に育った普通の女の子で、通りすがりの者から見れば、おとなしく、礼儀正しく、目立たない中学二年生でしかありません。

その爽子は、お父さんの転勤で北国から東京へ越さなくてはならなくなった時、偶然家の窓から望遠鏡で見つけた美しい家「十一月荘」にどうしても下宿したくなり、両親の許しを得て、二学期の終わりの二か月間そこに住むことになります。この出だしは美しく、グリムの『ねむりひめ』を思い起こさせます。昔話のお姫様もまた十五歳の時、両親が留守の間に、どうしても城中を歩きたくなり、高い塔をのぼり、古い鍵を回して、魔女の待つ部屋に入っていきます。けれども爽子を待っていたのは、三人の優しいおばさんたちで、爽子は錘《つむ》にさされて百年の眠りに入る代わりに、近くのしゃれた文房具屋さんで、一か月分の小遣いをはたいて買った美しいノートに、物語を書き始めるのです。最初は拙い言葉で、ストーリーもプロットもなく、思い付きのように書かれ始めたその物語は、次第に爽子の周りの人々を映し出し、その人々と自分の関係を爽子に認識させるようになり、爽子は普通の少女から、世の中にたったひとりしかいない爽子になっていき、文章も整ってきます。そして、爽子は、先輩のヒロインたちと同じように、人生を自分の足で歩く、魅力ある生きた人間として読者の前に立ちあがってくるのです。

作者が爽子を描くためにとったこの方法は、今まで誰も試みることのなかった果敢な、大胆な冒険でした。中学二年生に、果たしてどこまで自分の生活と心につながる物語が書けるのか、それが問題でした。しかし、この冒険は成功しました。まるで百年の眠りに入ってしまったお姫様の心の中を解くように、丹念に謎解きのように語られる本筋と、爽子の物語が絡まりあい、美しい二重唱になり、読者を「十一月荘」に連れていき、一人の少女の心の中を案内してくれるのです。精緻に描かれた「十一月荘」とそこに住む人々、そして生き生きととらえられた、物語を書くことによって世界に向き合おうとする少女の姿は、この作品が、どうやら著者の自伝的要素を色濃く含んだ物語なのではあるまいかと思わせます。願わくばいつの日にか、爽子のその後の物語を読ませていただけますように！　爽子はもとより、爽子の母親、「十一月荘」の三人の心愉しきおばさんたちとるみちゃん、そして、爽子の憧れる耿介、それぞれがまだ心の中に豊かな物語を抱えているように思えるのです。

わって肩《かた》に下げながら、母親が友人と三人で遠足の計画を立てていたこと、お弁当当番に当たっていたので、三人分の用意をしていたが、急にとりやめになり、お弁当がむだになったことなどを話した。

「だからって何も、修道院を見て、その帰りに青翠苑《せいすいえん》でお弁当を食べるというコースまで、まねる必要はないんだけれどね」

映介はそう言って、苦笑《くしょう》した。

十文字街《じゅうもんじがい》のバス停と海岸とは、目と鼻の先だ。海の水がちゃぷちゃぷと遊ぶ岸のところまで来るなり、

「で、『うん』以外の話!」

と映介は、ビーバーのような前歯を見せて笑いながら言った。

海岸には、さまざまな色の漁船が並《なら》び、それに向きあうようにして、煉瓦造《れんがづく》りの倉庫が並《なら》んでいる。潮《しお》くさい匂《にお》いを嗅《か》ぎながら、ふたりは、その間の道を、海に沿《そ》って、どこまでも歩いた。のろのろと歩いているのに、夢中で話していると、遠くにぽつりと見えていた建物も、たちまち大きくなり、やがて、それさえ追《お》い越《こ》してしまう。あまり歩きすぎたことに気づいて、またそこから同じ道を引きかえす。

そうやってふたりは、海風に吹《ふ》かれ、カモメの声を聞きながら、この現実とはほど遠いような話

の中に、すっぽりと入りこんでいた。すれちがいざまにふたりをからかう船乗りたちのことを、気にする余裕《よゆう》さえないほどに、ふたりは夢中だった。

実際、フー子にとっては、兄と同じ年ごろの少年と連れ立って歩きながら、周りも気にせず、臆《おく》さずに話をしているということが、驚《おどろ》きでさえあった。それは、何と自由なことだったろう。そして、ひとりでは支えきれなかったできごとすべてを、声に出して語ることで、どんなに救われる思いがしたことか。しかもそれが、自分が感じたと同じか、あるいはそれ以上の驚《おどろ》きと興味をもって、受けとめられるということは。

そして、そうやって声に出して語り、受けとめられてゆくことで、ことの不可思議さは、いっそう際《きわ》だって感じられるのだった。フー子ひとりの胸《むね》のうちにあるときには、どこかまだ、自分の見た恐《おそ》ろしい夢のようでもあったものが、語ることで、刻印《こくいん》された事実に変わってゆく。

映介は、フー子が語りはじめるや、驚《おどろ》くばかりの集中力でそれを聞いた。順序立てて話すのが、困難《こんなん》なために、フー子の話は、あちこちへ飛んだが、映介は、ときどき質問をはさむことで、すべてをまとまりよく、頭の中に納《おさ》めていっているのがわかった。

山村さんから聞いた祖母の話を、逐一《ちくいち》伝えはしなかったけれど、一通りのことをフー子は話し終えた。そして、ようやくふたりは立ちどまった。

「もう電車に乗らなきゃいけない……」

おさがりの腕時計《うでどけい》をポケットから取りだして、フー子は言った。

フー子の方を向いて立った映介は、まだいつもの表情に戻《もど》らないまま、ぼうっとした調子で言った。

「フー子ちゃん、ひとりで乗って。今マリカに電話する。ぼくは行けなくなったって」

「……どうしちゃったの？」

心配そうなフー子の顔に、映介は、もとのビーバーのような顔で笑いかけると、十文字街《じゅうもんじがい》の電停の方へ歩きだしながら言った。

「チェルヌイシェフのことを調べてみたくなったんだ。市立図書館に行けば、何か少しはわかると思うんだ。ここから歩いてけるしね」

「汀館《みぎわだて》公園の中にあるのが、そう？」

「うん。知ってる？」

フー子は、あの木立ちを思いながら、だまってうなずいた。それにしても、なんと運が悪いのか。そういうことを、映介といっしょに進めていきたいがために、朝早く会ったというのに。

「修道院も青翠苑《せいすいえん》も、気持ちのいいところだから、汀館《みぎわだて》に来たならいかなくちゃ損だよ。今日わかったこと、あとで会ったときに話すからさ」

「あとって……？」

「遠足の帰りに、家によって、ぼくが帰るの待っててよ。ぼくの方が早く戻《もど》るかもしれないけど」

フー子は顔をゆがめた。誘《さそ》われもしないのに、杉森町《すぎもりちょう》の家によるなんて、そんな注文を勝手に出されても困《こま》る、とフー子は思う。すると映介がナップザックをフー子にわたしながら、明るく言った。

「言《い》い忘《わす》れたけどね、帰りにフー子ちゃんを家に連れてくるようにって、昨夜《ゆうべ》からおふくろに言われてたんだ。たまに晩《ばん》ごはん、食べてってほしいんだって。マリカが絶対連れてくるってはりきってた。まあ、そういうわけ。遅《おそ》くなるって、おじいさんに電話するといいよ。帰りは送ってく」

ようやく来た電車に乗りこむとき、フー子は急いで映介にきいた。

「わたしたち……あの知ってるのかな……マリカちゃん……」

もう少しで「わたしたちが会っていること」と言いそうになった。もちろん意味はそういうことだ。でも、そんな言い方は、なんだかはばかられた。

「いや、言ってない」

と映介は早口で答えた。

電車の窓《まど》から映介の方を振《ふ》りむくと、映介は耳のあたりで、手のひらをちょっとだけ振《ふ》りながらほほえんだ。

19 チェルヌイシェフを求めて(1)

青い電車が映介《えいすけ》の視界から消えたあと、映介は四《よ》つ辻《つじ》の一角にある、洋風建築の古いデパートへ直行した。開店を待ってたむろしていた人々の後ろから入っていくと、思ったとおり、ホールに赤電話が置いてあった。

映介は家の番号を回して、昆虫採集《こんちゆうさいしゆう》の仲間に会ったから遠足には行けないと母親に告げると、電話帳を繰《く》って、史料館の番号を調べて回した。だが、虚《むな》しいベル音が聞こえるばかりで、だれも応《こた》えなかった。

(ああ、まだこんな時間なんだ。おじさんは来ていないってわけか)

史料館の開館時間のことを思いだしてデパートを出ると、映介はすぐ横の坂道を登った。

フー子から聞いた話に、映介の頭の中は、ぐらぐらとわき立つほど熱くなっていた。フー子が何度も口にしたように、それはまったく「不思議なこと」だった。だが、その背後《はいご》にはいったい何があるのか。全体が、ばらばらに不思議なのではなく、何か中心の力があって、それをめぐって、ことが起こっているのだ。そして、それに深くかかわっているのが、チェルヌイシェフだった。……時計塔《とけいとう》……花に変わる懐中時計《かいちゅうどけい》……ポムのマークのついたロシア人形……おばあさんの失踪《しっそう》……チェルヌイシェフに関係することがらを数えあげていきながら、祖母の行方《ゆくえ》を思ったとき、映介は、フー子の考えに身震《みぶる》いした。あの階段《かいだん》の向こうからはじまる世界に、今も生きているとは……！信じがたいのは、それひとつばかりではないとはいえ、こちら側にいた、生身の人間の話であるために、ひときわ不気味に響《ひび》くのだ――。

しばらく坂を登りつづけて、ようやく表門から公園に入った映介は、木立ちの中をぬけ、図書館に向かった。みごとなオオムラサキが映介の目をうばったが、その紫《むらさき》に輝《かがや》く羽を見てさえ、思《おも》い浮《う》かべるのは、奇術師《きじゅつし》でもあったというチェルヌイシェフのことだった。映介は、足を急がせた。

図書館から二度目の電話をかけると、史料館のおじさんは、すぐに出た。映介は、以前フー子とともに訪《おとず》れた中学生であることを告げたあと、時計塔《とけいとう》がいつ作られたのかをたずねた。

「女学校の開校は、明治二十年ですが、時計塔《とけいとう》はそれより三年後にできたそうですよ」

「じゃあ明治二十三年……そのころ、もうチェルヌイシェフは汀館《みぎわだて》にいたんですか？」

「ああ、いやいや、そうではありません。有名な時計師が来たというので、時計部分を作りなおしてもらったらしいんですね。……ええと、それが、いつだったかな、ちょっと待ってください」

おじさんは、しばらくしてからまた電話に出た。

「もしもし、チェルヌイシェフの時計が完成して動きだしたのは、一九三〇年、つまり昭和五年の十月からですね」

映介は、礼を述べて電話を切った。

資料室には、思った以上の新聞が揃《そろ》っていることが、文献《ぶんけん》カードを繰《く》っていてわかった。数種類ある新聞の中には、明治十年あたりから、ほぼ一貫《いっかん》して揃《そろ》っているものさえある。だが、全国紙に用はない。映介は、『汀館新聞《みぎわだて》』、『汀館日日新聞《みぎわだてにちにち》』、『汀タイムス《みぎわ》』といった、規模《きぼ》の小さい地方紙の『昭和五年・十月』分を請求票《せいきゅうひょう》に記入した。

大手の新聞とちがい、それらは縮刷《しゅくさつ》されていず、現物そのものだった。「ていねいに見てくださいよ」と、叱《しか》る調子で言いながら、係の人がとじた新聞の束を、どさりと映介にわたした。

映介は、閲覧室《えつらんしつ》に落ちつくと、汀館《みぎわだて》新聞の十月一日から、順に紙面を繰《く》っていった。朝刊が六面、夕刊が四面、どちらもそのうちの一面は広告だったから、映介がふだん見ているものに比べれば、少量にすぎなかったが、しかし、小さな記事を見落とさないように注意しつつ、昔の活字を追ってゆくのは、そう楽なことではなかった。

求めているような記事には、なかなかめぐりあえなかった。そのかわり、四十年近く前の、思いもかけないような見出しや、滑稽《こっけい》に感じられる広告文に出会い、うっかり読みふけってしまったりして、一週間分の新聞さえ、そう簡単《かんたん》にはかたづいていかない。

(あ、もっと要領よく見なけりゃだめだ……)

映介は、髪《かみ》を掻《か》きむしった。

「一面にのることはなさそうだなあ……三面か、夕刊のコラムあたり、かなあ……」

そうつぶやいて紙面を繰《く》ったあと、映介はハッとした。そして目の隅《すみ》に映《うつ》った像にすがるように、わざとゆっくり一面に戻《もど》すと、息を整えてそれに見入った。

『チェ氏の作品、聖光《せいこう》女学園で時を刻《きざ》む』という見出しとともに、時計塔《とけいとう》の文字盤《もじばん》を仰《あお》ぐ形の写真が大きくのっていた。そして、十二時を指した針《はり》の真上からは、天使の顔がのぞいていた——顔の横に二枚の羽を持つ天使が。映介は、髪《かみ》の中に両手をつっこんだまま、じっとそれを見た。緑青《ろくしょう》を吹《ふ》いて、塔《とう》の中に隠《かく》れているという天使。けれども、一週間前には、こんなふうに、フー子の前に姿《すがた》をあらわしたのだ……。

映介は、息をついてから、下に付《ふ》された記事を読んだ。

『……ロシア人時計師チェルヌイシェフ氏が、当市のミッション系女子校、聖光《せいこう》女学園の依頼《いらい》で時計塔《とけいとう》に精巧《せいこう》なからくり時計を提供《ていきょう》し……』

短めの記事には、チェルヌイシェフを個人的に紹介《しょうかい》するようなことは何も書かれていなかった。映介はやや失望した。だが、思いなおして、同じ日のべつの新聞を急いで繰《く》った。

その新聞の市内版では、事故も音楽会もみなひとしなみに、ずらずらとあつかわれていた。そんな中に、「時計塔《とけいとう》」の字が混じっていた。映介の心臓《しんぞう》は再び高鳴った。記事の量は前よりも多い。

だが、聖光女学園《せいこう》の名と、西面の文字盤《もじばん》から「熾天使《してんし》」が顔を出すというしくみのことが、主な記事内容になっているばかりだった。

映介の不安が大きくなった。新聞からチェルヌイシェフの素性《すじょう》を知ることなど、不可能な気がした。考えてみれば、チェルヌイシェフに限らず、注目の人にスポットをあてて記事にするという欄《らん》が、今とちがってまるで見あたらないのだ。「できごと」でなければ、新聞にはのらないのかもしれない……。

(そういえば、全国紙の地方版っていう手だってあるんだ。あきらめるのは早すぎるっと……)

映介は、元気を出して、三つ目の新聞に手をのばした。

『汀《みぎわ》タイムス』は、前の二紙と少し趣《おもむき》を異《こと》にしているのが、すぐにわかった。紙のサイズもひとまわり小さく、政治、経済《けいざい》、世界情勢などは、あっさりあつかわれており、読み物や演芸評《えんげいひょう》など、くだけた調子の記事が多い。また、波線で囲われた、カット入りのコラムが、自然と目を惹《ひ》くように作られている。

(十七日、十七日と……)

前の二紙とも、時計塔《とけいとう》の記事がのったのは、十月十七日だった。だが、それより一週間も早い十日の新聞の囲み記事に、ペン画による時計塔《とけいとう》のカットがあるのを見つけたのだった。

『四十年の長きに亘《わた》り学生と付近の市民に時を知らせ、坂の目印でもあった聖光《せいこう》女学園時計塔《とけいとう》の時計部分が、今日で別れを告げる。その間、時計に数回の故障《こしょう》は有ったものの、潮風《しおかぜ》をもろに浴びる地理的悪条件にもよく耐《た》え、「亀前《かめまえ》時計店」の名を高からしめてきた。しかし、「明治二三年亀前《かめまえ》時計店謹製《きんせい》」なる金文字もすっかり剝《は》げ落《お》ち、四十年を機に思い切った刷新《さっしん》に踏《ふ》み切《き》ることになった次第《しだい》である。

とって代わるのは、目下《もっか》社交界の話題の人物、ロシア人時計師チェルヌイシェフ氏のからくり時計である。チェ氏の時計といえば、我々《われわれ》庶民《しょみん》には縁《えん》のない最高級品。聖光《せいこう》女学園の理事会の懐《ふところ》が気になるところ。しかし、今は亡《な》き彼《か》のロマノフ朝皇帝《こうてい》にその作を献《けん》じたという程の超一《ちょういち》流《りゅう》時計師が、亡命《ぼうめい》途上《とじょう》である当市に、こうした足跡《そくせき》を残してくれるのは栄誉《えいよ》なことであろう。理事会に感謝すべし。

さて、時計のお目見えに先んじて、チェ氏付きの通辞《つうじ》山田《やまだ》哲郎《てつろう》氏が語ってくれた話がなかなか良い。

「私等《わたしら》はすぐに、それが何の役に立つのかと言いたがる。しかし一見何の役にも立たないような、無駄《むだ》に見える物に傾《かたむ》ける情熱が大きな創造《そうぞう》の源《みなもと》になるのだということを、チェルヌイシェフの側《そば》にいると強く感じます」

来《きた》る十七日が待たれる』

映介は、挿入《そうにゅう》されたカットを注意深く見た。確かに、文字も針《はり》も今の物とはちがう。それは、別

れを告げた、以前の時計だった。

（なるほど……チェルヌイシェフっていうのは、亡命中《ぼうめいちゅう》の人だったのか）

中学生の映介が、ロシア史に明るいはずはなかったが、革命《かくめい》が起こったことや、宮廷《きゅうてい》関係者が国にいられなくなって世界各国に亡命《ぼうめい》したことくらいは理解できた。チェルヌイシェフに、大きく一歩近づいた、と映介は思った。が、いったいそれで、何がわかったというのか。何もわかってはいないのだ。映介はとりあえず、十七日の新聞を捜《さが》した。これだけ期待して時計塔《とけいとう》に注目しているのだ、結果のことも記事になっているはずだった。ところが、あるべきところにはさまっていたのは、

『十五日〜十八日分、欠』という紙きれだった。

（全国紙も借りてみるとするか……）

だがそのとき、映介は、

「そうだ！」

と思わず声に出して叫《さけ》んだ。

映介は、さきほどのコラムの後半を大急ぎで読み返し、そこにあった「チェルヌイシェフ付きの通辞《つうじ》山田哲郎氏」という名を書きとると、新聞の束を三つ抱《かか》えて閲覧室《えつらんしつ》を出た。

「ていねいにあつかってくださいと言ったでしょ」

と係の人が映介を叱《しか》った。

映介は休憩室横《きゅうけいしつ》にある電話の前で、電話帳を繰《く》った。

「山田、山田、山田……」

五十軒《けん》ほどの山田さんがいた。だが何度見ても、「哲郎《てつろう》」という名の人はいなかった。映介は、小豆色《あずきいろ》の薄汚《うすよご》れた電話帳をパタンと閉じた。電話のない家……もう汀館《みぎわだて》には住んでいない人……でなければ、死んだ人……。思いつくのはそういうことだ。

映介は、休憩室《きゅうけいしつ》でパンをかじる高校生たちをぼんやりと見ながら、もうお昼すぎになり、自分もかなり空腹《くうふく》だったことに、ようやく気づいた。フー子たちは、もう青翠苑《せいすいえん》で、お弁当を食べはじめただろうか。こんなことなら、いっしょに行ったって同じだったのではないか……。

（まあいい。公園の売店でパンと牛乳《ぎゅうにゅう》を買って、ベンチで食って、そうしながら、先のことを考えるとしよう！）

また気をとりなおして、映介は歩きかけた。が、そのとき、ふとまたべつのことが思い浮《おもう》かんだ。

（昔の電話帳を見る必要もあるんじゃないか……？）

チェルヌイシェフ付きの通訳《つうやく》というからには、おそらく、日本人でいちばん近いところにいた人だ。それならば、周囲の人に、チェルヌイシェフのことを話しているかもしれない。山田氏自身は、もう死んでいるとしても、家族の人はきっといる。映介は、また資料室にとびこんだ。

「昔の電話帳も揃《そろ》ってますか?!」

係の人は映介を見ると、うさんくさい顔つきをして、ゆっくり首を振《ふ》った。

「現在の、全国のなら揃《そろ》ってますけどね」

映介がため息をつくと、その人が、いじわるな口調で言った。

「昔の電話帳を見たいなら、電話局に行けばいいでしょ。電話帳事業部ってところにあるはずだから」

映介は、白い前歯を見せて、思いきりほほえんだ。

「中学生かい？　ふん。がんばるねえ」

その人が同じ調子で言った。


ベンチにすわってのんびり作戦を練る必要がなくなった映介は、パンをかじり、ストローで牛《ぎゅう》乳《にゅう》をすすりながら、陽《ひ》の高くなった公園内を急いだ。

「だめでもともと、期待はするなよ」

そう口に出して心を鎮《しず》めなければならないほど、映介は収穫《しゅうかく》を期待していた。たとえ山田氏の家族がチェルヌイシェフのことを、何も聞かされていなかったとしても、山田氏の昔の同僚《どうりょう》や友人をおしえてもらえるかもしれない。チェルヌイシェフを直接知っている人が、その中にはきっといる。

「ほら、期待するなったら！」

映介はそう言うなり、からになったパンの包みと牛乳《ぎゅうにゅう》のパックを、力いっぱいくず入れに放り投げた。そして駆《か》けだした。

十文字街《じゅうもんじがい》から電車に乗り、途中《とちゅう》一度乗りかえて、映介は電話局まで来た。案内された電話帳事業部というところは、四方の壁《かべ》も、そこで働く人々の机《つくえ》も電話帳で埋《う》めつくされているようなところだった。それを燻《いぶ》すかのように、もうもうと、煙草《たばこ》の煙《けむり》が立ちこめている。

「うんと古いのが見たいのかね？　ここ十年ちょっとくらいまでなら、この部屋にあるんだけどね、それより前のものだと、倉庫に行かないとならないんだよね」

耳に鉛筆《えんぴつ》をはさみ、黒い肘《ひじ》カバーをあてた初老のおじさんが、のったりと言った。映介は、とりあえず、ここにあるものを見せてもらうことにした。

映介は、十冊《さつ》の電話帳を棚《たな》からおろすと、職員と並《なら》んで、あいている机《つくえ》にすわり、一冊目《さつめ》の「や行」をさっそく開いた。

昭和三十年の電話帳は、びっくりするほど見やすかった。電話のある家が非常に少なかったせいだ。字は大きく、まだ局番さえなかったのだ。山田という家は、それでも二十軒《けん》ほどあったが、大方は商店だった。映介は、自分の家に電話がついた日のことを思い、こんなものだろうと納得《なっとく》した。祖父が電話を引くというのではしゃいだのは、映介が幼稚園《ようちえん》に通っていたときのことだ。電話のある家など、数えるほどしかなかったのだ。

だが、昭和三十四、五年あたりから、電話が一気に普及《ふきゅう》したのがわかった。電話帳は厚くなり、字は小さくなって局番もできた。そして、その中に山田哲郎という名があらわれた。

（……あった……！）

もっとも、その本人にまちがいないかどうかはわからなかった。名前の後ろに職業を付《ふ》している人もいたが、「山田哲郎」とある後ろは空白だった。だが、もちろん映介は、その番号と住所を慎《しん》重《ちょう》に書き写した。楊町《やなぎまち》というのは、汀館公園《みぎわだて》のすぐそばだった。映介は、そのあとで、名前が電話帳から消える年も確かめた。山田哲郎氏の名が電話帳にのったのは、わずか二年間にすぎなかった。

映介は、二冊《さつ》の電話帳の、そのページを開いて、その名を見つめた。

（この番号に電話してみよう……）

そう思ったとき、映介の目に、「楊町《やなぎまち》」の字がもうひとつとびこんだ。「山田哲郎」の二行下だった。「山田テル子（ピアノ教師）」。なんということか、所番地は、二行上のそれとまったく同じものだった。そして、電話番号も。

「すみません。そこにあるの、今の電話帳ですよね。見てもいいですか」

映介は、となりの人の机《つくえ》の上にある電話帳を指さして、切羽《せっぱ》つまった声で言った。

また胸《むね》がドキドキした。どうか、ありますように、山田テル子さんの名前がありますように……。

「あったあ……！」

となりの人が映介を見てほほえんだ。

もちろん、通訳《つうやく》の山田哲郎氏ではないかもしれない。だから、山田テル子さんだって、全然関係のない人かもしれない。そう思っていた方がまちがいない。

映介は、そう言いきかせながら、ロビーに出て、その番号を回した。

20　遠足

杉森町《すぎもりちょう》の電停を通《とお》り越《こ》し、さらに十五、六分乗ると、電車はようやく終点についた。そこでマリカと待ちあわせていた。

フー子が降《お》りると、マリカがホームの隅《すみ》に、もう立っていた。ちょうちん袖《そで》の薄《うす》いピンクのワンピースを着ている。縦《たて》に並《なら》んだピンク色の前ボタンと、その両脇《りょうわき》に垂《た》れさがる二本のおさげがかわいい。帽子《ぼうし》とおそろいに見える麦わらのバッグをかけなおしながら、マリカが大きな声で言った。

「あれえ、フー子ちゃんたら、まるで遠足に行くみたいな格好!」

「だって……」

だって遠足に行くんでしょ、とフー子は戸惑《とまど》った。だが、何か言うより先に、

「ねえ、『あれっ、ひとりなの?』って、きいてよ」

とマリカが、すねたように言った。そして、電車通りを渡《わた》りはじめながら、来ると言っていた映介《えいすけ》が、急に来なくなったと不平を言った。

「持ってもらうつもりだったのにさ」

マリカは、さも重そうなバッグをかけているふうに、背《せ》をかがめてとびあがった。フー子は、自分のナップザックに、中の物を移してやった。

白く輝《かがや》く、ゆるゆるとした坂道を登ってゆく。山の手とはまるでちがう風景が、左右に広がる。田舎家《いなかや》、乾《かわ》いた土の匂《にお》い、家畜《かちく》の匂《にお》い、花畑、道端《みちばた》の雑草……。のんびりとのどかだ。

「ずうっと行くとね、もう周りに家なんかなくなってね、そのかわり、緑の屋根のお城みたいな修道院が見えてくるのよ」

おさげがとびはねるほど、弾《はず》むように歩きながら、マリカが言う。

フー子は、あの黄色いワンピースを着てくればよかった、そして、リサさんにもらったあのオレンジ色の手さげを持ってくればよかった、と何度も思った。学校の遠足にスカートで来るような子を、フー子はずっと「ずれてる」と信じていたが、ピンク色のワンピースを着て、山道を歩くマリカの姿《すがた》は、ちっともずれていない。それどころか、風景の中に、ふわりと溶《と》けこんでいるのだ。七分《しちぶ》ズボンとズック靴《ぐつ》を見おろしながら、フー子は、そこから弾《はじ》きだされているように感じて、惨《みじ》めだった。

やっとのことでたどりついた修道院は、煉瓦《れんが》の壁《かべ》と緑の屋根が美しい建物だったが、近づいて見ることができるのは、ほんの一部にすぎず、まして、中に入ることなどできなかった。それでも、砂利《じゃり》の敷《し》かれた、こぢんまりとした庭園をそぞろ歩き、そこから、いつもとは反対に広がる、汀館《みぎわだて》の風景を眺《なが》めるのは、すがすがしく、新鮮《しんせん》だった。

「こんなとこに住んでるって、いいよねえ！　だから、あたし、修道院の院長さんになるのもいいなって思ってるんだ」

胸《むね》をそらせ、白い扉《とびら》を見あげながらマリカが言った。

「院長さんじゃなきゃいけないの？」

「だって、偉《えら》い人は、少しくらい外に出てもいいけれど、普通《ふつう》の修道女の人は、家族にも友達にも会えないんだって聞いたからさ」

「ふうん。だけど、院長さんて、おばあさんにならなきゃなれないんじゃない？」

「だから、ちょうどいいの。だって、ほかになりたいもの、いっぱいあるから、それは、人生の最後の方で、ちょっとなるつもりなの」

フー子は、そんなたわいのないことをとりとめもなく、マリカと話していることがうれしかった。前のときには、マリカのペースにあわせるのが少し疲《つか》れたけれど、慣れてくると、舟《ふね》に身をまかすようにして、ゆらゆらとたゆたうのが心地よい。

「ね、あそこに売店があるの。行ってみようよ！」

マリカがひらりと身をかわして砂利道《じゃりみち》を駆《か》けると、フー子も「うん！」と答えて、それにつづいた。綿毛のようにふんわりした幸福感が、フー子を満たしていた。

小指の丈《たけ》ほどの小さな人形を、マリカは見つけた。修道女たちが作ったマスコットだ。

「フー子ちゃん、ふたりで同じの買おう？」

そしてふたりは、スズランの模様《もよう》の紙にくるまれた、小さな包みをそれぞれに持ち、道を下った。

青翠苑《せいすいえん》への道すがら、マリカはたえずはしゃいでいた。道端《みちばた》の小花を摘《つ》んで帽子《ぼうし》やフー子の胸《むね》ポケットにさしてみたかと思うと、バッグを斜《なな》めにかけなおして、帽子《ぼうし》を脱《ぬ》ぎ、その中へ、ヘビイチゴを、せっせと投げ入れたりした。

「お弁当のあとのデザートにしようね！」

そう言いながら、一粒《つぶ》二粒《つぶ》、帽子《ぼうし》の中からつまんで口に入れ、そのたびにマリカは、ウーッと顔をすぼめて見せた。

青翠苑《せいすいえん》は、広い広い庭園だった。ふたりは、気に入る場所を捜《さが》すのに長い時間をかけ、それからようやくお弁当を食べた。

フー子はふと、映介のことを思いだし、そのとたん、不思議な甘《あま》やかさが、心に広がってゆくのを感じたが、それでも、マリカとふたりきりで来られたことがうれしかった。

マリカの周りには、きらきら光る、特別の空気が漂《ただよ》っているのだ。あの北向きの部屋で、この夏、初めて会ったときも、杉森町《すぎもりちょう》の並木《なみき》道《みち》を歩いていたときも、映介の部屋で床《ゆか》にすわって本を眺《なが》めていたときも、マリカの周りは輝《かがや》いていた。まるで、マリカにあわせて、周りの空気の方が、漂《ただよ》い方《かた》を変えるかのように。

（マリカちゃんは、やっぱり、あの園《その》に行くべきだわ……。あの中で、あの子たちに囲まれたら、それはそれは、きらきら輝《かがや》いて見えるだろうな……）

「フー子ちゃん、ねえ、その袋《ふくろ》の中にチェックのハンカチの包みあったでしょ？　あれって、食べるものなんじゃないの？」

マリカが、おむすびを頬張《ほおば》りながら言った。

「あ、忘《わす》れてた！」

「でしょ？　思いだしてくれないかなって考えてたの」

マリカは顔のまんなかに、きゅっと皺《しわ》をよせて笑った。

「ねえ、フー子ってさ、変わった名前だね」

マリカが不意に言った。

「あたし、ほかに、ひっとりも知らない」

「ちっとも変わってなんかいないじゃない。文子《ふみこ》なんて、何人もいる」

「えっ。フー子ちゃん、ふみこっていうの?!」

マリカが首をのばして目を大きくした。

「知らなかった？　文《ぶん》って書くの」

マリカから来た手紙の宛名《あてな》が、「フー子様」となっていたのは、何も、親しみのせいではなかったのだ。

「あたし、ずうーっと、フー子ちゃんていうんだと思ってたわ。文子《ふみこ》ちゃんなんていったら、なんだか、べつの人みたいに見えてくる」

マリカは、まじまじとフー子を見つめた。

「マリカちゃんみたいに、おしゃれな名前ならよかったのに、うちのお母さんて、つまんないのよ」

そう言ってみてフー子は、ハッと思いついた。

「ねえ、マリカちゃん、マリカちゃんは、どうしてマリカっていうの？　だれがつけたの？」

するとマリカは、急にプーッと頰《ほほ》をふくらましたと思うと、風船ガムでも作るように、ゆっくり吐《は》きだしてから言った。

「パッパ」

それは、ちょっと投げやりな言い方だったが、もとの調子に戻《もど》ってまた言った。

「あのね、嫌《きら》いな名前じゃないんだけど、それ、よくきかれるから、面倒《めんどう》くさいの。だけど、フー子ちゃんには、うそなんかつかないで、ちゃんとおしえてあげる。だって、いとこだもんね」

そしてマリカは、父親がその名を選んだ理由をフー子に語った。

「マリカっていうのが、マツリカって花のことだっていうのは、この前話したでしょ？　……パパが子どものとき、パパのお母さん、だから、あたしたちのおばあさんよ、とってもいい匂《にお》いのする白い花を、胸《むね》に飾《かざ》っていたんだって。いつもじゃなくて、ときどきよ。パパはあんまりおばあさんのことをおぼえてないんだけど、その花を胸《むね》に付けたおばあさんのことは、いつまでもおぼえてるんだって。とってもすてきだったから。そしてね、パパが、その花の名前をきいたらね、おばあさんが、『マツリカっていうのよ』っておしえてくれたんだって。……つまり、そういうこと」

膝《ひざ》を抱《かか》えながら語るマリカの話を、フー子は息をひそめてじっと聞いていた。——おばあさんは、あの園《その》の中から、マツリカを摘《つ》んできたんだ。あそこの花が、マリカちゃんの名前になったのだ……！

そう、思えば、自分にとってのおばあさんは、マリカにとってもおばあさんなのだ。あの「スギノさん」のことを、「おばあさん」と呼《よ》べるのは、フー子たち兄妹《きょうだい》とマリカだけなのだ。そして、小学生のときまでいっしょだったマリカの父の方が、フー子の母以上に、祖母のことを知っているのは当然なのだった。それならば、マリカは、自分よりもたくさん、祖母の話を聞いていたにちがいない。フー子は、あの園《その》を中心に、自分とマリカと、そして祖母との結びつきを急に強く感じた。

「ねえ、おばあさんて、どんな人だったって聞いてた？」

フー子の声がひとりでに引きしまる。

「……すてきで、おもしろい人だったんだって」

マリカは、ぶっきらぼうに答えたが、それは、フー子にとってうれしい話だった。幼《おさな》い子どもふたりをおいて、どこかに行ってしまうような、そんな危《あや》うい、手のとどかない人ではなくて、ちゃんと身近に感じられる人であってもらいたかった。それに、だってほんとうは、きっとそうだったのだから。きっと——。

「ねえマリカちゃん、おばあさんの写真見たことある？」

「ううん」

「見たい？」

マリカは、遠くの方を見ながら、「うう……」というような唸《うな》り声《ごえ》をあげた。

「ねえ、時計坂の家にあるんじゃないの。史料館に行くと、いつでも見られるのよ！ 偶然《ぐうぜん》に写ってたのを、見つけたの。……それにね、驚《おどろ》かないでよ。秘密《ひみつ》なんだけど……おばあさんね、捜《さが》せるかもしれないの」

だが、驚《おどろ》いたことに、マリカは、立てた膝《ひざ》の上に顔を乗せ、気のない表情をしていた。そして、

「うん。かもね。だけど、その話、よそう？」

と答えたのだった。

「……どういうこと？」

フー子は青ざめた。マリカは、いつもの何倍も遅《おそ》い、低いのったりした口調で言った。

「だって、おばあさんて、死んだんじゃないんでしょ？」

そんなことを、マリカはすでに知っていたのかと、フー子は心底驚《おどろ》き、そして、混乱《こんらん》した。物干《ものほ》

し台《だい》から落ちて死んだのだと、祖父は、幼《おさな》い伯父《おじ》と母におしえたのではなかったのか？　するとマリカが、自分から説明した。

「……パパもね、小さいときは、死んだんだって思ってたんだけど……少し大きくなったら、近所の子どもたちが、べつのことを言ってるのを聞いたんだって。これ、パパじゃなくて、ママがそっとおしえてくれたの。どうしてパパは、時計坂のお家に行きたがらないんだろうねって、あたしがきいたときに……」

フー子は、冷水を浴びせられたような気持ちだった。なぜ母が、あの家に来たがらないのか。なぜ近所の老人が、うさんくさい眼差《まなざ》しをフー子に向けたのか。なぜ祖父は、何十年もあそこに暮《く》らしながら、近所とは無縁《むえん》でいるのか。それは、人々の、くちさがない噂《うわさ》と、目のせいだったのかもしれない——。

（だけど、ほんとうはそうじゃない。みんな、まちがったことを信じてるのよ！）

フー子の胸《むね》は、今にもあふれそうだった。

「マリカちゃん、あたし、ほんとうのこと知ってるの。ほんとうは、そんなんじゃないの。おばあさんが、どこにいるかっていうと——」

「ねえ、フー子ちゃん、ほんとにもう、よそう？　……あたし、おばあさんのことなんか、ちっとも知らないんだから、いいの。ねえ、もっと、楽しいこと話そう？　つまんなくなっちゃった」

マリカは、長いまつげを伏《ふ》せ、ビニールシートのそばに生えた雑草をむしった。フー子は、出かかった言葉をぐっと飲みこんだ。

「……うん、わかった。ほかのこと話そう」

そして、そう言い終わらないうちに、マリカは目を輝《かがや》かせて叫《さけ》ぶように言った。

「そうだ、ねえフー子ちゃん、今日、杉森町《すぎもりちょう》の家で晩《ばん》ごはん食べてってよ！」

マリカのはちきれそうな笑顔《えがお》が、フー子の中途半端《ちゅうとはんぱ》な気持ちを吹《ふ》き消《け》し、青翠苑《せいすいえん》の木陰《こかげ》は、もとのように、のどかになった。


夕方近くに杉森町の家に戻《もど》ると、映介が芝生《しばふ》の椅子《いす》で本を読んでいるのが見えた。マリカがガチャガチャいわせて門扉《もんぴ》を開けると、映介が振《ふ》りむき、まっすぐにフー子を見てほほえんだ。ほほえみ返すとき、フー子はうれしかった。

マリカが夕食のしたくを手伝う間のわずかな時間に、映介はフー子を連れて自室に入ると、目を輝《かがや》かせて、今日のことを急いで告げた。

「でね、明日、山田さんの家に行ってみることになったんだ」

山田テル子というのは、通訳《つうやく》、山田哲郎氏の娘《むすめ》だったのだ。山田氏は、六年前に亡《な》くなっていた。

「忙《いそが》しそうだったから、電話ではほとんど何もきけなかったんだ。で、明日のことだけど、フー子ちゃんも――」

「フー子ちゃん、ちょっと来て！」

マリカがとつぜん映介の部屋にとびこんでくると、フー子の腕《うで》をつかんで引っぱった。

「白玉がポコポコ浮《う》いてくるとこ、おもしろいから、早く見にきてよ！」

そしてそれきり、映介とふたりで話す機会は訪《おとず》れないまま、大勢の家族が集《つど》う夕食がはじまり、フー子が帰るまで、そのにぎやかさはつづいたのだった。そしてしまいに、映介の兄がフー子を車で送るという話の運びになると、夜の市電に揺《ゆ》られながらの会話の機会さえ、あきらめざるをえなくなったのだった。


映介の兄が運転する車に、映介とマリカも乗りこんで、暗い海岸沿《かんがんぞ》いの道を、山に向かって走った。それはもちろん、楽しいドライブではあったが、時計塔《とけいとう》の前で降《お》りたフー子に手を振《ふ》りながら、映介が、「まいったね」という表情をしてみせたときには、フー子はなんだか、やっとホッとした。

次の約束こそできなかったけれど、映介は、きっと何か連絡《れんらく》をしてくれるだろう。

フー子は、走り去っていく車を見送ったあと、心地よくくたびれて、祖父の家に帰った。

21 チェルヌイシェフを求めて（2）

翌日《よくじつ》、映介《えいすけ》は少し迷ったあげく、フー子に連絡《れんらく》するのはやめて、ひとりで山田さんの家をたずねることにした。時計坂の家に電話をかけるのも、初めて訪《おとず》れる家に、女の子を伴《ともな》ってゆくのも、ともに気が重いことではあったのだ。とりわけ、電話での山田さんの声からは、前ぶれなしにだれを連れていこうと、少しも気にかけないというような気さくな人柄《ひとがら》を想像することはできなかった。何かがわかったら、そのときフー子に知らせればいい。映介は、指定された時間を気にしながら、楊町《やなぎまち》の坂を登った。

ピアノ教室の看板《かんばん》が出ていたから、山田さんの家はすぐにわかった。玄関《げんかん》に近づくと、ピアノの音が聞こえた。よく聞くバイエルの曲だ。映介は、遠慮《えんりょ》がちに呼《よ》び鈴《りん》を押《お》すと、ピアノの音がやみ、まもなく、眼鏡《めがね》をかけた、やせた婦人があらわれた。電話での印象に、ぴったりの人だった。

「いらっしゃい、レッスンが少々ずれこんでしまいましてね、あと十五分ほどですみますから、待っていてください」

きりっとした口調で山田さんは言い、映介は、玄関《げんかん》からあがってすぐのところに置いてある椅子《いす》で、緊張《きんちょう》しながら中の様子に耳をかたむけた。生徒たちが、ここにすわって自分の番を待つのかと思うと、その子たちが少し気の毒になった。

小さな女の子が帰ったあと、映介はピアノのある部屋に通され、山田さんと向かいあって堅《かた》いソファーにすわった。

「昔の新聞で父の名を見て、それでよくここがわかりましたね」

すわるなり、山田さんは切りこむように言った。

「で、それはともかく、チェルヌイシェフさんのことを調べているとか？」

映介は、話のテンポの速さを喜ぶべきなのか、それとも、さっさとあしらわれることを覚悟《かくご》すべきなのかわからないまま、自分も相手にあわせて、さっさと用件を告げた。

「はい。チェルヌイシェフのことで、昔、山田哲郎《やまだてつろう》さんからお聞きになったお話があったら、おしえていただきたいのです。直接、チェルヌイシェフを知っていそうな方のお心あたりなども、もしあったらおうかがいしたいのです」

山田さんは、片手《かたて》で顎《あご》のあたりをおさえながら、目をそらさずに映介を見つめていたが、映介が言い終わると、膝《ひざ》の上できちんと手を結び、背筋《せすじ》をのばして言った。

「わたしからあなたにおおしえできることは、まずほとんどないと思ってください。それに、チェルヌイシェフさんを直接知っていそうな方というのも思いあたりません」

映介は憮然《ぶぜん》とした。それならばそうと、電話で言ってくれればすんだことなのに、と思った。が、山田さんは、映介の言葉を待たず、すぐにつづけた。

「それでも、来ていただくことにしたのは、お見せできるものがあると思ったからなのです。そのつもりだったんですが」

山田さんは、そこで言葉を切ると、ふたりの間にあるテーブルに手をのばした。そこにはすでに、古びた薄手《うすで》の雑誌《ざつし》が何冊《さつ》か積まれていた。ざっくりしたデザイン文字で『花馬車・三号』という題字が書かれ、朱色《しゆいろ》と黒の二色刷りの抽象画《ちゆうしようが》が描《か》いてあった。

「退職後、父が、気ばらしに友人たちと作った同人誌《どうじんし》です。これの一号、つまり創刊号《そうかんごう》に、父が書いた作品というのが、チェルヌイシェフさんのことだったと思ったのです。といっても、創刊号《そうかんごう》を出したのが、昭和二十五年だったたと思いますから、チェルヌイシェフさんと別れて、二十年もしてから書いたものなんですけれどね。それをお読みになるのがよろしいんじゃないかと思って、お呼《よ》びしたんです。が、てっきり揃《そろ》ってると思っていたのに、ごらんの通り三号からで、一、二号がぬけていたんです」

だが、そう話す山田さんの声には、少しも困《こま》ったようなところはなく、きびきびとしていたから、映介は、落胆《らくたん》すべきかどうかもわからなかった。山田さんは、上にのった一冊《さつ》の、後ろのページをさっと開いて、数人の名が並《なら》ぶ同人名簿《めいぼ》を見せると、

「この、花岡《はなおか》さんという方が、昔、『花馬車』という喫茶店《きつさてん》を開いておりましてね、そこに集まっ

た関係で、こういう題名になったんだと思いますが、この方にさっき電話でたずねてみましたら、全部揃《そろ》ってるとおっしゃってましたから、この花岡さんのお宅《たく》へ行って見せてもらったらどうでしょうか」

映介は、一瞬《いっしゅん》きょとんとした後で、「花岡良吉《りょうきち》」という名と住所を書き写そうと、メモ帳を取りだした。すると、

「ああ、もうそこは住んでらっしゃらないから、書いてもむだです。行くつもりがあるんでしたら、今、電話で連絡《れんらく》してあげます」

と山田さんは言い、映介が返事をするなり、もうさっそく立ちあがって番号簿《ばんごうぼ》を見ながら、ダイヤルを回しはじめたのだった。映介は思わずため息をもらした。

山田さんが話しはじめると同時に、玄関《げんかん》の方で音がして、まもなく、子どもがおそるおそる部屋のドアを開けた。そして、映介を認《みと》めると、またそっとドアを閉《し》めた。もう次の生徒がやってきたのだ。

「あなた、これから行けますか？」

ふと気づくと、山田さんが話しかけているのは、相手ではなく映介だった。

「あ、はい」

映介はあわててうなずいた。

「おうかがいするそうです。では、失礼します」

山田さんはそう言って電話を切った。そして電話の脇《わき》にあるメモ用紙に、書きこみをするとそれを映介にわたしながら、

「花岡さんの住所と電話番号です。もし迷ったら、直接電話してみてください」

と言って、行き方を説明してくれた。杉森町《すぎもりちょう》の映介の家に近かった。

メモをしまいながら、映介は、山田さんのあまりのてきぱきぶりにたじろぎ、これで退散した方がよさそうだと思った。何かをたずねても、バサリと切るような答えが返ってくるにちがいない。これだけ収穫《しゅうかく》があれば上々というものだ。それどころか、見ず知らずの中学生にたいしてずいぶん親切にとりはからってくれたと言うべきだろう。映介がお礼を述べようとすると、山田さんが言った。

「とにかく、役に立つといいですね。わたしはそれを読んでいないので、どんなことが書いてあるのかわからないんですがね」

「あ、お読みじゃなかったんですか……」

「ええ。父は、読んでほしそうでしたけれどね。ですから、エッセイなのか、小説に仕立てているのか、それに、読むに耐《た》えるものなのかどうかも、さっぱりわからないんです。……それと言いますのはね、父が、チェルヌイシェフさんの仕事をしているころ、わたしはちょうど、あなたくらいの歳《とし》だったのですけれど、あなたとちがって、チェルヌイシェフさんの話が出るのがいやだったのです」

山田さんは、昔を思いだしている人のように、そこで少し笑った。映介は、急にそのつづきを聞きたくなった。だが、生徒が待っているのも気になった。部屋の外で、ガサガサと紙の音も聞こえる。楽譜《がくふ》でも落としたのだろう。だが、山田さんは、自分からすすんでつづきを話した。

「なぜかと言いますとね、父があまりにチェルヌイシェフさんに入れあげてしまいましてね、帰宅《きたく》は遅《おそ》くなる、二言《ふたこと》めには、すごい人だ、あんな人は見たことがないなどと、それればかり申しまして、母もわたしも反発してたんです。なんだかまるで別人になったみたいでね。あるときなんか、『夜会服』の常連たちと写真館に行って写してきただなんて言って、喜々として帰ってきて。ああ、それ、当時の社交場なんですけれどね。写真に撮《と》られるのが嫌《きら》いで、母やわたしが写真館に誘《さそ》っても、けっしていい顔をしなかった人が、チェルヌイシェフさんといっしょとなると、何でもよくなるんですね。……要するに、天才肌《てんさいはだ》の、すごく変わった方だったのでしょ？　まあ、父がいっしょだったのも、二年か三年ほどのことで、今思うと、ごく短い期間なのですけれど、そのころは長く感じましてね、とてもいやでした。……それでも、二十年もたったあとで書いたものくらい、わたしも読んであげればよかったのでしょうが、二十年間忘《わす》れたような顔で暮《く》らしていながら、やっぱり父は、忘《わす》れてなんかいなかったのだと思うと、逆によけい不愉快《ふゆかい》で、読む気が起こらなかったんです。で、昨日あなたからお電話いただいて、じゃあこのおりに読んでみようかと思ったら、肝心《かんじん》の本が今度はどこへいったやら、というわけです」

そして山田さんは、気分を変えるように軽くもみ手をすると、不意に、

「だれか来てたわねえ！」

と声を張りあげた。

映介は、さっきの子どもと入れちがいに部屋を出た。


映介は楊町《やなぎまち》の坂を下り、もよりの電停から市電に乗った。そして、のろのろ走る市電の中で、山田哲郎氏をそれほど驚嘆《きょうたん》させたというチェルヌイシェフを思って、胸《むね》をときめかせた。史料館の写真を見ても、温厚《おんこう》そうな人にはけっして見えなかったが、山田さんの話から浮《う》かびあがるチェルヌイシェフの像は、映介をますますぞくぞくさせた。ニコニコと機嫌《きげん》がよく、ひょうきんで、子ども好きの、まるで「ミュージカルのサンタさん」とでも言いたいような外国人であってもらっちゃ困《こま》るのだ。

(そうか、あの史料館の写真、ひょっとすると、さっき言ってた写真だったのかもしれないな……。ということは、山田哲郎さんも写ってたんだ。……それにしても、天才肌《てんさいはだ》の変わり者か……。いいぞいいぞ)

映介は、山田さんがサラサラと書いてくれた、花岡良吉氏の住所を見て、にんまりした。

「いやあ、今ごろになって、この『花馬車』を見たいという人があらわれるとは、実際世の中、何が起こるかわからないもんだねえ」

訛《なまり》の強いしわがれ声で、半分ふざけながらそう言った花岡さんは、頭のつるりとした、七十過ぎのおじいさんで、昔、喫茶店《きっさてん》のマスターをしていた人のようには、全然見えなかった。だが、明るく広い部屋には、ジャズが低く流れていたし、特別にあつらえたらしい棚《たな》の中には、レコードがびっしりと並《なら》んでいた。

「はい、これがその『花馬車』の創刊号《そうかんごう》。あんた中学生だって言ったねえ……いったい何でまた、今ごろこんなものを？」

花岡さんは、青と黒の二色で描《か》かれた表紙の、いかにも古そうなペラペラの本を、映介にわたしながらきいた。映介は、チェルヌイシェフに興味をもっていることを簡単《かんたん》に話した。すると花岡さんは、苦《く》笑《しょう》しながら、

「ああ、なるほど、それでかい。しかし、そういうことなら山田さんの娘《むすめ》さんも、ちょっと人が悪いな

あ」

と前置きしてから言った。

「お父さんの山田さんてのは、真面目《まじめ》だけどもユーモアのある人でねえ、けろっとして人をからかうんだよねえ。親子だねえ」

「え……？」

映介は、けげんな顔で花岡さんを見た。

「そりゃあ、参考にならないとは言わないけどもさ、真面目《まじめ》にものを調べようとしてる中学生に、チェルヌイシェフのことが書いてあるっちゅうふうにおしえるのは、そりゃちっとまずいだろうなあ。歴史の宿題か何かで必要なんだろうさ？」

「え、ええ、まあ……。でも、山田さんは、その作品、まだ読んだことがないんだそうです」

心配になりながら映介が言うと、花岡さんは、

「あ、そうだったのかい。そりゃ悪いこと言った」

と頭を撫《な》でた。

花岡さんは、創刊号《そうかんごう》が出たあとの打ちあげで、その作品について、みなであぁだこうだと言いあったことをおぼえていた。

「それまで、わたしら、山田さんがチェルヌイシェフの通訳《つうやく》をしてたことなんか、だーれも知らなかったのさ。それで、みんなして、何だってこんな、わけのわからんような男のことを書いたん

だって、山田さんにきいたら、いやこれはチェルヌイシェフのことだっちゅうわけさ。みんなしてびっくりしてねえ。なにせチェルヌイシェフってったら、年配の人だら知らない人のないロシア人の時計作りでしょうが。よってたかって、チェルヌイシェフってのは、どんな奴《やつ》だったかきいたわけさ。ところが山田さんのことだもの、『だから書いてあるだろうが』と言ったきり、えへらえへらしてなんも言わない。だけどもさ、書いてることは、どう見たって作り話さ。山田さんの作り話か、でなきゃ、チェルヌイシェフの作り話、そのどっちかだ。山田さんがだまされたんだという人もあったが、子どもじゃあるまいしさねえ。だけども、いっくらつめても、山田さん、人を食ったように笑って、相手にしないのさ」

花岡さんは口をとがらせながら、そのときのことをありありと話して聞かせた。チェルヌイシェフが汀館《みぎわだて》を去って、二十年もたったころのこととはいえ、だれもがチェルヌイシェフという名を耳にして懐《なつ》かしい興味を湧《わ》きたたせたのだ。宮廷《きゅうてい》に出入りをしていたという亡命中《ぼうめいちゅう》の時計師――そういう噂《うわさ》は、子どもの耳にさえ入っていたという。

「花岡さんは、チェルヌイシェフを見たことがあるんですか?」

映介が身をのりだしてたずねた。花岡《はなおか》さんは、大きく手を振《ふ》って、

「ないない! そんな、宝石《ほうせき》クラスの時計しか作んないような外人に縁《えん》なんかないさ」

と顔をしかめてみせた。

「みんなそうさ。この仲間に見た人なんかいないから、よけい聞きたかったわけさ」

「でも山田さんは、何も聞かせてくれなかったのですか」

「そうなのさ。えへらえへらして、『書いてある』と言うだけさ。全部が全部うそ書いてるとは思わないけどもねえ。いや、すっごく真面目《まじめ》な文章なんだよ。だけど、ほんとのところは、山田さんの創作《そうさく》ってとこでないかなあ……。あの人は、自分で作って書くのも好きだったからねえ。同人《どうじん》誌《し》っていったって、ボケ防止に何か書こうっていう集まりだから、自分で話作る人はあまりなくてさ、たいていは随筆《ずいひつ》みたいなこと書いてたんだけど、あの人は、そのあとも、ちょこちょこ話作ってたからねえ」

映介は、一刻《いっこく》も早くそれを読みたかった。だが、話の好きそうな花岡さんなら、まだ何かおしえてくれるかもしれなかった。

「高い時計に縁《えん》がなくても、チェルヌイシェフを見かけた人は、けっこういたんでしょうねえ」

「うん。見たことのある人なら、そりゃけっこういただろうさ。うちのいちばん下のだって、小学生のとき、チェルヌイシェフが部屋ん中で椅子《いす》にすわってるとこ見たって、喜んでたしな。友達の家の二階から、チェルヌイシェフの住んでる部屋が見えたんだそうだ。そこら辺一帯は、大火のとき、焼けたけどどな」

汀館《みぎわだて》は、火事の多いところだった。

「『夜会服』とかいう、社交場だったところも、もうないのですか」

「ああ『夜会服』ねえ。うん、焼けたはずだ。洋行帰りの女の人がはじめたとかっちゅう、洒落《しゃれ》た造りの店でねえ。入ってみたいと思ったって、会員制だか何だかで、普通《ふつう》は入れないのさ。……ああ、チェルヌイシェフも、出入りしてた口だろうねえ。何だあんたの方が、よっぽど詳《くわ》しいなあ、はっは」

そして花岡さんは、煙草《たばこ》に火をつけ、一服すると、本は持って帰って、ゆっくり読んだ方がいいだろうと映介にすすめた。

「けっこう、読みでがあるよ。わたしも昨夜《ゆうべ》、山田さんの書いたとこに目を通したんだけどね。……ううん、ま、半分は作りものだな」

明日には必ず返すことを約束して、映介は花岡さんの家を出た。

そして、歩きながら本を開きたくなる誘惑《ゆうわく》にうち勝って、映介は、杉森町《すぎもりちょう》の並木道《なみきみち》へと急いだ。

22　祖母を捜《さが》しに

映介《えいすけ》から電話がくるかもしれないと思うと、フー子は、朝の散歩に出る気にもならないまま、手《て》持《も》ち無沙汰《ぶさた》になって、とうとう宿題に手をつけた。はっきりと帰る日を決めてきたわけではなかったが、明日でもう十日だと思うと、ほんとうは、そうのんびりともしていられないのだった。

だが、帰る日のことを考えると、フー子の心はたちまち暗くなった。この古びた家で、祖父とリサさんと規則正しい静かな生活をし、まったく自由に歩きまわり、マリカと映介それぞれと、胸《むね》のときめくような大切な時間を共有しながら過ごす、美しい汀館《みぎわだて》の夏の日々。そして、それをとりまく、もうひとつのべつの世界とべつの人々……。フー子はその中で、これまでにない解放感を感じていた。自分にしっくりとあった環境《かんきょう》の中に、自分が、ひとりこっきりのものとしている、ということがもたらす解放感。大人になることを恐《おそ》れていたけれど、大人というのは、もしかすると、親の子どもではなく、家族のひとりではなく、ただ自分がいて、自由に生きることができるということなのかもしれない。それならば、怖《こわ》いどころか、なんとすてきなことだろう。だが、その解放感を封《ふう》じこめて、また自分の家に戻《もど》り、二学期の日々と馴《な》れあってゆくのかと思うと、フー子は情けなくなるような疲労《ひろう》を感じた。

「……だけども、まあ、おもしろくないわけでもないわ……」

ため息をつき、わざと大人びたふうなひとりごとを言いながら、フー子は、あいた菓子箱《かしばこ》の中に、壁紙《かべがみ》を貼《は》ったり、窓《まど》を付けたりする作業を、適当に楽しんだ。心のひだが、たとえどんなに複雑な成長を遂《と》げようとも、強《し》いられた環境《かんきょう》の中で、強《し》いられたことを、ひとつひとつこなしてゆかなければならないのが、十二歳《さい》というものだ。


祖父が散歩から戻《もど》る時間になっても、映介からの連絡《れんらく》はなかった。お昼を食べ、しばらく宿題のつづきに熱中しながら耳をすましたが、やはり、電話のベルも玄関《げんかん》の鈴《すず》も、何ひとつ音をたてなかった。フー子は、思うまい、思うまいと言いきかせていたことを、とうとう思った。

（……主《あるじ》じゃなくたって、いいじゃないの。わたしのおばあさんを捜《さが》すんだもの。マリカちゃんが来たがらないから、しかたないのよ。……もう、地図だってあるし……もっと、もっと、奥《おく》へ行ってみたって、いいじゃないの……）

祖母に会うということと、より深く、あの園《その》に入りこむということの、どちらを強く望んでいるのか、フー子は自分でもわからなかった。だが、どちらにしろ、ためらいがある。主《あるじ》でもない自分が、ずうずうしく踏《ふ》みこんでゆくということと、映介に言わずに、またひとりで園《その》に入るということへのためらいが。映介は、昨日、海岸を歩きながら、何かがわかるまでは、もうたったひとりで、危《あぶ》ないことに近づかないようにと、フー子をたしなめたばかりだったのだ。そして、その言葉を、大切に心にとどめていたのだから。

フー子は、なんとか欲望《よくぼう》をおさえて、ミニチュアの部屋づくりにいそしんだ。だが、何度やっても、菓子折《かしお》りの紐《ひも》で作ったタッセルが上手にカーテンにかかってくれなくなったとき、フー子は引きだしから、ノートとリボンを取りだして、立ちあがった。

扉《とびら》につづく階段《かいだん》をのぼったのは、つい一昨日《おととい》のことだった。だが、ひどく昔のことのように思われた。ゆっくり、一段《だん》ずつのぼりながら、フー子は、再び懐《なつ》かしい場所を訪《おとず》れるような喜びを感じた。

胸《むね》を強くときめかせて扉《とびら》の前に立ち、錆《さ》びたチェルヌイシェフの時計を見やると、もう、たちまちそれは開き、コチコチと音をたてて今の時刻《じこく》を示しながら花に変わりはじめたのだった。

何度体験しても、慣れるということのないできごとがあるとしたら、これもそのひとつだった。言いようのない不可思議さに、初めてのときと同じ眩暈《めまい》をおぼえるのだ。そしてやがて、目の前に、ぼんやり、ぼんやり、緑色の景色があらわれる。牡丹色《ぼたんいろ》の霞《かすみ》の中から、ふうわり、ふうわり、立ちあらわれてくるのだ。

フー子は、軽い一押《ひとお》しで扉《とびら》を開き、園《その》の中に入った。

(ああ、ここは、なんて、すてきなんだろう……)

緑の垣根《かきね》にはさまれた小径《こみち》を進んでいきながら、フー子は、身体《からだ》を包みこむ心地よさに浸《ひた》った。だが、園《その》の奥《おく》にひそんでいる、フー子を惹《ひ》きつけてやまない何かが、足を急がせる。フー子は、結んだリボンを見ては、左に進み、右に進んだ。

(そう……ここも通った……この小径《こみち》も通った……)

まるで、遠く幼《おさな》い日の春に遊んだ、どこかの庭園を行くようだ。満ちたりていて、期待にあふれていて……。でも、この、心を惑《まど》わせ、惹《ひ》きつける何かを感じるところなど、ここ以外のどこにあっただろう。

かすかな声が耳にとどいた。あの歌が聞こえはじめるところまで来たのだ。

「(ラリラリラー、ルリルリルー
おいで、おいで、ここまで、おいで
そして命を吹《ふ》きこんでおくれ
わたしたちの主《あるじ》、園《その》の主《あるじ》)」

薔薇色《ばらいろ》の靄《もや》が垂《た》れこめる園《その》の中に、声は不可思議に響《ひび》く。そして羽毛《うもう》のように、フー子の耳をくすぐるのだ。

フー子は、垣根《かきね》によって、また向こうをのぞき見た。あの、鮮《あざ》やかな服を着た小さな人影《ひとかげ》が、目の片隅《かたすみ》をかすめた。そして、またひとり。そのとき、その少女がちらりとフー子の方を振《ふ》りむき、ふたりの目があったのだった。なんという瞳《ひとみ》だろう。黒く大きな、輝《かがや》く瞳《ひとみ》。フー子は、思わずさっと身を引いて、高鳴る胸《むね》をおさえた。あの、ピアノの上に並《なら》んだマトリョーシカの顔そのものだ。

フー子は、手さげの中からノートを取りだして位置を確認《かくにん》すると、前のときのつづきの作業をはじめた。まだ自分の頭がしっかりしているということが、信じられないくらいだった。

(だってあたしは、よそ者で……そして、調査に来てるんだもの。しっかりしなくてどうするのよ)

リボンを結びつけながら、フー子は、自分に言いきかせた。

左の小径《こみち》へ、右の小径《こみち》へ……。カサッと音がして、黒ウサギが走り去ったり、小鳥が飛び立つのが見えたりした。緑葉と白い花ばかりだった庭園に、徐々《じょじょ》に生き物の気配が漂《ただよ》いだすのがわかる。歌声のほかに、小鳥のさえずりも聞こえる。奥《おく》へ行くに従《したが》って、この園《その》は、息づいてゆくのだ。この先まで行けば、いったい園《その》はどうなっているのだろう。今日はそこまで行く。そこにおばあさんも、きっといるのだ。

ノートに目をやると、それが最後のメモだった。

『まっすぐ行くと、まんなかの黒いところにつく』

とうとう、あの地図のまんなかまで、入りこんだのだ。フー子は、最後の小径《こみち》の中央で立ちどまり、じっとゆくてを見つめた。今までにない、長い一本の小径《こみち》だった。

その小径《こみち》もついに終わった。緑の蔓草《つるくさ》に縁《ふち》どりされた、アーチ型のガラスの扉《とびら》が、フー子の前でゆくてをふさいでいた。いや、ふさいでいたのではなかった。扉《とびら》は、ほんの少し開いていた。まるで、フー子を招くかのように。

フー子は、扉《とびら》についた金色の取っ手をそっとつかむと、ゆっくり開いた。

目の前に広がったところを、何と呼《よ》んだらよいのかフー子にはわからなかった。大きな大きな納《なん》戸《ど》、あるいは、物が積みあげられた、明るすぎる倉庫、あるいは、幌《ほろ》の中の蚤《のみ》の市《いち》、古道具屋の展《てん》示会《じかい》、いや、そんなふうに言うには、そこは、整頓《せいとん》されすぎていたかもしれない。温室を豪華《ごうか》な部屋に作りかえたというべきだろうか……。そう、確かにそこは、熱帯植物園を思わせる、建物の中だった。多すぎるほど方々にとりつけられたガラスの窓越《まどご》しに、外側の、緑の庭が見えていた。八角形の高い天蓋《てんがい》もガラスで作られており、園《その》全体におおいかぶさる、あの薔薇色《ばらいろ》の靄《もや》が、中に入りこめずに垂《た》れこめている。その揺《ゆ》らめく靄《もや》の間を縫《ぬ》って、たえずふりそそぐ金色の光が、そこにうっとりとした気怠《けだる》さを漂《ただよ》わせている。つい今しがたまでだれかが、午後のお茶を楽しんでいたかのような、でも、じつのところそれは、何十年も前の午後にも思えるような、不思議なところ……。

そして、これほど大きな八角形のガラスの下に何があるのか。そう……、フー子の間近にあるまるいテーブルには、紅茶《こうちゃ》ポットやカップが揃《そろ》っている。ごてごてした彫刻《ちょうこく》のある戸棚《とだな》やたんすがいくつも並《なら》ぶ。フー子の背《せ》よりも遥《はる》かに高い大時計が時間を刻《きざ》みながら、すぐそこにそびえている。

文字盤《もじばん》にＰＯＭという字がくっきり見える。かけ時計や置き時計が、コチコチ、コチコチ、チックタック、チックタックと音をたてながら、ところせましと並《なら》ぶ。壁際《かべぎわ》には、もったいぶった形の椅《い》子《す》と、ビロードの布がかけられた四角いテーブルがある。テーブルの上には、花瓶《かびん》とトランプ、タロットカード。脇《わき》には中世の騎士《きし》の、ぬけ殻《がら》のような鎧《よろい》が立っている。床《ゆか》の上には大きなトランク。楽器のケース。棚《たな》に並《なら》ぶ、巻《ま》き貝《がい》、フラスコ、絵蠟燭《えろうそく》。壁《かべ》にかかる細密画《さいみつが》の数々。床《ゆか》から生えてでもいるかのようにはじまる階段《かいだん》。段《だん》の両端《りょうはし》に置かれた、動物の置物。そして、さまざまな植物が、あちらこちらの鉢《はち》から、青々と生《お》い繁《しげ》り、時計草とマツリカとが窓枠《まどわく》を飾《かざ》る。舞《ま》い飛《と》ぶ鮮《あざ》やかな色の蝶《ちょう》たち。そして、人と小動物とが、隠《かく》れてひそむ気配……。あの奇妙《きみょう》な旋律《せんりつ》の歌が、天蓋《てんがい》に反《はん》響《きょう》して、幾重《いくえ》にも聞こえる……。

フー子は、頭がくらくらとした。つっ立ったままのフー子の目に、それらが一度に映《うつ》ったのだ。迷路《めいろ》のような庭を通って、ようやく入りこんでみれば、今度は物で作られた、迷路《めいろ》のようなところだ。そして、あふれかえるほどの物は、どれもこれもが奇妙《きみょう》に美しい。ひとつひとつを手に取ってみたなら、おそらく、魂《たましい》が吸《す》いとられるほどの、愛らしさを秘《ひ》めた物ばかりなのにちがいなかった。でもそれは、どこか妖《あや》しい美しさ、愛らしさだ。

（ああ！　いったいここは、何なのよ！）

気持ちをしっかり保っているのが苦しかった。何も考えずに、目に映《うつ》る物を次々と手にしながら歌を歌い、その中を思いのかぎり、せせり歩くことができたら、どんなにか楽だろうと思う。だが、そこに漂《ただよ》う空気が、恐《おそ》ろしいほどにフー子を惹《ひ》きつけるがために、フー子は、かえって躍《おど》りこんでゆくことができずに戸惑《とまど》ってしまう。

フー子はついに両手で頭を抱《かか》え、ぎゅっと目を閉《と》じて歯を食いしばった。

(ねえ、どうする？　ここが、あの、黒く塗《ぬ》ってあったところよ。この中の地図はないのよ。こんなに広くて、こんなに、いっぱい物があふれてるのに、どこに行ったらいいのかわからない！

……もしかすると……おばあさんも、とうとう、ここで出られなくなったのかしら……？)

フー子は、静かに目を開けて、今の思いつきをくりかえしてみた。うっとりととろけそうになる一方、それと同じほどの恐怖《きょうふ》を感じた。歩きださなければ、確実に帰ることができる。後ろは、半分開いたままの扉《とびら》なのだ。

(だけど……だけど……)

そう。だけど、帰りたくはないのだった。

フー子は手さげの中をのぞき、リボンがあとどれくらい残っているのかを見た。とてもたりそうになかった。だがすぐに、ノートをちぎることを思いついた。

(そら、あたし、こんなにしっかりしてるわ。だって、よそ者だし、調査に来たんだもの)

フー子は、胸《むね》をそらし、ノートのページを縦《たて》にびりびりと破きながら、くらくらする頭の中で、一生懸命《いっしょうけんめい》自分を励《はげ》ました。

そして、歩きだした。

彫刻《ちょうこく》の施《ほどこ》された手すりにふれながら、階段《かいだん》をのぼっては、おりる。大きなたんすの横を曲がり、等身大の人形にハッとする。ケースに納《おさ》まったさまざまな玩具《がんぐ》に、思わず見とれる。手のひらに乗るような小さな家の窓《まど》から、爪《つめ》ほどの大きさのテーブルセットが並《なら》んでいるのが見える。不意に音がして顔をあげると、柱から、ピエロが顔を出して笑っている。そして、我《われ》にかえっては、そのところどころに、フー子は白い紙きれを結びつける。……ああ、ここは、いったい全体、何なのだ。遊園地？　それとも、玩具《がんぐ》の博物館だろうか？

ひっきりなしにため息をつき、唾《つば》を飲みこみながら歩きつづけるフー子は、白い棚《たな》の前でぴたりと足をとめた。ぎっしりと並《なら》んだ木の人形。それは、マトリョーシカだった。ピアノの上に並《なら》べられていた、あのマトリョーシカと、そっくり同じものがここにあるのだ。だがこちらの方は、作られたばかりのような新しさだ。それが、まるで、土産屋《みやげや》ででもあるかのように、いくつもいくつも揃《そろ》っている。一揃《ひとそろ》い十人のマトリョーシカ……。ここにいる少女たちをモデルにして、この人形は作られていたのだ。

（なるほど……わかったわ……おばあさん、ここから持ってきたんだ……中には、どれも、ポムって書いてあるんだわ）

時計といい、トランプやカードといい、ＰＯＭのマークは、いたるところで目についた。

フー子はまた歩きだした。見つからないようにしながら、少女たちがフー子につきまとっているのがときおりわかる。少女たちのかくれんぼは、少しもうまくないのだ。だから、目の覚めるようなスカートの裾《すそ》や、服の袖《そで》が、ちらちらとフー子の目に映《うつ》る。小さな動物たちも同じだ。まったく信じられないことに、りすやカナリアが、ちょろちょろと顔を出すのだ。話しかけたら、少女たちや動物たちは、答えてくれるのだろうかと、フー子はふと思った。フー子に興味を抱《いだ》き、はにかみながら歓迎《かんげい》してくれているように思われるのだ。でも、あの子たちの方から姿《すがた》をあらわさないかぎり、やはりだまっていようとフー子は思う。なぜって、あの子たちが待っているのは、マリカなのだから。

フー子は、ますます奥《おく》へ入りこんだ。ぐるぐる、ぐるぐる、螺旋《らせん》の階段《かいだん》をのぼってはおりる。小さな扉《とびら》を開けると、そこから、また通路がはじまる。もう、結ばれた紙きれを見つけたとしても、後ろも前もわからなくなっているだろうという思いは、さっきから頭の隅《すみ》にあった。でも、しかたがない。ここで引きかえすも、もっと深く入りこむも、もはや同じだ。もう思い煩《わずら》うな。そんな思いに駆《か》り立《た》てられたのは、フー子を惹《ひ》きつけてきた何かが、もうあとすぐのところにあるような予感をおぼえたからだった。胸《むね》はいっそう掻《か》きむしられ、鼓動《こどう》が速くなる。まるで磁石《じしやく》に吸《す》いよせられるようだ。フー子は荒《あら》い息をしながら、八角形の天井《てんじょう》を見あげた。まだ、中心に行きついてはいないことがわかった。フー子は、にわかに気づいた。あのとがった天井《てんじょう》の真下こそが、この広い広い、園《その》全体の中心であり、そこに行きつかなければ、このもやもやと胸《むね》をときめかすものの正体を、しっかり見ることはできないのだと。

（そうよ！　そして、そこに、おばあさんがいるんだわ。おばあさんが、呼《よ》んでるんだわ！）

フー子は、天井《てんじょう》を見あげては、やみくもに物の間をぬけた。今となっては、惹《ひ》きつけられている、という自分の感覚が頼《たよ》りだった。強くなったり、弱まったりする、その感覚が。

ふと気づくと、少女たちは歌うのをやめていた。だが、それが何だろう。

せまい廊下《ろうか》に出たとき、胸《むね》がとつぜん高鳴り、フー子は駆《か》けた。廊下《ろうか》の先に木の扉《とびら》がある。フー子は、両壁《りょうへき》にかかった素晴らしい絵なぞ、見向きもせずに扉《とびら》に直進し、力まかせにそれを開いた。

——が、それは、向こう側への扉《とびら》ではなく、衣裳《いしょう》だんすだった。ぎっしりと色鮮《いろあざ》やかな衣裳《いしょう》がかかっていたのだ。手品師が使うのか、それともサーカスの団員が着るのか、豪華《ごうか》で、派手《はで》で、きらびやかで、けばけばしい。燕尾服《えんびふく》、インバネス、フロックコート、夜会服、ドレス、スカート、チョッキ、毛皮、マント……ああ、頭がくらくらする……。

フー子は、バタンと扉《とびら》を閉《と》じると、廊下《ろうか》を引きかえした。

そして、どんなふうに歩いただろう。また少女たちの歌が聞こえ、小鳥のさえずりが聞こえた。だが、天井《てんじょう》を見あげれば、中心は遠のいているのだった。

フー子は、ついにくたびれてしゃがんだ。そしてもう一度立ちあがったとき、ふと気づくと、そこは、入ってきたときに見た光景だった。同じところを通ることなく、この建物の中を一周してきたのだ。フー子は、とつぜん、どうしようもないじれったさにおそわれた。

（あそこに、おばあさんがいるのに、行けない……）

でも、疲《つか》れていた。
（また来よう……）
フー子は、ガラスの扉《とびら》から、緑の庭へ出た。

「（ロォムの館《やかた》がよみがえる。
園《その》の中のロォムの館《やかた》。
園《その》が息づき、今、館《やかた》が目を覚ます。
長い眠《ねむ》りはもう終わり）」

どの子が歌うのか、少女に似合わぬ低くて深い歌声が、フー子の背中《せなか》にとどく。
（ロォム……？　ロォムって何のこと？）
フー子は耳をすますが、もう同じ歌は歌われなかった。

23　魔術師《まじゅつし》の夢

　部屋に入ったとたん、フー子は、立ったままで、しばらくの間ドアにもたれていた。今見てきた光景が、まぶたの裏《うら》からくりだしては押《お》しよせてくるのに、実際に目に映《うつ》るのは、日焼けした畳《たたみ》やあちこちに節穴《ふしあな》のある天井《てんじょう》――あまりにもしらっとした部屋だった。フー子は、そのはざまで、気を失いそうだった。

（だめだ。しっかりしなくちゃ）

　やっとのことでフー子は、開け放った窓《まど》まで行くと、少しでも涼《すず》しい空気にふれようと、身をのりだした。そのとき、まさに映介《えいすけ》が、時計塔《とけいとう》の角からあらわれて、フー子の方を見あげたのだった。

　映介は、驚《おどろ》いたような顔でにっこり笑った。フー子も思わず、「ああっ」と声をあげ、むやみに手を振《ふ》った。映介は、フー子のはしゃぎようにびっくりしたあと、おりてこいよというように手招きした。フー子は、大急ぎで部屋を出て、階段《かいだん》を駆《か》けおりた。

「何かあったの？」

フー子が玄関《げんかん》から駆《か》けてくるなり、映介はフー子の顔をのぞいてきいた。荒《あら》い息をしながらその顔を見あげたとき、

(あそこから帰って来れてよかった)

という思いが、はじめてフー子の胸《むね》にあふれた。

「ねえ、何かあったの?」

重ねてたずねる映介から顔をそらして先に歩きだしながら、

「……うん。あとで話すわ」

とフー子は、つぶやくように答えた。あの、おびただしい、物にあふれかえる園《その》の奥《おく》のことを、今すぐ口にすることなど、まだとてもできない気がした。それに、不意にあらわれた映介にたいして、なんだか心の準備ができていなかった。

フー子を追って坂をおりながら、

「じゃあ、ぼくの方から話していいかな」

と映介は言って、今日のあらましを伝えた。

山田テル子さんの家に行き、そのあとで花岡《はなおか》さんのところに行って、問題の同人誌《どうじんし》を借りてきたという話に、フー子は興味をもった。

「で、さっきまで、家でそれを読んでたってわけなんだ。で、ちょっと待った。どこかに落ちつくことにしよう」

映介は足をとめ、「公園がいいか……そうだ、史料館の二階ってのがあるじゃないか」とつぶやいた。

ふたりは、今おりたばかりの坂道を登った。フー子は、じれったそうにたずねた。

「ねえ、チェルヌイシェフのこと、何て書いてあったのよ?!」

「何のために、ぼくがこの本を持ってきたと思うのさ」

映介は、片手《かたて》に抱《かか》えた薄《うす》い紙袋《かみぶくろ》をポンポンとたたいた。


ふたりは、史料館に入ると、展示室《てんじしつ》に出ていたおじさんと、少し言葉を交《か》わしてから、二階に向かった。今日は珍《めずら》しく、観光客らしい人が数人、史料館を訪《おとず》れていたのだ。だが、二階を利用している人は、もちろんひとりもいない。

「はい、これがその同人誌《どうじんし》。じつは、けっこう面倒《めんどう》くさい文章なんだ。わからないところは気にしなくていいからさ、一応、目を通してみてよ。読めない字があったらおしえてあげる」

大きな机《つくえ》に向かいあってすわったあと、映介はそう言って、しおりをはさんだ『花馬車・創刊《そうかん》号《ごう》』をフー子にわたした。

「ここね? ……魔術師《まじゅつし》の夢……?」

そしてフー子は、山田《やまだ》哲郎《てつろう》氏が書いた作品を読みはじめたのだった。

魔術師《まじゅつし》の夢　山田哲郎

その男のことを、人はせいぜい「奇術師《きじゅつし》」と呼《よ》ぶが、私《わたし》は敢《あ》えて「魔術師《まじゅつし》」と呼《よ》ぶ。何故《なぜ》なら、その男の側《そば》で暮《く》らした二年数カ月の間、私はその男の魔術《まじゅつ》により、別の人間に変えられていたからだ。白状するが、あの頃《ころ》、私は、全く私自身《じしん》を失っていたのだ。

還暦《かんれき》を過ぎて、我《わ》が人生を振《ふ》り返《かえ》り見る時、その男が残し去った、黒く大きな跡《あと》のことを改めて思う。と同時に、稀有《けう》なる男の記憶《きおく》が、老いに塗《まみ》れて消えてゆくことを残念に思う。この手が筆を握《にぎ》れるうちに、それを書き留めておく所以《ゆえん》である。

男はロォムと名乗った。ジプシーの言葉で、「ジプシーの男」のことを言う。男はジプシーであった。

男は、十一歳《さい》でジプシーの集落を抜《ぬ》けた。気儘《きまま》なようでいて、様々の掟《おきて》が支配するジプシー社会で一生を送るのは、その男には無理であった。だが、「ロォム」と名乗るそのことが、男の魂《たましい》の在処《ありか》を物語る。男は人と身を寄せ合うことこそしなかったが、生粋《きっすい》のジプシーとして、唯独《ただひと》り生きたのだ。

集団を抜《ぬ》け出《で》た少年は、路頭に迷うよりも早く、誰《だれ》よりも巧《たく》みに盗《ぬす》み、誰《だれ》よりも巧《たく》みに物《もの》乞《ご》いすることを覚えた。軽業《かるわざ》の才と機転、しなやかな指先、人の心に訴《うった》える言葉、それに加えて、人を揺《ゆ》り動《うご》かす独特の瞳《ひとみ》を持っていたことが、それを可能にしたのである。

初め少年を見出したのは、人形細工師であった。その少年ならば、木彫《きぼ》りの人形作りなど、たちまちこなして自分の片腕《かたうで》になるだろうことを見て取ったからである。実際、少年が師を凌《しの》ぐのも、またそれに飽《あ》きるのも、瞬《また》く間《ま》のことであった。しかし、その経験が、後のこの男の人生を決定した。即《すなわ》ち、手を使って物を創《つく》り出《だ》すこと、無から有を生み出すことの比類《ひるい》ない喜びを、この時、少年は身を以《もっ》て知ったのである。それ故《ゆえ》に、次なる職人が声をかけた時、少年は驚《おどろ》くほど素直《すなお》にその誘《さそ》いに乗ったのである。

それは、時計職人であった。但《ただ》し並《なみ》の職人ではない。一世紀前にはその流行が廃《すた》れていた、からくり時計の製作にしか情熱を注ごうとしない風狂《ふうきょう》の士であった。この時計職人が少年に与《あた》えたものは大きい。信《しん》じ難《がた》いほどに精巧《せいこう》な、からくりと時計作りの技術はもとより、奇妙《きみょう》な生き方の指針《ししん》をも植え付けたからである。

「役に立つことなんぞはするな。」

これが、その職人の口癖《くちぐせ》であった。やがてそれは、少年の生き方となり、その後は、誠《まこと》に、役に立つことを避《さ》けるようにして生きたのである。

人後《じんご》に落ちないほどの、時計職人になった時でさえ、この少年は、少年と呼《よ》ぶのが相応《ふさわ》しい歳《とし》でしかなかった。それほど早く技術を身に付け、自分自身の意匠《いしょう》による作品を生み出し得たのである。最早《もはや》少年の興味は、時計作りのみに止《とど》まることがなかった。

西洋の奇術師達《きじゅつしたち》の生涯《しょうがい》を繙《ひもと》いた折、時計師が奇術師《きじゅつし》に転身した例を、私は幾《いく》つも見たが、この少年の辿《たど》った道も、それに関する限りは、誠《まこと》に自然であった。即《すなわ》ち、修得したからくりの技術を、大掛《おおが》かりな仕掛《しか》け奇術《きじゅつ》にと転用させ始めたのである。こうして、漸《ようよ》う成人した少年は、時計職人の下《もと》を去り、まずは奇術師《きじゅつし》として独《ひと》り立《だ》ちをしたのであった。

以上が、その男の、ごく若《わか》い時代の一側面、言わば、表の顔である。尤《もっと》も、裏《うら》の顔については詳《つまび》らかではない。ただ、職人の道を歩む一方で、賭博師《とばくし》としての地位をも築き上げていったことを知るのみである。有りと有る勝負事に精通すると同時に、有りと有るイカサマをも得意とする、負けるを知らぬ賭博師《とばくし》。それはむろん、命知らずの不敵な商売であったが、あわやの際《きわ》で姿《すがた》を晦《くら》ます、その綱渡《つなわた》りの緊張《きんちょう》こそを、男は欲《ほっ》したのである。

私が会った頃《ころ》、男は、舌を巻《ま》く程《ほど》の博識であった。凡《およ》そどんな事柄《ことがら》にも通じ、その見識は高かった。特異《とくい》な風貌《ふうぼう》をしていたが、強靱《きょうじん》な美しさを見る者に与《あた》えた。物腰《ものごし》は見事に洗練《せんれん》され、一分《いちぶ》の隙《すき》も無かった。ジプシー的粗暴《そぼう》さは片鱗《へんりん》すら残っていなかった。

男は、奇術《きじゅつ》と賭博《とばく》の才を元手にヨーロッパの諸都市《しょとし》で荒稼《あらかせ》ぎをしながら、教養を身に付け、上流社会に入《はい》り込《こ》み、既《すで》に、一角《ひとかど》以上の人物に成り上がっていたのである。その頃《ころ》の男の暮《く》らしの華麗《かれい》さを想像すると、それだけで、背徳的《はいとくてき》な快感を覚えずにいられない。常に、貴婦《きふ》人達《じんたち》の催《もよお》す、贅《ぜい》を尽《つ》くした宴《うたげ》の花形であり、奇術《きじゅつ》を披露《ひろう》し、占《うらな》いをし、挑《いど》まれるどんな賭事《かけごと》にも快く応じる。男は、負けると見せて観客を沸《わ》かせてから、最後のところで巻《ま》き返《かえ》し、喝《かっ》采《さい》を浴びるというやり方をした。そうすることで、相手がますます額を吊《つ》り上《あ》げることを知っていたからである。とりわけ、婦人達のいる席では、誰《だれ》もが気前よく振舞《ふるま》った。こうして男は、豪華《ごうか》な広間に足を踏《ふ》み入《い》れる毎《ごと》に、その財を殖《ふ》やし、社交の駆《か》け引《ひ》きを学んでいったのである。

かような遍歴《へんれき》の後に、男は現れたのであるから、東洋の片隅《かたすみ》でこぢんまりと暮《く》らしていた凡俗《ぼんぞく》の徒が度肝《どぎも》を抜《ぬ》かれたのも、思えば全く無理からぬことではあった。

しかし、男の半生涯《はんしょうがい》を記すことが我《わ》が本意なのではない。煙《けむり》の中から忽然《こつぜん》と立ち現れる童話の魔術師《まじゅつし》との混同《こんどう》を避《さ》けるために、生身の人間としての生い立ちを、ざっと通覧《つうらん》してみたまでである。即《すなわ》ち、この男は、魔術師《まじゅつし》として生まれたのではなく、自らの選び取った生き方を生きるうちに、魔術師《まじゅつし》と為《な》った男なのである。

小人《しょうじん》に君子《くんし》の心の内を推《お》し量《はか》ることができないのと同様、凡人《ぼんじん》に、男の心の内を忖度《そんたく》することは難《むずか》しい。だが、男が去った後の日々、私《わたし》は、穏《おだ》やかな初老に向かって生きながら、火《ひ》達磨《だるま》のように激《はげ》しい男の半生に思いを馳《は》せ、やがて凡人《ぼんじん》なりに一つの回答を生み出すに至《いた》った。魔術師《まじゅつし》に為《な》らざるを得なかった、男の綾《あや》なす心模様《こころもよう》。それを、私は一度、描《えが》いてみたかったのである。

並《なみ》に外れて強靱《きょうじん》な知力と体力、意志と忍耐《にんたい》、そして上昇《じょうしょう》への欲望《よくぼう》に恵《めぐ》まれたなら、己《おの》れを果てしなく強大に作り上げることは、おそらく容易であろう。加えて望む全てを手に入れることも。そして、その人物が次に為《な》すことは、権力《けんりょく》の座《ざ》に着くことだと断言して、まず誤《あやま》りはない。自己の強大化と権力《けんりょく》志向とは、切《き》り離《はな》し難《がた》く結び付いているからである。仮にその人物が、全《まった》き人格への志向を持たぬならば、その、欲《ほ》しい儘《まま》の振舞《ふるま》いが何をもたらすかは、歴史が物語る通りであろう。

　しかし、宿命のように自己《じこ》を強大化させ続けながら、権力《けんりょく》への興味は一切《いっさい》持たず、同時に、人の道なるものへの興味も持たないとしたなら、その人物の向かう所は一体何処《いずこ》であろうか。

　過去の歴史に、それに近い人物像を求めるなら、浮《う》かび上《あ》がるのは、奇人《きじん》と呼《よ》ばれた偉大《いだい》なる科学者や芸術家たちの類《たぐい》かもしれない。政治にも権力《けんりょく》にも無縁《むえん》のまま、ひたすら、興味の対象に向かって、形振《なりふ》り構《かま》わずに命を削《けず》る非凡《ひぼん》の者達。そして、我等《われら》が主人公ロォムもまた、そんな彼等《かれら》の一人であったと言うべきであろうか。「否《いな》」と私は言いたい。何故《なぜ》ならば、彼等《かれら》が求めたところの物と、ロォムの求めたそれとは、決定的に異《こと》なっていると考えるからである。求めたところの物——言《い》い換《か》えれば、人々をそのように生かしめたところの物、それは果たして何であろうか。私はここで、「凡《およ》そ真なるもの」という言葉を思《おも》い浮《う》かべる。偉大《いだい》なる科学者、芸術家たちを惹《ひ》きつけたものは、「人の道」をも突《つ》き抜《ぬ》けて存《そん》する、「凡《およ》そ真なるもの」という幻想《げんそう》であった。しかし、ロォムは、かような物に惹《ひ》きつけられはしないのだ。ロォムは、驚《おどろ》く程《ほど》の知識を身に付けてはいたが、「凡《およ》その真」なるものに対して、根本のところで、全く興味を抱《いだ》いてはいなかったのである。

どんなに悲惨《ひさん》な生涯《しょうがい》を送ろうとも、科学者や芸術家が基本的に幸いの内に在《あ》るのに比べ、ロォムが、救われない不幸を背負《せお》っているのは、そのためであると私は思う。

イカサマ、ゲテモノ、子供騙《こどもだま》し……、こんな下種《げす》な言葉で以《もっ》て、洗練《せんれん》された紳士《しんし》、ロォムを形容するのが、適切さに欠くことくらいは承知の上だ。しかし、読者諸氏《しょし》に、ロォムの内側を思《おも》い描《えが》いてもらうには、そんな言葉が入り用なのだ。

或《あ》る時、唯《ただ》一度、男は頭を掻《か》き毟《むし》り、涙《なみだ》を流さんばかりに、呟《つぶや》いたことがある。

「心が惹《ひ》きつけられて、仕方ないんだ。」

うなだれる男の傍《かたわ》らに在《あ》ったものは、てろりと光る黒檀《こくたん》に、花を象《かたど》る螺鈿《らでん》を施《ほどこ》した、中国の煙草《たばこ》立てであった。中程《なかほど》が奇妙《きみょう》に膨《ふく》らみ、いたずらに長い高台《こうだい》を持ったその形を、飽《あ》かず眺《なが》めていた後に、ふと洩《も》らした言葉であった。有り余る資質に恵《めぐ》まれ、激《はげ》しく生きてきたその男の心を揺《ゆ》すぶり、掻《か》き乱《みだ》すのは、私から見たならば、誠《まこと》に些細《ささい》な、しかも美しさからは外れたような物に過ぎないのであった。――偉大《いだい》な男が卑小《ひしょう》な物に翻弄《ほんろう》されている――その時、私はそう思った。

ところで、読者諸氏《しょし》とて、その幼《おさな》い日に、一度くらいは、虹《にじ》を追《お》い掛《か》けようとしたことがお有りだろう。駆《か》けても駆《か》けても遠ざかる虹《にじ》。そしてもし仮に、到達《とうたつ》出来たとしても、摑《つか》みようのない虹《にじ》。我々《われわれ》は、一度の経験に懲《こ》りて、再び虹《にじ》を追《お》い掛《か》けることをしない。

しかし、決してやめようとしなかったのが、その男だ。つまり、男は、自分を惹《ひ》きつけるつまらないとも言える物々の、向こう側に在る物を摑《つか》もうとして、全霊《ぜんれい》で足搔《あが》いたのだと私は思うのだ。虹《にじ》を摑《つか》むには、魔術師《まじゅつし》にでも為《な》るより外《ほか》ない。然《しか》り。男は、魔術師《まじゅつし》に為《な》ったのだ。

「姿《すがた》のない相手と賭《かけ》をし続けるのも、なかなか堪《こた》えるな。いくら賭博師《とばくし》だと言ってもね。」

或《あ》る時、男はそう言い、その賭《かけ》について私に語った。私はその時、夢物語として、それを聞いた。それは、地上にではなく、この宙《ちゅう》の何処《どこ》かに、男が心を尽《つ》くし、もう何年にも亘《わた》って築き続けているという、漂《ただよ》うが如《ごと》き一世界を巡《めぐ》っての賭《かけ》であった。国や土地を一切《いっさい》所有しないジプシー男が、自分の世界を築く時に、「漂《ただよ》うが如《ごと》き一世界」というのを選んだのは、確かに相応《ふさわ》しいことではあったろう。――むろん、想像上の世界として。私は、夢物語に話を合わせて尋《たず》ねた。

「それで、その世界ってのは、どんなふうだい。差《さ》しづめ何が在るのかね。」

男は、ぞっとするような笑《え》みを浮《う》かべて答えた。

「物が在るのさ。私の愛する物が。私が自分で作った物も含《ふく》めてね。」

「……ふうん、なるほど。あの螺鈿《らでん》の煙草《たばこ》立てやなんかも在るのかい？」

私は、わざと、すました口調で以《もっ》て尋《たず》ねた。男は、鋭《するど》い目付きで私を睨《ね》め付《つ》けてから言った。

「よくわかったじゃないか。その通りさ。あれも、そこに閉《と》じ込《こ》めてあるよ。」

確かに、あれほどに男を惹《ひ》きつけた、あの煙草《たばこ》立ては、男の部屋から消えていた。

「この地上じゃない世界に、閉《と》じ込《こ》めたということは、つまり、無くなっちまったんだな。」

「無くなってはいないさ。たとえ地上からは消えても。」

だが、他愛《たあい》の無い夢物語に調子を合わせる遊び気分は、私の中から次第に消《き》え失《う》せた。その男の側《そば》にいるのは、強力な磁場《じば》の近くにいるようなものだった。私は、それまでの自分の価値基準を失い、その男に惚《ほ》れ込《こ》み、男の話を好んで聞き、やがて男のした話を丸ごと信じるに至《いた》ったのだ。

私は或《あ》る時、並《なら》んで夜道を歩きながら、

「ところで、先《せん》に話していた、賭《かけ》というのは、どうなっている？」

と尋《たず》ねた。本気で知りたいと思ったのだ。すると男は、溜《た》め息《いき》をつきながら答えた。

「相変わらず苦しいね。こんなにきつい賭《かけ》になろうとは思ってもいなかったよ。なんとか持《も》ち堪《こた》えてはいるが……」

だが、そう言われても、一体誰《だれ》を相手に、何の賭《かけ》をしているものやらわからない。私は、大人を見やる子供《こども》のように、ぼんやり男を見上げた。逞《たくま》しい男だった。すると男は、不意に夜空に向けてぐっと首をもたげ、

「邪魔《じゃま》だてをするのは、誰《だれ》だ。」

と呪《のろ》うような呻《うめ》き声《ごえ》を発したのだ。私は、あの険《けわ》しく彫《ほ》りの深い横顔と、鳩尾《みぞおち》に響《ひび》くような声を決して忘《わす》れることは無い。

「だ、誰《だれ》かが、君のあの世界を破壊《はかい》しようとしているのかい？」

出来る質問と言ったら、それくらいだった。男は、きれの長い、大きな鋭《するど》い目をギラリと私に向けると、

「破壊《はかい》だって……？　ふん、それならば、いっそ話は簡単《かんたん》だ。それどころか、世界を、世界たらしめているから……だから辛《つら》いのだ。」

と吐《は》き捨《す》てるように答えたのだった。その頃《ころ》の私には、そんな逆説的な言い回しを理解することなど到底《とうてい》できなかった。私は、相変わらず、事情のよく飲《の》み込《こ》めない子供《こども》にも似た口をきくばかりだった。

「じゃあ、宙《ちゅう》の何処《どこ》かに、素晴《すば》らしい世界が在ることには、変わりないってわけか……しかも、その何かに、世界たらしめられて……。僕《ぼく》も一目見たいものだな。」

すると、

「悪いが、君には見せられないね。」

と男は事も無げに言った。だが、その後で、こうも言った。

「だがそれは、悪いどころか、むしろ、幸いにも、と言うべきことかも知れないぜ。」

と。そして、そこの主《あるじ》たり得る者にこそ、その世界を見せたいのだと男は語った。奇術師《きじゅつし》であってみれば、自分の業《わざ》を、やはり人には見せたいのだと。だが、これぱかりは誰《だれ》にでもというわけにはいかない。その者が立ち会うことで、その世界が目覚め、栄え、命さえ帯びるような、そういう者。それが、主《あるじ》たり得る者の条件なのだ、と。

「……ふん、で、僕《ぼく》にはその資格がないと?」

「あるもんか!」

ロォムは、笑ってそう言いながら、私の背中《せなか》をはたき、私はやや憮然《ぶぜん》としたのだった。

男は、二年数カ月の後、去っていった。別れる間際《まぎわ》に私は聞いた。

「あの賭《かけ》はもう、済《す》んだかい?」

男はうなだれて首を振《ふ》った。

「相変わらずだ。……いや、負けていると言う方が正直かもしれない。」

「……でも、そうはっきり負けたわけじゃないのだろう? 君の世界は、ちゃんと在るのだろう。」

そんな気休めを言わずにいられなかったのは、男が、ひどく辛《つら》そうに見えたからだった。

実際、その後で、声を絞《しぼ》り出《だ》すようにして言ったことを覚えている。

「世界は在る。完璧《かんぺき》と言ってもいい程《ほど》にね。だが、失わなければならないものが、多過ぎたよ……危険《きけん》な賭事《かけごと》に手を出したものさ。」

ところで、それが一体、誰《だれ》とのどんな勝負なのか、遂《つい》に私はわからなかった。心を奮《ふる》い立《た》たせ、ようやくその問いを口にした時も、答えが無かったからである。だが、答えようとはせずに、虚空《こくう》を睨《にら》んだその男の眼差《まなざ》しは、明らかに、人間のそれではなかった。

(自分は、今、魔術師《まじゅつし》を見ている……)

私はその時、はっきりと、そう思《おも》った。

＊

以上が、魔術師《まじゅつし》ロォムの覚書《おぼえが》きである。しかし、昔のことを思い出しつつ、ここまで書いてきた今、ふとした思い付きが私《わたし》の頭を過《よ》ぎった。ロォムの最大の賭《かけ》なるものを推理《すいり》してみようではないかと。当時は出来なかったことが、今ならばやれるような気がする。そして、もしもこの先、私に、若干《じゃっかん》の創作意欲《そうさくいよく》と力量とが備わったなら、その推理《すいり》を元にして一篇《ぺん》の作品を物《もの》してみようと思う。——さる婦人の行方《ゆくえ》を巡《めぐ》る幻想《げんそう》小説。そう、そういう体《てい》のものが良い。何《いず》れにしろ、一体何時《いつ》、その為《ため》に筆を起こすのやら、或《あるい》いは起こさぬのやら、「神のみぞ知る」ではあるけれども——。

昭和二五年神無月《かんなづき》十日に記す』

「読んだ？」

映介が、文庫本から目をあげて、フー子にたずねた。フー子が落ちついて読めるようにと、自分も本を広げはしたものの、いっこうに先へ進めずにいたのだけれど。

フー子は、両手のひらに、ふっくらした顔を埋《う》めるようにして頬《ほお》づえをつき、だまってあらぬ方を見つめていた。

「ね、わかった？」

映介がまたたきいた。

「難《むずか》しいところは、よくはわからなかったけど、でも……ねえ、映介くん、螺鈿《らでん》って、貝みたいなの？」

「だと思う。薄《うす》い薄《うす》い貝殻《かいがら》を貼《は》ったような細工、じゃないかな……」

「ねえ、何か書くもの持ってる？」

映介は、ふだんとちがう様子のフー子を不審《ふしん》に思いながら、紙袋《かみぶくろ》から鉛筆《えんぴつ》のついたメモ帳を取りだしてわたしした。フー子は、思いだすようなそぶりで絵を描《か》きはじめた。ワイングラスのように見えた。

「ここに書いてる煙草《たばこ》立てって、こんな格好だと思う……？　ここに、花の模様《もよう》の、その螺鈿《らでん》ていうのがついてるってこと……？」

映介は、フー子が示した図を見るとともに、もう一度、本のその箇所《かしょ》を読んだ。

「……うん、中がふくらんでて、高台《こうだい》が長いっていうと、そうだね、きっとこんなだ」

フー子は、唇《くちびる》をかんでから言った。

「わたし、それ知ってるわ。見たんだもの……」

「……見た？」

フー子は、うつむいて、申しわけなさそうに映介に話した。

「映介くんが時計塔《とけいとう》の下に来たとき、わたし、あそこの中から出てきたばかりだったの……。おばあさんを捜《さが》したくて、入っちゃったのよ……行くのよそうって、ずっと思ってたんだけど……」

そしてフー子は、呆然《ぼうぜん》としている映介に、園《その》の中央、あの、物にあふれた八角形の建物のことを話したのだった。

「そう、確かに、歌の中で、ロォムって言ってたと思うわ……」

24　ある取り引き

フー子の話が終わると、薄暗《うすぐら》くなりかけた閲覧室《えつらんしつ》の中は、やけにしんとなった。ときおり階下から聞こえる人の話し声が、静寂《せいじゃく》をいっそう際《きわ》だたせる。今日はなぜか、ぱらぱらと人が出入りしているらしい。

「この山田さんの作品は、つまり、創作《そうさく》なんかじゃなく、やっぱり、全部ほんとうのことだったんだね……」

映介《えいすけ》が低い声で、やっとそうつぶやいた。

「そしてフー子ちゃんは、山田さんさえ見せてもらえなかった、その世界っていうのを見たんだね」

フー子はうなずいてから言った。

「そして、おばあさんも見ちゃったんだわ。……おばあさんも、わたしも、ほんとうは見る資格なんかないのに、見ちゃったんだと思う。書いてあったでしょ？　主《あるじ》にこそ見てもらいたいんだって。……この前、言いそびれたんだけど、主《あるじ》っていうのがだれのことなのか、わたし、知ってるの。

……マリカちゃんのことなのよ。何十年もたって、やっと、あそこを見るのにふさわしい人があらわれたんだわ……」

（マリカだって……?!）

とつぜん、場ちがいの人間の名がとびだしてきたような違和感《いわかん》を、映介はおぼえた。だが、その世界に踏《ふ》みこんだフー子が言うのだから、そうなのかもしれない。しかし、なぜだろう。映介は、そのわけをきかずにはいられなかった。

「ねえ、なぜマリカが主《あるじ》なのさ」

そう、まっすぐに問われて、フー子はややたじろいだ。

「だって……名前だって……」

フー子は、マリカという名の由来や、マリカに話したときの、少しも驚《おどろ》きを示さなかったその反応のことを説明しかけたが、やめた。そんなことは、じつは本質的なことではないのだ。ところが、本質的なことを言おうとすると、うまく言えなかった。

（なぜマリカちゃんが主《あるじ》かだって……？　だって、そんなことは、もう、わかりきってる……）

マリカのあの特別さが、映介には、きっとわからないのだ。でも、自分には、はっきりわかる。マリカが湛《たた》えている、あの何とも言えない不思議なすてきさ……。あれは、あの園《その》と同じ種類のものなのだ……。そう、マツリカの園《その》そのものだ。だからやっぱり、マリカをどうしても一度、あそこに連れていかなければならない。

「ちゃんとは答えられないんだけど、でも、マリカちゃんは主《あるじ》なの。ほんとうよ」

フー子は、それだけ言って、口をつぐんだ。

ふたりは、閲覧室《えつらんしつ》から出て階段《かいだん》をおりた。


下には、まだ数人の観光客があった。おそらく、今日、汀館《みぎわだて》を訪《おとず》れた一団の観光客が、三々五々に連れ立って、この界隈《かいわい》を歩いているのだろう。

ふたりは、今またもう一度、あの写真をのぞいてみずにはいられなかった。

「確かに、ただ者じゃないね……」

映介は、ギラギラとした、意志に燃え立つようなチェルヌイシェフのふたつの目に出会い、思わず唾《つば》を飲みこみながら言った。見る者の目を射《い》るようだった。よほどの意志をもってのぞまなければ、眼をそらすことさえできないような力と、そのくせ、どこかしら虚《うつ》ろな輝《かがや》きとを秘《ひ》めたような眼差《まなざ》し――。

映介は、ようやくチェルヌイシェフからとなりの人物に目を転じると、

「ああ、山田さんて、たぶん、この人だよ」

と指をさして言った。目尻《めじり》のさがった細面《ほそおもて》の、柔和《にゅうわ》な印象の人だったが、数時間前に向きあっていた婦人の面影《おもかげ》があった。

(『夜会服』の常連か……。この人たちの、二年数カ月というものは、きっと、特別だっただろうな)

あとから生まれた者は、常に過去の時間の傍観者《ぼうかんしゃ》だ。そして傍観者《ぼうかんしゃ》でいられることに、ふだんは密《ひそ》かに安堵《あんど》する。だが、このとき映介は、どんなにあがいても『夜会服』の客人になりえない自分に、虚《むな》しさをおぼえた。

そのとき、背後《はいご》で、子どもの声がした。

「ねえ、お父さん、ポムって書いてるんでしょ、ねえ、どういう意味？」

二人はなにげなく振《ふ》りむいた。まだ三、四年生ぐらいの、だがやけに賢《さか》しげな顔の少年が、父親の袖《そで》を引っぱって、ガラスケースをのぞいていた。髭《ひげ》を生やし眼鏡《めがね》をかけたその父親は、普通《ふつう》のサラリーマンのようには見えなかった。

「ああ、その字ね……うん、ポムだねえ。だが待てよ、ひょっとすると、ロシア語かもしれないなあ。すると、ポムではなく、ロォムと読むはずだ」

聞いていたふたりはハッとして顔を見あわせた。

「POM」と「ロォム」とが、こんなにもたやすくつながったとは！　映介がいかに物知りでも、Pと書いてRの発音をするロシア語のことなど、まるで考えおよばなかったのだった。

「ふうん、じゃあどういう意味？」

子どもがたずねた。父親は苦笑いをして、

「お父さんだって、何でもかんでも知ってるわけじゃないんだぜ」

と顎鬚《あごひげ》を撫《な》でさすった。すると、

「それはね、ジプシーの言葉で、ジプシーの男っていう意味なんだってさ！」

という答えが飛んだ。映介だった。映介は驚《おどろ》いている親子にほほえみかけると、フー子を促《うなが》して、出口へ向かった。

ドアを片手《かたて》でおさえながら、映介は、

「ああ……そういうわけか……」

とつぶやいた。フー子が、映介を見あげると、

「懐中時計《かいちゆうどけい》の蓋《ふた》の模様《もよう》、あれ、幌馬車《ほろばしや》だったよね。ジプシーって、生活道具を何もかも馬車に積みこんでさまようって話、聞いたことがあるよ」

と映介は言った。


ふたりは、坂下にあるバス停まで、いっしょにおりていった。もう、すっかり日暮《ひぐ》れていて、肌《はだ》に当たる海風が気持ちよかった。

「明日、この本を返しに行ったついでに、ほかの号も見せてもらおうと思うんだ。だって、山田哲郎《やまだてつろう》さんは、きっと何か書いてるにちがいないから。……フー子ちゃん、どうする？」

山田氏が執筆《しつぴつ》をほのめかした「さる婦人の行方《ゆくえ》」というのが、祖母のことだというのは、口に出して言わないまでも、明らかだった。

「……だけど、それは、山田哲郎さんが、自分で作るお話なんでしょ？」

小説というからには、どんなふうにでも書けるのだろう。それならば、いくらでも派手《はで》に話は語られるに相違《そうい》ないとフー子は思う。

（第一、園《その》のことを何も知らない人がめぐらす想像の話なんか……）

祖母の行方《ゆくえ》を語る話に興味がないはずはなかったが、そんなものを読んでも、いやな気持ちになるだけのような気がした。

「ねえ、明日、マリカちゃん、こっちに来てくれないかしら。もう一回くらい来てくれたって、いいわよね？」

映介は、しばらく何も言わなかった。フー子が映介の顔を見あげると、映介は、なんだか苦しそうな表情で、海を見ていた。

「……きみ、またそこに入るつもりなの？」

映介は、海を見たまま言った。

「……だって、マリカちゃん、主《あるじ》なのよ。それに、ちゃんと目印を付けてきたから、平気よ」

映介がまたおしだまってしまったので、フー子も何も言わなかった。

ふたりは、バス停の黄色い標識の下まで来ても、なおだまっていたが、ようやく映介が言った。

「ねえ、ぼくも行っちゃ、だめだろうか」

（……映介くんが、あの園《その》に？）

映介とマリカと三人で、あの園《その》をぬけ、あのロォムの世界に入りこんでいく……。どうして今まで、それを考えてみようとはしなかったのか。園《その》には、マリカこそがふさわしいとばかり思っていたが、考えてみれば、三人であそこに入ってゆくことの、どこに不都合があるだろう。映介を伴《ともな》ってあそこを歩く……。それは、胸《むね》の躍《おど》ることでもあった。映介が、あの世界を見たならば、どんなに喜び、驚《おどろ》くことだろう。その喜びも驚《おどろ》きも、きっと主《あるじ》のマリカ以上だ。

「ね、ぼくが行くまで、待っててほしいんだ」

「……うん、そうするわ」

フー子が、にっこり笑って映介を見ると、映介も、フー子の顔を見て安心したような笑《え》みを浮《う》かべた。

「マリカに、今晩《こんばん》電話するように言っとくね」

映介はそう言って、来たバスに乗りこんだ。

「ああ、ごはんまだすんどらんかったか。ちょっといいかいな」

そう言いながら、映介の祖父が茶の間に入ってきたのは、映介の家族の夕食が、もうそろそろ終わりかけた、その日の夜のことだった。同じ家に住んではいたが、祖父母たちは、祖父母たちで食事をしていた。

「もう終わる。おじいちゃん、そこにすわれば」

この家の者のようにマリカが代表で答え、祖父は、テーブルに近いソファーに腰《こし》をおろした。

「なあ、エーちゃん」

祖父は、最後のごはんをかきこんでいる映介に話しかけた。

「この前わしにきいとった、なんとか言うた人……ああ、何ちゅったかな……？」

「おじいちゃん、それじゃ、さっぱりわかんないじゃないの！」

マリカがすかさず混《ま》ぜっかえしてみなを笑わせたが、

「チェル……なんとか言うたなあ……」

と祖父はつづけたので、映介は、のどをつまらせそうになった。

「あ、あれは、いいのいいの、なんでもない」

映介はドキドキしながら手で制した。こんな場で、チェルヌイシェフが話題になるのは、いかにもまずい気がした。だが、わざわざ祖父がやってきて話しはじめ、映介があわてたそぶりをしたのでは、かえってみんなの気を惹《ひ》かずにはいなかった。

「え、何なに？」

マリカや映介の姉が促《うなが》した。

時計塔《とけいとう》を訪《おとず》れ、チェルヌイシェフの名を初めて聞いた日、映介は、祖父なら知っているのではないかと、帰宅《きたく》するや、さっそくたずねてみたのだった。だが、思えば、映介の祖父母が汀館《みぎわだて》に来たのは、戦後のことだったから、栄えていたころの汀館《みぎわだて》をふたりは知らないのだった。

祖父は、映介のことなどおかまいなしに、ソファーにもたれてつづけて話した。

「おとつい、木内《きうち》さんとこに行ったから思いついてきいてみたらな、そのチェルさんのこと知っとって、おもしろい話、聞かせてくれたわ」

映介は、素知《そし》らぬ顔で、ただ、「ふうん」と言ったが、鼓動《こどう》が速くなったのがわかった。今さらもうしかたがなかったし、早くその話が聞きたくもあった。

マリカは、長い首をわざとらしく祖父の方にめぐらせて、おどけたように、次の言葉を待っていた。

「あの人だものなあ、詐欺《さぎ》にあったと言いながら、笑って話してくれたさ」

そうして映介の祖父は、時計を買い求めるためにチェルヌイシェフをたずね、取り引きをしたことがあるという、木内さんという人の昔の話をはじめたのだった。

木内さんというのは、祖父の囲碁《いご》友達で、青翠園《せいすいえん》の近くの大きな屋敷《やしき》に住んでいる資産家の老人だったが、若《わか》いころは長いこと独身でいて、四十を過ぎてから、ようやく結婚《けっこん》した人だった。奥《おく》さんになったのは、かなり歳《とし》の離《はな》れた人で、その人を喜ばせようと、木内さんは、ちょっとない女性用の腕時計《うでどけい》を求めたのだった。

「そのチェルさんの部屋で、腕時計《うでどけい》を置いた机《つくえ》をはさみ、取り引きをしたというんだが、この取り引きが、なかなかふるっとるんじゃよ」

映介の家族の者たちは、食事がすんでも食卓《しょくたく》から立ちあがろうとしないまま、祖父の話を聞いていた。そしてときどき、だれか彼《かれ》かが、質問したげに言葉をはさみかけては、言いそびれて、だまって話に耳をかたむけている様子だった。

チェルヌイシェフは、白紙を一枚《まい》木内さんにわたすと、望みの金額を記入するように言った。そして自分の胸《むね》ポケットにさしてあった封筒《ふうとう》をさっと示すと、この中には数字の書いた紙が入っている、木内さんが書いた数が、その数よりも大きければ売りましょう、訂正《ていせい》はいっさいなし、取り引きは一回きりです、と付けたしたのだった。

「さあ木内さんは困《こま》った。その人の時計がえらく高いくらいのことは承知しとったが、わざわざ、そんな取り引きをするところを見れば、こりゃ特別の品物かもしれんと思うてな、そりゃ困《こま》った。それに、なにやらゴテゴテ絵のついた、その時計を手に取って見ているうちに、ますますいい物のような気がしてきたわけだ」

そうして木内さんは、思いきり奮発《ふんぱつ》した額を書き入れてチェルヌイシェフにわたしたのだ。

その結果、木内さんは、腕時計《うでどけい》を手に入れることができた。大喜びで――どころか、大いに歯ぎしりしながら。というのは、チェルヌイシェフが封筒《ふうとう》を取りだして開けてみると、中の紙には、ゼロがひとつ書いてあるのみだったからである。

「えーっ、じゃあ、一銭とかでもよかったってことお?! そんなあ!」

マリカが大きな目をむいて叫《さけ》んだ。

木内さんとて、マリカが言ったと同じようなことをたずねてみずにはいられなかった。するとチェルヌイシェフは、その時計を気に入って買ってくれるならば、いわばいくらでもよかったのだが、なんとしてもほしいと思っている人間が、安い額を書きこむはずはないから、値《ね》は相手にまかせたのだ、と答えたのだった。だが、木内さんがチェルヌイシェフを詐欺師《さぎし》呼ばわりせずにいられないのにはつづきがある。

「木内さんがな、しかしそうは言っても、そんなことをやっとって、万が一、わけもわからん者が二束三文《にそくさんもん》の値《ね》をつけでもしたら、大損をするじゃないかと、あきれて食ってかかったらな、チェルさんは、にやっと笑って、封筒《ふうとう》から紙を出して見せたんじゃと。するとな、ひとつだったゼロが、冗談《じょうだん》のように、ずらーっといくつも並《なら》び、その頭に、一の字が書かれておったんじゃと。そのときはほんとに、開いた口がふさがらんかったと、木内さん言っとったよ。するとチェルさんはまた笑ってもう一枚《まい》のゼロひとつの紙を出して見せたそうだ。つまり、えらく指先の器用な男だったらしくてな、二枚《まい》の紙をすりかえるなんぞ、お手のものだったそうじゃ」

もし、木内さんの示した額が気に召《め》さなければ、影《かげ》の一枚《まい》を出すまでだったのだ。だが、チェルヌイシェフは、そんな紙が不要であることくらい、はじめからわかっていたと言う。

「へーっ、だけど、なんだか面倒《めんどう》くさい人だわねえ！　自分がほしいお金を、はっきり言えばいいじゃない」

とマリカが言った。すると映介の姉が、

「そりゃもったいないわよ。だってひょっとすると、相手はそれよりもっと出すつもりでいたかもしれないんだからさ」

と言った。

「そっかあ……。でも、その人、ずるいよねえ、二枚《まい》持ってるなんてさあ……」

口をとがらせるマリカに、

「だから、詐欺《さぎ》だっていうのよ。……でも、実際に詐欺《さぎ》やったわけじゃないのよね」

と姉が答えて、感心したようにため息をついた。大学生の兄が、

「でもその取り引きは、チェルさんの発明じゃないぜ。確かゲーテが使った手だよ。だけど、二枚《まい》用意しとくっていう後半は、たぶんちがうな」

などと言い、やがてみんなも、口々に、しゃべりだした。チェルヌイシェフというのが、昔、汀館《みぎわだて》にいたことのあるロシア人の時計師だということも、ごく簡単《かんたん》にみなに納得《なっとく》された。

木内さんが奥《おく》さんに買ってあげたその時計は、娘《むすめ》さんが結婚《けっこん》するときにほしがって持っていったのだそうで、映介の祖父は、目にすることができなかった。

「……チェルさんとやらはな、色黒でいかつい顔の、背《せ》のすらっと高い男でな、えらく変わった形のまっ黒い服を着とったそうじゃよ」

祖父は最後にそう言った。

山田氏の作品を読み、フー子から話を聞いたばかりの映介にとっては、そんな取り引きの話は驚《おどろ》くにたりなかった。それでも映介は、ほかのだれよりも、祖父の話に衝撃《しょうげき》を受けていた。——四十

年前、チェルヌイシェフという人間がいて、時計を作っていた——そのことを疑《うたが》っていたわけではない。だが、山田氏の作品を読もうが、写真を見ようが、まだどこか、ほんとうにいた人物、という存在感を感じることができずにいたのだった。

（でも、木内さんが、チェルヌイシェフに会って、話したことがあるなんて……！）

今でこそ歳《とし》とって、そうたびたびは見えなくなったが、木内さんといえば、それこそ足しげく祖父のところへ遊びに来てくれた人だった。小さいころ、祖父と碁《ご》を打つ木内さんの膝《ひざ》に乗って、退《たい》屈《くつ》な碁盤《ごばん》を眺《なが》めたことさえ何度もあるのだ。そんな身近な人が、直接に会って取り引きをしていたという人物、チェルヌイシェフ——。映介は急に不気味さを感じて、ぞくりとした。

それにしても、チェルヌイシェフに会ったことがあるという人が、意外にも知りあいの中にいたというのは収穫《しゅうかく》だった。

（木内さんをたずねてみよう……。今度はフー子ちゃんを誘《さそ》おうかな……）

明日は、花岡《はなおか》さんのところに行き、そのあとで時計坂の家に行くつもりだったから、そのときに、フー子にこのことを話してみようと映介は思った。

25　リサさんのこと

次の日の午後、マリカが来た。昨夜《ゆうべ》の電話では、ややためらっていたのだが、祖父が町に出かけるらしいことを告げるや、とたんに元気になったのだ。

ふたりは、北向きの部屋で紅茶《こうちゃ》を飲みながら、とりとめのない話をして、クックッと笑った。となりの部屋に祖父がいないと思うと、マリカのみならず、フー子までもくつろいだ気分になる。マリカは、杉森町《すぎもりちょう》の家にいるときのように、手足をのばし、ふざけたり、おどけたりした。遠くから、ミシンの音が聞こえてくるのも安心だった。リサさんが、ふたりの笑い声に耳をそばだててはいない証拠《しょうこ》だから。

「あの絵ね、パパが中学生のときに描《か》いたんだよ。美術クラブだったから」

マリカは、手に持ったお菓子《かし》でもって、壁《かべ》にかかった、くすんだ静物画を指した。

「それからね、ピアノの横にあるあの傷《きず》ね、あれ、パパとフー子ちゃんのお母さんが、けんかしてるときに、つけちゃったんだってさ」

それらは、フー子が初めて聞く話だった。マリカの父親の方が、フー子の母よりも、生まれ育った家にたいして、愛着をもっているのだろう。たとえ、訪《おとず》れることを望まないとしても。そして、めったにここに来ないマリカもまた、たまに来たおりに、父親から聞いた話を思いだしながら、部屋の中をそっと眺《なが》めていたのに相違《そうい》ない。すっかり解き放たれて、部屋を見まわすマリカの、いきいきした様子を見るのが、フー子にはうれしかった。

「あの、リサさんの人形のこと知ってる？　順番に、ぜーんぶ中入っちゃうって」

マリカが次に示したのは、ピアノの上のマトリョーシカだった。

「リサさんの人形……？」

「うん。あれ、おなかのところがパコッて割《わ》れてね、中に順々に入るのよ」

マリカが、やってみせようとして立ちあがりかけたので、

「それは知ってるわ」

とフー子は急いで制した。

「そうじゃなくて、あれ、リサさんの人形なの？」

フー子の驚《おどろ》いた様子にはいっこう無頓着《むとんちゃく》に、マリカは、お菓子《かし》に手をのばしながら言った。

「うん。でね、ほんとうは、なんとかって英語の名前があるんだけど、ああいう人形のこと、『リサさんの人形』って言っちゃってるの」

「……どういうこと？」

マリカの言葉の意味がのみこめなくて、フー子はたずねた。

「だから、ほんとうは、確か、マーなんとか……ってね、英語の名前があんのよ」

「マトリョーシカのこと？」

「それそれ。フー子ちゃんたら知ってるんじゃないの。……でね、それなのにパパが、『リサさんの人形』って呼《よ》ぶから、うちでは、そういう名前で呼《よ》んでるってこと」

マリカは、一生懸命《いっしょうけんめい》にそう説明した。『マトリョーシカ』というのを、マリカが英語だと思いこんでいるのは、この際どうでもよかった。要するに、マリカの家では、『リサさんの人形』というのが、『マトリョーシカ』全般《ぜんぱん》を指す言葉になってしまった、ということなのだ。言ってみれば、フー子の家で、モカシン靴《ぐつ》のことを、『洗濯屋《せんたくや》さんの靴《くつ》』と呼《よ》ぶようなものだ。洗濯屋《せんたくや》のお兄さんが、いつもその靴《くつ》をはいていることからついた、フー子の家でだけ通じる名前。——だが、マリカの家で、マトリョーシカを何と呼《よ》ぼうが、それもこの際、どうでもいいことなのだった。

「あたしがききたいのはね」

フー子は、思わずマリカの腕《うで》をつかんで言った。

「あのピアノの上のあの人形、あれ、もともとリサさんの物なのかってことなの」

「うん。リサさんが持ってきたんだってさ」

「……どこから」

マリカは、ポニーテールに縛《しば》った髪《かみ》を、バサッとはらうようにしてフー子の方を向くと、あきれたような口調で言った。

「どこから持ってきたとかいうんじゃなくて、リサさんが、もともと持ってたのよ。だれだって自分の人形くらい持ってるでしょ。あの人形を持って、この家に来たの」

(そんなの、おかしい……)

フー子は口を結んだ。あれは、お店で買えるマトリョーシカではない。あそこに並《なら》んでいた、あのマトリョーシカなのだ。あの園《その》の少女たちの人形なのだ。……おばあさんが、あそこから持ってきたのだ。

するとマリカが、おせんべいをバリバリさせながら、人形の方を向いて言った。

「それにさ、あれみんな、リサさんの顔してるじゃないの」

それからマリカは、すばやく耳をそばだて、ミシンの音を確認《かくにん》すると、安心してつづけた。

「ちょっと色が黒くて、眉毛《まゆげ》が、ゲジゲジッてなってってさ。だけど、目は、くっきりしててかわいいよね」

フー子は、呆然《ぼうぜん》としたまま、並《なら》んだマトリョーシカの顔を見やった。園《その》の少女たちに似ていることには、すぐ気づいたが、リサさんに似ていることには気づかなかった。だが、確かに似ている。つまり、園《その》の少女たちは、リサさんに似ていたのだ。昨日、偶然《ぐうぜん》にフー子の方を振《ふ》りむいた、あの少女の顔。――まったくマリカの言うとおりだ。いったい、どういうことなのだろう。

「ねえ、マリカちゃんのお父さん、リサさんのことを話してくれたことある?」

「うん、わりあいね。パパ、リサさんのことは、好きみたいだしね」

その言い方には、マリカの、祖母にたいするあてこすりが感じられた。そしてつづけた。

「リサさんてね、いちばん初めにここに来たとき、あの人形とそっくりの格好してたんだって。スカーフかぶって、長いスカートはいて。十何歳《さい》だったって言ってたから、ひょっとすると、あたしたちくらいだったかもね。それなのに、とっても働き者のお手伝いさんで、家のこと、何でもしてくれたって」

「スカーフかぶって、長いスカートはいて、それで、あの人形を持ってきたのね……？　で、リサさん、どこから来たの？」

フー子の声は、ほとんどあえぎに近かった。

「あたしは知らない。リサさんにきいてみたら？　だけど、眉毛《まゆげ》のゲジゲジのことはないしょよ」

フー子は、ぐったりして椅子《いす》の背《せ》にもたれた。そんなことがあるだろうか。――つまり、リサさんが、もとはあの園《その》の中にいた少女だった、だなんて。あの、どこにもないところからやってきただなんて。

（だけど、あのスカーフを持ってたのは、リサさんだったのよ……あの、地図のスカーフ……）

フー子は、外から迷路《めいろ》を探《さぐ》ろうとして、ひどく苦労したことを思いだした。あの地図は、中央からたどるときのためにできていたのだ。少女たちは、いつでも、園《その》の奥深《おくふか》いところにばかりいる。園《その》全体を散歩することなど、おそらくない。あの地図は、とうとう、外に出る必要に迫《せま》られたときになって、初めて役に立つものなのかもしれない。だから、みんなが同じものをかぶっているのだ……。

（だけど、わからない。いったいどうして、外に出なければならないの？）

「ねえ、フー子ちゃん、よく見ると、この中で、いちばんリサさんに似てるの、この三番目のやつだね」

ピアノの前まで立っていったマリカが、ひとつひとつを手に取って見たあげく、そう言った。

フー子もテーブルを離《はな》れて、マリカと並《なら》んで立った。確かに、それが最もリサさんに似ていた。

「リサさんもきっと、十人姉妹《しまい》の三番目よ」

自信ありげにマリカが言った。

（そうだ……！　あの園《その》に、少女は何人いたんだろう）

見《み》え隠《かく》れにしか姿《すがた》をあらわさないので、その数を知ることはできなかった。でも、模様《もよう》のちがうスカートを、四つか五つ、あるいは六つくらいは見た気がする。フー子は、早くそれを確かめてみたいと思った。だが、映介《えいすけ》が来るのを待たなければならなかった。いったい、映介は、いつごろ来るのだろう。

「ねえ、二階のフー子ちゃんの部屋に行っていい？　お菓子《かし》も食べちゃったしさ」

マリカが、あくびをしながら言った。

フー子が、飲み終わった紅茶茶碗《こうちゃぢゃわん》や菓子《かし》鉢《ばち》をお盆《ぼん》にのせて台所に運ぶ間に、マリカはひとりで階《かい》段《だん》をのぼっていった。祖父のいない今日、マリカは、ほんとうにのびのびと振《ふ》るまっていた。そんなマリカのせいで、子どもの気配のないこの家が、ふだんよりも、ずいぶん明るく感じられる。

フー子は、遠足に行ったときのように、ただマリカと、女の子らしくはしゃいでいられたら、いっそ、どれほどいいだろうと思った。そんなことをわざわざ思うのは、一方で、どうしても、園《その》のことが気になるからだった。――この台所で、いつもせっせと働き、今はミシンかけをしているリサさん。あのリサさんは、たぶん、普通《ふつう》の人ではないのだ。そんなことって、あるのだろうか？

そう思ったとき、背中《せなか》で、そのリサさんの声がしたので、フー子は思わずぞくりとした。

「ちょっと買い物に行ってくるわね。ああ、お茶碗《ちゃわん》、洗《あら》わなくていいわよ。せっかくマリカちゃんが来てるんだから」

特別の人を見るつもりで振《ふ》りむいたけれども、リサさんは、何ということのない、いつものリサさんだった。でも、鴨居《かもい》にかけた買い物かごをそそくさとつかみ、エプロンをはずすリサさんの横顔には、確かに、あの少女たちの面影《おもかげ》があった。

フー子は、茶碗《ちゃわん》を簡単《かんたん》に洗《あら》って伏《ふ》せると、自分も二階へあがっていった。

マリカが、あの扉《とびら》の前に立って、向こうを見ていた。今まで部屋には行かず、そうしていたらしい。フー子はごくんと唾《つば》を飲んだ。

「前に話してたところって、ここのことね？」

フー子の足音に気づいて、マリカは振《ふ》りむきながら言った。リサさんが玄関《げんかん》を出ていく音はマリカも聞いたはずなのにささやくように言うその言い方が、いかにも秘密《ひみつ》めいていた。マリカは、ほんの少し話題にしただけのあの話を、ふたりの秘密《ひみつ》のこととして、ちゃんとおぼえていてくれたのだった。フー子は、それがうれしかった。なんとなく、マリカは忘《わす》れてしまっているだろうと思っていたのだ。話そのものも、まして、秘密《ひみつ》だと釘《くぎ》をさしたことなども。

「この錆《さ》びた時計が、花に変わったって、ほんとうなの？　……信じられないねえ！」

マリカは、幼い子どものように声をひそめ、懐中時計《かいちゅうどけい》を手のひらにのせて、じろじろと見た。

フー子は、マリカと並《なら》んで扉《とびら》の前に立つうちに、急に弾《はず》んだ気持ちになった。あの園《その》にマリカを連れて入ってゆく……。自分は、その道案内をするのだ。……こっちよ、マリカちゃん、ほら、リボンが目印なんだから。ね、ここに咲《さ》いてる、この白い花、もちろんわかるでしょ、だって、マリカちゃんのマツリカだもの。いいことおしえてあげようか、マリカちゃんは、ここの主《あるじ》なのよ、みんな、マリカちゃんのことを待ってるのよ！　おばあさんのことを言うのはよそう。マリカがいやがるといけないから……。フー子は、その想像を楽しんだ。先輩《せんぱい》らしい余裕《よゆう》を見せて、マリカの手を引いてゆく。そして、園《その》の少女たちは、フー子が主《あるじ》を連れてきたことに大喜びし、マリカをとり囲むだろう。ああ、なぜもっと早く、そうしなかったんだろう。

フー子は、映介はまだだろうかと、じれったかった。映介との約束は守らなければならない。第一、映介もいっしょの方が、もっと、ずっと、わくわくするにきまってる……。

「ねえ、なかなか花にならないねえ」

マリカが、懐中時計《かいちゅうどけい》をそっと放しながら、小声で言った。確かにそうだった。だが、今、花に変わってしまうのは困《こま》る。映介との約束を守らなければ。だから、もうここに立っていてはいけないのだ。

「ねえ、わたしの部屋に……」

フー子が誘《さそ》いかけたとき、マリカが、窓《まど》の向こうを見たまま、ゆっくり言った。

「昨日ね、杉森町《すぎもりちょう》のおじいちゃんが、昔、汀館《みぎわだて》にいた外国人の時計屋さんの話をしたの」

フー子は、部屋に行きかけた足をとめ、身体《からだ》をこわばらせたまま、次の言葉を待った。

「変わった形の黒い服を着ていて、こわい顔をしていたんだって」

マリカが何を言おうとしているのかわからなかったけれど、フー子は、たずねてみずにいられなかった。

「杉森町《すぎもりちょう》のおじいさん、その人に会ったことがあるんだって？」

「ううん。会ったのはおじいさんの友達。その友達から聞いた話をしてくれたの。詐欺《さぎ》みたいなおもしろい話だったんだけど、おじいさんが最後に、変わった形の黒い服を着てたって言ったとき、あっ、それって、あたし、聞いたことあるって急に思って、それからずっと考えてたの。そして、思いだしたんだ」

マリカは、大きな目をぐっと開いてフー子の瞳《ひとみ》をのぞきこむと、さらにつづけた。

「パパが子どものときにね、汀館《みぎわだて》には魔法使《まほうつか》いがいるっていう噂《うわさ》が、みんなの間ではやってたんだって。パパは、学校の帰りにより道したとき、その魔法使《まほうつか》いを見たんだって。その人、すっごく背《せ》が高くて、まっ黒い服を着て、教会の柵《さく》によりかかって、腕《うで》を組んで、空の方をにらんでたんだってさ。……パパはね、どうしてだか、あんまり詳《くわ》しく聞かせてくれなかったんだけど、あたし、なんだか怖《こわ》くておぼえてたの。あたしね、それ、その人のことじゃないかなって思うんだ。その人の目はギロギロ光っててね、ちらっとパパを見て、にまあって笑ったんだって」

そしてマリカは、もう一度、懐中時計《かいちゅうどけい》をだいじそうに手に取ると言った。

「それでね、昨日から思ってたんだけどさ、この時計、もしかしたら、その人のなんじゃないかな？　だって、花に変わる時計なんて、魔法使《まほうつか》いじゃなきゃ、作れっこないじゃない。まして、お庭だなんてさ……」

マリカは、時計を放すと、窓《まど》の向こうをぼんやり見やった。

フー子は、胸《むね》の高鳴りをおさえて、マリカの方をまっすぐに見た。マリカって何て不思議な子なんだろうとフー子は思う。フー子が園《その》の話をしたときには、あんなに無関心に見えたのに、やっぱりちゃんと、園《その》とつながっているのだ。時計塔《とけいとう》に行かなくとも、同人誌《どうじんし》を読まなくとも、マリカは、だいじなことをパッとおさえてしまうのだ。そうして、マリカのお父さんが子どものときに見た魔《ま》法使《ほうつか》い――。それは、まさにマリカの言うように、チェルヌイシェフにちがいなかった。

「ねえ、フー子ちゃん、その人の時計だって思わない？」

マリカが向こうを向いたまままたずねた。

「……うん。思うわ」

そう答えてからフー子は、唇《くちびる》をかんだ。

(思うのじゃなく、そうなのよ。その人の時計だし、向こうには、その人が作った世界があるのよ。すごいすごいところがあるのよ……)

今こそ、チェルヌイシェフとおばあさんと時計のことを、すっかりマリカに話すべきかもしれないと考えながら、フー子はためらった。おばあさんのことにふれたら、マリカは、また不機嫌《ふきげん》になるかもしれない……。あの園《その》のまんなかに、おばあさんはきっといるのだ、なんて言ったなら……。

そしてフー子の心は、いつのまにか園《その》の中心のことを思っていた。

(この前のときは、ほんとにもう少しだったわ。もう少しで、あの天井《てんじょう》の真下に行けたのよ。絶対、近くまで行ってたわ。なのに、どうして行けなかったんだろう……)

フー子は、あの衣裳《いしょう》だんすをかきわけたときのことを思いだしていた。あのとき、いちばん強く、惹《ひ》きつけられるのを感じたのだ。――衣裳《いしょう》だんすをかきわける……衣裳《いしょう》をかきわける……。フー子の頭の中に、とつぜん、大好きな物語の一場面が押《お》しよせてきた。そう、その物語の中で、女の子は、洋服だんすをかきわけて、その奥《おく》にあるもうひとつの世界に入ってゆくのだ。

(わかった! いっぱいかかってた、あの服の向こう……! そうなのよ!)

そのとき、コチコチという音が、耳もとで聞こえはじめたのだった。懐中時計《かいちゅうどけい》が、時計草に変わっていた。

26 憧《あこが》れの代価

花岡《はなおか》さんの家は留守だった。だが、映介《えいすけ》が本の返却《へんきゃく》に来ることを予想していたのだろう。玄関《げんかん》横の郵便《ゆうびん》の受け口の上に、『蠣崎様《かきざき》』と書いたメモが貼《は》ってあった。

『本は、ここから落としておいてくださいさい。少しまるめてもかまいませんから』

二号以降《いこう》のすべてに、ざっと目を通させてもらおうと勇んできた映介は、ぴんと閉《し》まったドアの前で途方《とほう》に暮《く》れた。あとでまた来るのがいいのか、それとも「明日また来ます」と書いたメモを入れて、この足でまっすぐ時計坂に行くのがいいのか。だが、一刻《いっこく》も早く、山田氏の小説の有無《うむ》を確かめたかった。もちろん、山田氏は、書いたにちがいない。そして、それは氏が予告したように、ロォムの世界の謎《なぞ》を解く鍵《かぎ》になりうるに相違《そうい》ない。映介は、ほとんど楽観的なまでに、そう信じていた。あの文章から立ちのぼる、山田氏のロォムへの執着《しゅうちゃく》ぶりから推《お》して、書かずにいることなど、まずありえないと思うからだった。それに花岡さんは、山田氏はよく創作《そうさく》する人だったとも言ったはずだった。

(山田テル子さんのところか……)

三号以降《いこう》のすべてが揃《そろ》っていたかどうかはわからない。だが、五、六冊はまちがいなくあった。楊町《やなぎまち》からなら、歩いて時計坂まで行ける。むだ足にはならないだろう。ただ、要するに、あそこの家を訪《おと》ない、あのピアノの先生と再び話すのが、気が重いのだった。

だが、結局、そうすることになった。電話をすると、あの聞き慣れた、きびきびした声が返ってはきたが、前よりもずっと親しみやすく、頼《たの》みごとをするのも楽にできた。

電車に乗っている間も、降りて、楊町《やなぎまち》の坂を登っていく間も、映介は山田氏の記した、ロォムの言葉のことを考えていた。

『世界は在る。完璧《かんぺき》と言ってもいい程《ほど》にね。だが、失わなければならないものが多過ぎたよ』

それは、いったい、どういう意味なのだろう。いったい何を失ったのか。そのことを思うとき、映介の心に、暗い影《かげ》が差すのだった。そしてその影《かげ》は、どうしても、おばあさんの行方《ゆくえ》と重なるのだった。おばあさんもまた、あの園《その》に出入りをしていたとフー子は言う。そして今も、あの中にいるのだと言うのだ。四十年間も。——そう。おかしいのはそこだ。出入りをしていたならば、そのまま、出入りをしていればいいのだ、今もなお。なぜあるときから、再び、こちらに戻《もど》ろうとしなくなったのか。それは、おばあさんの意志によるものなのか。それとも、いやおうなく、その中に閉《と》じこめられてしまったのか。……フー子もまた、出入りしている。今のところは。だが、フー子の立場と、おばあさんの立場との間に、どんなちがいがあるというのか。あるとき、フー子が、戻《もど》らなくなったら？　一瞬《いっしゅん》、映介の心臓《しんぞう》が凍《い》てついた。

（いやだ。絶対、いやだ、そんなのはいやだ！）

坂の途中《とちゅう》で、映介は、歩くのをぴたりとやめた。今日、フー子は、ほんとうに自分との約束を守って、待ってくれているのだろうか。言い知れぬ不安が映介をおそった。このまま、時計坂に向かってしまおうか。映介の足は、今にも走りだしそうだった。――でも、たぶん、たぶん、だいじょうぶだ。バス停で、あの子はちゃんと約束したじゃないか。それに、あの子は、とてもしっかりしている。

映介は、楊町《やなぎまち》の坂を再び登った。


山田さんのピアノ教室は、休みのようだった。考えてみれば、今日は日曜なのだ。だから、花岡さんは出かけていたし、電車もざわざわしていたのだ。夏休みになると、曜日の感覚がまるでなくなってしまう。

「創刊号《そうかんごう》、読んだそうね。役に立ったんですか」

山田さんは、サイダーを出してくれながら言った。映介は、期待を遥《はる》かに越《こ》えて、驚《おどろ》くほど役に立ったと告げた。

「父の書いたものなんて、気恥《きは》ずかしくて、それに限らず、ほとんど読んでなかったんですけど、この前あなたがいらしたあとで、ペラペラめくってたら、楽しかったわ。ちょっとまどろこしい書き方ですけどね。ほんとにあなたのおかげで父親孝行《こうこう》しましたよ。今さらですけどね」

お盆《ぼん》を膝《ひざ》に立てたまま、笑って話す山田さんは、今日は怖《こわ》いピアノの先生ではなく、ふつうのおばさんに見えた。

「その中に、女の人の行方《ゆくえ》について書いたようなもの、ありませんでしたか」

映介は、つい夢中になってたずねた。

「女の人の行方《ゆくえ》。……ああ、あの話のことね……」

山田さんは、そうつぶやくと映介をまっすぐ見て言った。

「なるほどね、あれをお読みになりたいわけね。そうか、あれはやはり、チェルヌイシェフさんのことでしたか。そうではないかと思って読みました。……あれを読んでいて、はじめは、父がなぜまたとつぜん童話なんか書きはじめたのかと思いましたが、やがて、あのころの自分のことを回想しながら作った一種の寓話《ぐうわ》なのだと思いました」

そして山田さんは、後ろの本棚《ほんだな》から薄《うす》い同人誌《どうじんし》を取りだすと、次々と目次をめくり、やがて一冊《さつ》を映介にわたした。

『花馬車・十号』というその本は、創刊《そうかん》から六年も経た、昭和三十一年に出たものだった。紙の質がややよくなってはいたが、創刊号《そうかんごう》に比べて、量は少なめだ。書き手たちが、そろそろくたびれてきたのかもしれない。

「わたしは奥《おく》にいますから、ここで読んでてください」

山田さんは、そう言って、部屋を出ていった。
それは、『憧《あこが》れの代価』というタイトルのゆったりした調子の「お話」で、スギーラという名の、燃えるような瞳《ひとみ》を持つ女性が、その主人公だった。

決して豊かな暮《く》らしはしていないはずでしたが、きりきりと生活に追われたような多くの婦人達とは、眼差《まなざ》しの向かうところが、まるで違《ちが》っていたのでした。

という婦人。その婦人はある日、町の風来坊《ふうらいぼう》から不思議な鍵《かぎ》をもらう。風来坊《ふうらいぼう》は、東に面した扉《とびら》ならばどこでもいい、その鍵《かぎ》を鍵穴《かぎあな》に差しこんで回してごらんとささやく。

「おまえさんが自分の手で回すことだ。おまえさん以外の人間が、それを使ったとしても、何も起こりはしないんだから。」

だが、風来坊《ふうらいぼう》というのは、妖術使《ようじゅつつか》いのかりの姿《すがた》だったのだ。彼《かれ》は街にひそみ、鍵《かぎ》を託《たく》すのにふさわしい人間を、長いこと捜《さが》していたのだった。そしてスギーラが、その眼鏡《めがね》にかなったのである。
——こんな話をとつぜん読んだならば、だれしもが、なんらかの意味を込《こ》めた童話だと考えることだろう。だが、創刊号《そうかんごう》の文を読み、そこに書いてあることが事実であることを知った者には、昔々の、どこかあるところの話というふうに、楽しむことはできなかった。

（このあたりは、山田さんの作り話なんかじゃない。ロォムを風来坊《ふうらいぼう》に、おばあさんをスギーラに、懐中時計《かいちゅうどけい》を鍵《かぎ》に、ただ変えただけだ）

映介は、チェスに勝ったお祝いにとチェルヌイシェフが懐中時計《かいちゅうどけい》をおばあさんにあたえたとき、その場には山田氏もいて、そして、チェルヌイシェフの言葉を訳して伝えたにちがいないと考えた。

つまり、あの、外に面した扉《とびら》に、懐中時計《かいちゅうどけい》をつるすようにと――。


それから暫《しばら》く経《た》ったある日のこと、風来坊《ふうらいぼう》は、街を歩くスギーラを呼《よ》び止《と》めて、こう聞きました。

「扉《とびら》の向こうは、さぞ、おまえさんのお気に召《め》しただろう？」

「ええ、生まれた時から捜《さが》していたものを、とうとう見付けた気がします。」

スギーラは、炎《ほのお》のような眼を輝《かがや》かせて、そう答えました。

風来坊《ふうらいぼう》は、立ち去ってゆくスギーラの後《うし》ろ姿《すがた》を見詰《みつ》めながら呟《つぶや》きました。

「ほおれ見よ。わしの目に狂《くる》いはなかったぞ。あの人のあの眼《め》には、憧《あこが》れがある。幼《おさ》な子《ご》のように真《ま》っ直《す》ぐで、汚《けが》れなく、そして阿呆《あほう》のような憧《あこが》れが。おお危《あぶ》ない危《あぶ》ない……。だが、わしが一番好きなのは、そういう眼《め》だ。そして、そういう眼《め》にしか、扉《とびら》の向こうの、あの光は見えやしないのさ。」

スギーラが、扉《とびら》の向こうに見たものは、七色の光にあふれた草原だった。もらった鍵《かぎ》で扉《とびら》を開けた瞬間《しゅんかん》に、スギーラの前に草原は広がり、望むならば、どこまでもどこまでも柔《やわ》らかい草の上を駆《か》け、七色の光とたわむれることができるのだった。その光は、地平線の彼方《かなた》からオーロラのように立ちのぼり、草原にふりかかっているのだった。

——それは、フー子から聞いた園《その》の様子とも、物のあふれたロォムの世界ともちがっていたが、暗にそれを示しているのは明らかだった。山田氏が、チェルヌイシェフの話から受けた印象をもとに作りあげたのだろう。

だが、気になるのは、風来坊《ふうらいぼう》の台詞《せりふ》だった。実際にチェルヌイシェフは、同じようなことをつぶやいたのではないだろうか。ロォムの世界の謎《なぞ》に近づくために、山田氏はこれを書いているのだ。おばあさんの行方《ゆくえ》を考えながら。……ということは、その台詞《せりふ》こそが、山田氏にインスピレーションをもたらしたとは考えられないか？

（阿呆《あほう》のような憧《あこが》れを秘《ひ》めた眼《め》にしか見えない……。創刊号《そうかんごう》には『主《あるじ》たり得《う》る者にこそ見てもらいたい』っていう台詞《せりふ》があったっけ……）

映介は、初めて園《その》の話を聞いたときに、まっさきに頭に浮《う》かんだ考えは、やはり正しかったのだと、今、不意に確信した。——そうなのだ。マリカなんかではないのだ。主《あるじ》は、フー子なのだ！フー子に園《その》が見えるのは、フー子が主《あるじ》だからなのだ。そして、かつて、おばあさんも、主《あるじ》だった。

主《あるじ》たり得《う》る者、それはけっして、ただひとりとは限らない……。映介は、「おお危《あぶ》ない危《あぶ》ない」と風来坊《ふうらいぼう》がつぶやく箇所《かしょ》を、もう一度目で追い、ぞくりとした。そして、急いで先を読んだ。

風来坊《ふうらいぼう》の楽しみは、街でスギーラを見かけることでした。街ゆく人々のたいがいは、どんよりとした灰色《はいいろ》の目か、ぎらぎらと憎《にく》らしそうな黄色い目をした人ばかりでした。たまには、穏《おだ》やかに光る、美しい目をした人もおりましたが、そのようなのは、この風来坊《ふうらいぼう》には、どうも物足らないのです。風来坊《ふうらいぼう》の心を弾《はず》ませることが出来るのは、スギーラだけでした。ふわりとスカートを翻《ひるがえ》し、颯爽《さっそう》と街を行くスギーラの、何と素敵《すてき》なことでしょう。風来坊《ふうらいぼう》は、毎日、スギーラを見たいと思いました。けれど、見ていることを、人に知られたくはありません。スギーラにも知られたくはありません。そこで風来坊《ふうらいぼう》は、妖術《ようじゅつ》を使うことにしたのです。

スギーラの住む小さな家と、通りを挟《はさ》んで向かい合っていたのは、立派《りっぱ》な玄関《げんかん》のあるお屋《や》敷《しき》でした。玄関《げんかん》の扉《とびら》には、大きなライオンの顔のノッカーが取り付けられているのです。風《ふう》来坊《らいぼう》は、ある日そっと、そのライオンの目玉を繰《く》り抜《ぬ》いて、そこに自分の眼《め》を嵌《は》めたのでした。尤《もっと》も、それで、風来坊《ふうらいぼう》の眼《め》が見えなくなったわけではありません。妖術使《ようじゅつつか》いというものは、自分の眼《め》を、幾《いく》つも持っているのですからね。

——「天使だ！　時計塔《とけいとう》の天使だ！」

映介は、思わず声をもらした。東西にふたつある文字盤《もじばん》の西面にだけ、からくりの天使が作られたわけは、つまり、おばあさんを見るためだったのだ。塔《とう》のどちらが正面なのかは、焼け残った建物のせいもあって、確かにわかりにくかった。だが、山を背《せ》に海の方を向いてそびえ、坂を登ってくる人々を迎《むか》えるかのようにからくりが動き出す方が、ほんとうは、ずっと自然なはずだった。

(なるほど……変だとは思ってたんだ……)

映介は先を読みつづけた。

草原で遊ぶうちに、スギーラは、どうしても、七色の光が立ちのぼる地平線まで、行ってみずにはいられなくなるのだった。拡散《かくさん》して薄《うす》くなった光ではなく、生まれたての、あのしっかりとにぎることができそうな虹《にじ》の七色。赤、橙《だいだい》、黄、緑、青、藍《あい》、紫《むらさき》……。それらが、絡《から》まりあうようにして浮《う》かびでる、あそこへ。

スギーラは、光の源《みなもと》を目指して、思いきり駆《か》けてゆきました。草原は、限り無く広かったのですが、ここでは、どんなに力いっぱい走っても、疲《つか》れるということがありません。両手を広げ髪《かみ》をなびかせ、草原の小馬となって、スギーラは駆《か》けてゆきました。

平らに見えていた地平線でしたが、近付いてみると、光の源《みなもと》の辺りは、こんもりと、小高く円い山になっておりました。その小さな山全体が、七色の光を発していたのです。光は、どんどん明るく、強くなりました。スギーラの身体《からだ》が、七色に染《そ》まる程《ほど》でした。

どうして、もうそこら辺で、スギーラは、引き返して来なかったのでしょう。光の源《みなもと》に近付いて、どうしたいと言うのでしょう。でも、七色の光への憧《あこが》れが、スギーラを走らせるのです。

そうして遂《つい》に、スギーラは、光の山まで来たのでした。

——映介は、胸《むね》がドキドキして思わず目をあげた。次の文章を読むのが恐《おそ》ろしかった。こういう展開になることを、映介は、心のどこかで、とっくに知っていたのだ。今、これを読んでいるのは、そのことを確かめたかっただけだったのだ。いつまでも、ぐずぐずしていてはいけない。早くフー子のところに行かなくては。映介は、大急ぎで字を追った。

「ああ、とうとう来たわ！　生まれた時から、私《わたし》はずっと、この光の真ん中に、くるまれたいと望んでいたの……！」

そしてスギーラは、光の中へと、飛《と》び込《こ》んでゆきました。

スギーラは、突然《とつぜん》、甲高《かんだか》い叫《さけ》びをあげました。その声は、広い広い草原じゅうに響《ひび》き渡《わた》りました。

七色の光の一本一本は、巨大《きょだい》なハリネズミの、針《はり》の光だったのです。山は、一匹《ぴき》のハリネズミでした。

七色の光に包まれた美しい草原を生み出すために、欠かすことのできないもの、それは、ごく小さな一匹《ぴき》のハリネズミでした。それに、力の限りの魔法《まほう》を施《ほどこ》すことで、ちっぽけなハリネズミは、七色の光源《こうげん》に変わるのです。妖術使《ようじゅつつか》いは、苦心に苦心を重ね、とうとう、渺茫《びょうぼう》とした草原を、この上なく美しい草原に仕立て上げたのでした。

ところが、その妖術使《ようじゅつつか》いさえ、予想だにしなかったことが起きたのでした。美しく輝《かがや》き続《つづ》けることをいったん課されたハリネズミは、やがて、更《さら》に美しく輝《かがや》きたいという意志を持ち始めたのです。より美しい輝《かがや》きを……より逞《たくま》しい光線を……そうしてハリネズミは、次第《しだい》次第《だい》に、大きくなっていったのです。それにつれて、草原がますます光《ひか》り輝《かがや》き、妖術使《ようじゅつつか》いを驚嘆《きょうたん》させたことは言うまでもありません。

「ああ、何と言う光だ、これだ、この光だ！」

望んだ以上の光が降《ふ》り注《そそ》ぐ草原に、妖術使《ようじゅつつか》いは満足しました。けれど、それと同じだけ心を痛《いた》めもしたのです。なぜならそれは、魔法《まほう》が妖術使《ようじゅつつか》いの手を放れ、一人歩きを始めたことに他ならないのですから。それでも妖術使《ようじゅつつか》いは、これほどにすばらしい草原を、誰《だれ》にも見せずにいることは、できませんでした。草原を見ることのできる強い憧《あこが》れを持った人に、自分の眼鏡《めがね》にかなう自分の愛する人に見てもらいたい、そう妖術使《ようじゅつつか》いは望みました。

……けれど、そういう人は、いつかきっと、草原の果てまでも駆《か》けてゆき、針《はり》の山に身を投じないではいられないのです。

憧《あこが》れの代価、それは、あまりにも高価だったのです。

向かいの家のライオンから目が消え、その代わりに、がらんとした二つの穴《あな》があいたのは、それから、まもなくのことでした。

映介は、ただ形ばかりのあいさつを残して、山田さんの家をとびだすと、時計坂に向かって狂《くる》ったように駆《か》けたのだった。

27 園《その》へ

フー子は、そうっとマリカの方を向いた。マリカは、少しも驚《おどろ》いた顔をしていなかった。さっきと同じ、おだやかな表情で、向こうの方を眺《なが》めている。

（マ……リカ……ちゃん……）

フー子は、マリカを呼《よ》ぼうとしたが、声にならなかった。やっとの思いで、窓枠《まどわく》にかけたマリカの手にふれてみた。それでもマリカは、静かに息をしたまま、向こうを見ていた。扉《とびら》の向こうは、もうすっかり、あの緑の園《その》に変わっていた。

（きっとマリカちゃん、あんまり驚《おどろ》いてしまったんだわ……。初めて見たら、そりゃあだれだって口がきけなくなる……）

マリカとふたりで、とうとう今、この景色を見ているのだ、何もしゃべる必要なんかない。フー子は満たされた気持ちでそう思い、マリカの手をそっとにぎった。

そのときに、扉《とびら》を押《お》したのかどうか——。

今、扉《とびら》は向こう側に開かれ、ふたりの足もとから、小径《こみち》がはじまっていた。とたんに、園《その》の中の立っていた。

あの甘《あま》い香《かお》りが鼻をさした。中途半端《ちゅうとはんぱ》な高さで、ふたりは手をにぎりあったまま、園《その》の入り口に

（……映介《えいすけ》くんが来るまで、待っていなくちゃ……。だから、ここにいよう……こうやって）

耳には、コチコチコチコチ、時計の音……。息をすればマツリカの香《かお》り……。そして、目の前にあるのは美しい園《その》……。足が、いつのまにか惹《ひ》きよせられる……。

（ねえ……マリカちゃん、どうする？　ほんのちょっとだけ歩いてみる？　角をふたつか三つくらい曲がって、今はそれで、戻《もど》ってくることにしようか……？）

でも、声にはならない。だから、心でそう伝えるだけだ。でも、いったい伝わったのだろうか。

マリカは、さっきと少しも変わらない顔をして、同じ方を見ているのだ。フー子はにぎった手に力を込《こ》めた。すると、マリカの手が、ゆっくり、だらんと下がった。眠《ねむ》ってでもいる人のように……。

（ああ、いったいマリカちゃん、どうしちゃったのよ……）

フー子はとりみだした。いつかのように、すうっと園《その》が消え、またもとの裏《うら》の家が見えてくれたらいいのに、今ここにあるのは、園《その》でしかない。園《その》はけっして消えようとはせず、これでもかこれでもかと、フー子の心を惹《ひ》きつける。フー子の頭の中で、映介との約束と、ロォムの館《やかた》の光景とがせめぎあい、混《ま》ざりあい、やがてとうとう、あの物にあふれた光景が、約束を押《お》しのけた。

（マリカちゃん、いっしょに行かないのね？　じゃあ待ってて。あたし、ちょっと行ってくる。すぐに戻《もど》るわ）

フー子は、マリカの手を放した。そして、あとはもう、解き放たれて、望むがままに小径《こみち》を駆《か》けたのだった。

懐《なつ》かしい自分の庭に戻《もど》ってきたような気持ちがする。妖《あや》しく垂《た》れこめる薔薇《ばら》色《いろ》の靄《もや》さえ、澄《す》みきった山の空気を吸《す》うときのように、胸《むね》いっぱい吸《す》いこみたくなる。フー子は、柔《やわ》らかい羽布団《はねぶとん》に身を投げ出すようにして、奥《おく》へ奥《おく》へと進んでいった。


少女たちの姿《すがた》が、目の端《はし》をときどきかすめた。フー子は駆《か》けながら、少女たちの数を数えられるだろうかと頭の隅《すみ》で考えた。十人姉妹《しまい》の中からリサさんがやってきたなら、ここには、九人の少女がいるということなのだろうか。……どうやって、それを確かめる？　隠《かく》れてばかりいるというのに。

だが、少女の数を知りたいという思いは、フー子の心の中で、もはや、二の次になっているのだった。その前にしたいことがある。おばあさんの姿《すがた》を確かめること……。いや、そうではない。フー子はただ、あの衣裳《いしょう》だんすをかきわけて、天井《てんじょう》の真下、園《その》の中心にたどりついてみたくてたまらなくなったのだ。もちろん、そこにはきっとおばあさんがいるのだから、あそこに行きつくことが、おばあさんを捜《さが》しだすことになるのだろうけれども……。

フー子は、ガラスの扉《とびら》のところまで、ついに一度も立ちどまることなく、駆《か》けとおした。そして、すでに半開きになっていた扉《とびら》をさらに押《お》し開《ひら》き、中に入った。

ロォムの思いが、渦《うず》を巻《ま》いてあふれかえるような光景が、再び広がった。昨日よりも、いっそう華《はな》やぎ、いっそう魅力的《みりょくてき》に映《うつ》るのは、魔術師《まじゅつし》ロォムの話を読んだせいだろうか。これが、魔術師《まじゅつし》のした最大の賭《かけ》だと知っているからだろうか。ロォムが心をつくして造りあげた世界……ロォムの夢……。POM……POM……。あちらこちらに刻《きざ》まれた、その文字。これは、ポムではない。ジプシーの男、ロォムの印……。チェルヌイシェフに、親しみなど、おぼえたことはなかったのに、なぜか今、フー子は、ロォムの懐《ふところ》に包まれて、来《きた》るべきところへ来たという安らぎをおぼえていた。

(さあ、中へ行こう……あそこへ……)

そしてフー子は、ほんの少し休ませただけの足で、再び歩きだした。

確かに、はじめのうちは歩いていたのだ。昨日結んだノートのきれはしを確かめつつ、周囲の物を壊《こわ》さないよう、注意深く、静かに。なにせここには、楽屋裏《がくやうら》と見まごうほどに、さまざまの物がひしめいているのだから。肩《かた》の先どころか、スカートの裾《すそ》にさえ、気を配らなければならないのだ……。だが、わかっていても、フー子の足は速くなった。

やがてフー子は、螺旋《らせん》の階段《かいだん》を二段《だん》とばしに駆《か》けあがり、駆《か》けおりた。小さな扉《とびら》を開け、向こう側にのびている廊下《ろうか》を走る。変わった観葉植物の鉢《はち》の間を、身軽にぬける。ほら、もうすぐ。もうすぐ、あの廊下《ろうか》に出る。そうしたら、そのつきあたりが、衣裳《いしょう》だんすだ。

そして、フー子は、とうとうその廊下《ろうか》にたどりついた。やはりそうだ。ここに来ると、何かが、フー子をいよいよ強く惹《ひ》きつけるのだ。フー子は前のときのように、脇目《わきめ》もふらずにつき進み、衣《い》裳《しょう》だんすの扉《とびら》を、両手で一度に開いた。

ぎっしりつまった、きらびやかな、圧倒的《あっとうてき》な衣裳《いしょう》だ。でも、たじろがない。フー子は、スパンコールをちりばめた銀色のドレスと、深紅《しんく》のラメのドレスの間に、両の手を差しこむと、その手を、思いきって左右に押《お》し広《ひろ》げた。


遠くからときおり見えていた、時計塔《とけいとう》の尖頭《せんとう》が、どんどん近くなった。時計坂はもうすぐだ。裏《うら》道《みち》から、おじいさんの家に行くこともきっとできるだろう。だが、入り組んでいるかもしれない道で迷うより、いったん、時計坂に出る方がおそらく速い。映介は、自分でも驚《おどろ》くほど、疲《つか》れを知らずに駆《か》けていた。教会の前を、古い家並《いえなみ》の前を、そして、海に向かっておりるいく本もの坂道を横切り、ときには、車のクラクションに責め立てられながら、駆《か》けた。——あの話は、山田さんにとってはちょっとした寓話《ぐうわ》であっても、フー子にはちがう。だから、自分にだってちがう。あれは、今にも起こりうる、ほんとうの話なのだ。憧《あこが》れの代価は、そんなにも高い。

どうか、フー子がいますように。マリカがひとり、狐《きつね》につままれたような顔で、ぽつりと立っているようなことが、どうかありませんように。映介は、とうとう、時計坂に行きあたると、左に曲がり、急な坂を駆《か》け登《のぼ》った。

おびただしい衣裳《いしょう》の向こう。それは、芝《しば》の生えたかなりの広さの中庭だった。この天蓋《てんがい》の中は、蚤《のみ》の市《いち》さながらに、物にだけにあふれているものと思いこんでいたのに、なんということだ、ぽかりと開けた、中庭があったのだ。そして、そのまんなかには、白い石像がそびえる、大きな噴水《ふんすい》がしつらえられていたのだった。だが、吹《ふ》きあがる水は、霧《きり》のようにかすかで、水盤《すいばん》に落ちる水音は聞こえなかった。それは、園《その》に恵《めぐ》みをもたらす噴水《ふんすい》であり、園《その》に遊ぶ者たちの憩《いこ》いの庭にちがいなかった。もっとも、そこには、だれもいなかった。まるで立ち入りを禁じられた庭であるかのように。

けれどフー子は、その噴水《ふんすい》の畔《ほとり》に立ちさえすれば、どうしようもなくやるせない気持ちが癒《いや》されるということを、感じとった。

高いへりのある水盤《すいばん》の上で、今にも駆《か》けだしそうな何頭もの白い馬が、四方八方を向いて躍《おど》りあがっていた。それぞれの馬の背《せ》に大男たちが乗っていた。噴水《ふんすい》には、そんな石像が似合うのだろうか、外国の風景写真で、似たような噴水《ふんすい》を見たことがあった。だが、これほどの数の大男たちが、いっせいに立ちあがり、あたりを威嚇《いかく》したりはしていなかった。大男たちは、背《せ》を内側に向け、輪を作っていた――。そして、その輪の中心、かすかな水の噴《ふ》きでるところ、それが、八角形の、ガラスの天蓋《てんがい》の真下に当たっているのだった。

フー子は、衣裳《いしょう》の間をくぐりぬけて、その庭に踏《ふ》みこんだ。そして歩いた。噴水《ふんすい》に向かってまっすぐに。

その後《うし》ろ姿《すがた》を、一群れの少女たちが、たがいに身を擦《す》りよせるようにして、衣裳《いしょう》だんすの中から、眺《なが》めていた。少女たちは、前にまわったり、後ろにまわったりしつつ、いくらか離《はな》れて、ずっとフー子にまとわりついてきたのだ。だが、衣裳《いしょう》だんすの方へと、フー子が急ぎだしてからは、みな、歌うことも忘《わす》れ、おびえたようにひとかたまりになって、そのあとを追うばかりだった。少女たちは、今、衣裳《いしょう》の間に隠《かく》れるでもなく、震《ふる》えながら、フー子を見ていた。フー子と同じくらいの年格《としかっ》好《こう》の少女をかしらに、七人いた。

近づいていくにつれ、石像が驚《おどろ》くほど大きいことがわかった。暴《あば》れ狂《くる》う巨大な馬と、その後ろに立って手綱《たづな》を引く、恐ろしい形相《ぎょうそう》の裸《はだか》の大男、海神たち……。それはまるで、近よるな、これよりそばへ来るなと言ってでもいるようだった。それでもフー子は、惹《ひ》きよせられずにいられない。

フー子は、ふと、霧《きり》のようにかすかに見えていたはずの水が、少しも見えないことに気がついた。

フー子は、水盤《すいばん》のところまで来ると、縁《ふち》につかまり、中をのぞいた。そこには、湛《たた》えられているはずの豊かな水はなく、おだやかに傾斜《けいしゃ》した白く平らな石の面《おもて》が顔を見せていた。癒《いや》されることを望んだやるせなさは、ますます募《つの》り、フー子は、高々と蹴《け》あげられた馬の脚《あし》を空《むな》しく仰《あお》いだ。

フー子は、水盤《すいばん》の周りを、ぐるりとめぐった。馬と馬との間には、波頭《なみがしら》が高く逆巻《さかま》き、一分《いちぶ》の隙《すき》もないままに、石像は、天蓋《てんがい》に向かってのびていた。

——この人たちの後ろには、きっと泉《いずみ》があるんだ……。それを、よってたかって、隠《かく》しているんだ……。あんなに険しい顔をして……。

フー子は、そのそばを離《はな》れることができないまま、ひんやりする水盤《すいばん》のへりに胸《むね》を押《お》しあてていた。

(この上に乗れるのかしら……)

その高さまで、自分の身体《からだ》を持ちあげることができるのかどうか、自信がなかった。だが今、フー子には力があった。

フー子は、石像めがけて、ゆるいスロープの上を一気にすべった。水盤《すいばん》に乗ったフー子は、石像に身をよせると、つっぱる馬の後《うし》ろ脚《あし》を、撫《な》でさすった。高く振《ふ》りあげた前脚《まえあし》の蹄《ひづめ》が、フー子の頭を蹴《け》散《ち》らしそうだ。

(この向こうよ……そう、ここまで来たのに、この人たちが隠《かく》しているのよ……)

ついにフー子は、大理石のその彫像《ちょうぞう》に手をかけ、それから、足をかけた。波の上から、馬の背《せ》へ、そして渦巻《うずま》くようなたてがみを手がかりに、さらによじ登る。バランスを崩《くず》しかけては、手綱《たづな》にしがみつく。躍《おど》りあがる荒馬《あらうま》の斜《なな》めの背《せ》を、よろめきながら伝い歩き、たくましい海神の身体《からだ》にすがりつく。そして、なお、よじ登ってゆく——。ああ、いったいなぜ、こんなことをしているのか。険しい岩登りにも似た、危険《きけん》なことを。でも、この後ろに隠《かく》されている泉《いずみ》こそが、この園《その》全体にたちこめる、美しく妖《あや》しい魅力《みりょく》の源《みなもと》なのだ。……たぶん……いや、絶対に……。あまりにも強い力に吸《す》いよせられるようで、フー子は、息をするのさえつらいほどだった。

でも、もう少し、もう、あと少し、ほら、もう、男の二《に》の腕《うで》だ。肩《かた》まで行けば、向こうをのぞくことができるだろう。ああ、そこには、いったいどんな泉《いずみ》があるのか――。

玄関《げんかん》の鈴《すず》の音を、けたたましく鳴《な》り響《ひび》かせて、映介は、乱暴《らんぼう》に玄関《げんかん》を開けて叫《さけ》んだ。

「ごめんください！　……ごめんください！」

だが、だれも応《こた》えない。ミシンの音もしなければ、笑い声もない。何かの音に、映介の声がかき消されているわけではないのだ。人の気配がまったくしない。まるで時が止まってしまったかのように、不気味に静まりかえっている。だが、玄関《げんかん》に、マリカとフー子のサンダルは並《なら》んでいた。

映介は、靴《くつ》を脱《ぬ》ぎ捨《す》てると、階段《かいだん》へと突進《とっしん》し、籐椅子《とういす》の背《せ》を乱暴《らんぼう》に押《お》しのけて、二階へ駆《か》けあがった。

二《に》の腕《うで》は丸太のようで、フー子は何度か足をすべらせた。でも、そのたびに、石のわずかな凹凸《おうとつ》が、すべり落ちてゆく足をとどまらせた。

フー子は、腹這《はらば》いの格好で、とうとう、大男の肩《かた》まで登りつめたのだった。男の、炎《ほのお》のような巻《ま》き毛《げ》のひともとにつかまり、ぐっと身を持ちあげる。そうしてフー子は、ついに、男の背《せ》の後ろをのぞいたのだった。

西陽《にしび》が差しこむ窓《まど》の前に立つ後《うし》ろ姿《すがた》が、ひとつだけ、陰《かげ》って見えた。あの、すらりとした輪郭《りんかく》は、マリカだ。

「フー子ちゃーーん!」

映介は、踊《おど》り場《ば》につかないうちに、もう、声を限りに呼《よ》ばわっていた。

フー子が男の背《せ》の後ろに見たもの、それは、どこまでもどこまでも、何もない、底知れぬからっぽの闇《やみ》だった。

(……何も、ない……)

だが、その何もない闇《やみ》が、フー子を惹《ひ》きつける。

(……そうだ……おばあさんは……ここに、落ちたんだ……)

フー子の手が、つかんでいた男の巻《ま》き毛《げ》から、ふわりと放れ、身体《からだ》が、心地よいゆるやかさで、何もない闇《やみ》へとかたむき、そしてフー子は、その中へ吸《す》いこまれてゆく……。

だが、フー子の耳はそのとき、ひとつの叫《さけ》びを聞いた。それは、自分の名を呼《よ》ばわる、愛《いと》おしい者の声、ぬくもりと、力とが込《こ》もる声だった。それと同時にフー子の全身を、恐怖《きょうふ》が貫《つらぬ》いた。

そのとき、たくましい意志が、

(ここから落ちてゆくのはいやだ)

という言葉を紡《つむ》いだ。

フー子の手が、必死で何かにとりすがった。海神の後《うし》ろ髪《がみ》か……？　それとも、海神たちをとりまく、波の飛沫《ひまつ》か……？


「キャアッ！」

マリカが悲鳴をあげて、一瞬《いっしゅん》、後ろにのけぞった。それから、大あわてでかがむと、かろうじて家の縁《ふち》につかまっているフー子の片方《かたほう》の手首を、しっかりにぎった。

「ああ、エーちゃん来てたの？　よかった……！」

駆《か》けよった映介が、フー子のもう片方《かたほう》の腕《うで》をぐいとつかんだ。

外側に開ききった扉《とびら》が、ギーョ、ギーョと、鈍《にぶ》くかすかな音をたてて軋《きし》んでいた。その間で、フー子は、指先を家の縁《ふち》に食いこませるようにして、二階からぶらさがっているのだった。

「フー子ちゃん、しっかりしてよ！　落ちてかないでよ！」

マリカが、泣きそうな声でフー子を励《はげ》ましながら、つかんだ手を引きあげはじめた。

「そら、がんばって……。まあ、ここから落ちたって……着地をうまくやれば……ハッ、ハッ！

……けがもしない……だろうけどさ……」

「するわよ！　足、折っちゃうわよ！」

マリカは、ベソをかきながら映介を叱《しか》りとばし、そして、とうとうふたりは、フー子を安全なところまで、引っぱりあげたのだった。

フー子は、腹這《はらば》いになったまま、マリカと映介の顔をかわるがわる見あげた。そして、深いため息とともに、やっとほほえんだ。

「ここが急に開くなんて、思わなかった……。あたしが、力入れて、よりかかってたせいかなあ……フー子ちゃん、ごめんねえ……」

マリカが、涙《なみだ》をふきながら言った。

「ちがうちがう、マリカちゃんのせいじゃないの」

フー子は、大きく首を振《ふ》って、動転しているマリカを、かえって励《はげ》まさなければならなかった。

三人は、行き先をもたない戸口に並《なら》んで立ち、しばらくの間、むきだしになった地面を呆然《ぼうぜん》と眺《なが》めていた。外に向かって開ききってしまった扉《とびら》が、あいかわらず、ギーョ、ギーョ、と空虚《くうきょ》な音をたてて軋《きし》んでいた。

その扉《とびら》を、映介が、なんとか閉《し》めようとして蝶番《ちょうつがい》のあたりに力をくわえたとき、その勢いに揺《ゆ》れたせいか、懐中時計《かいちゅうどけい》の鎖《くさり》がズズッ……とほどけ、そして、手をのべて受けとめるよりも先に、ズルリと落ちたのだった。

「あ……」

三人は、同時に声をもらし、外へ身をのりだした。

「……どこに落ちたの？」

マリカが聞いた。

だが、どんなに目を凝《こ》らしても、懐中時計《かいちゅうどけい》の落ちた先はわからなかった。

28 夕暮《ゆうぐ》れに

そのとき、けたたましい音で電話が鳴った。

「あ、だれもいないんだった」

フー子は、ふたりをそこに残して階段《かいだん》を駆《か》けおり、寄《よ》せ木細工《ぎざいく》の電話台の上に手をのばした。

「もしもし」

「もしもし、フーちゃん？」

「……お母さん！」

何と久しぶりの母の声だろう。さっきの恐《おそ》ろしさが、まだ覚めやらずにいる今、母の声がひどく懐《なつ》かしく聞こえた。

「ねえ、元気なんでしょ？　行ったら行きっきりなんだから、まったくあきれたもんね！　ところでね、あんた忘《わす》れてない？」

「……え？　何？　……」

「ほらみなさい！　プ、ウ、ル！」

「あっ！」

フー子は、電話口で、文字どおり、あんぐりと口を開けた。三日間の水泳特訓コースというのに、申しこみをしていたのだった。行かせてと頼《たの》んだのもフー子自身だった。高かったけれど、友達ふたりと話しあって、絶対行こうねと決めたのだ。でも、それは、マリカから手紙をもらうより、まだずっと前のことだった。

「わたしもすっかり忘《わす》れてたの。そうしたら、たった今、加藤《かとう》さんから電話があって思いだしたのよ。危《あぶ》なくお金を捨《す》てるところだった」

加藤さんというのは、その友達のひとりのことだ。フー子は、いっぺんに、もとの生活に引《ひ》き戻《もど》されたように感じた。……冗談口《じょうだんぐち》を飛ばしたり、夢中になって先生を批判《ひはん》したり、罵倒《ばとう》したり、クラスの子の陰口《かげぐち》を言ったりの日々……。ガヤガヤと猥雑《わいざつ》な活気の波に乗り、振《ふ》りおとされまいと懸《けん》命《めい》になったあと、ほんとうの自分をなんとか抱《かか》えて、ひとり、家路につく日々。……むろん、それだって、それなりに楽しくないわけではないのだけれど――。

「わかった？　明日帰ってらっしゃいよ！　もう切るけど、リサさんとおじいさんに、よろしくね」

そして、ガチャッと電話は切れた。

フー子は、電話のそばの籐椅子《とういす》に、へたりこむようにすわった。

「ねえ、どうしたの？」

おりてきたマリカがきいた。フー子は、今の電話のことをマリカに話しながら、もうマリカとは、さよならなんだ、と考えた。

「明日？」

後ろで映介《えいすけ》の声がした。振《ふ》りむくと、映介は、階段《かいだん》の四、五段目《だんめ》あたりに立って、フー子を見おろしていた。映介が、あまりじっとフー子を見るので、フー子はあわてて目をそらさなければならなかった。

そのとき、すぐ間近で鈴音《すずおと》が鳴った。街から戻《もど》った祖父だった。祖父は玄関《げんかん》からすぐのところにたむろしている三人に、驚《おどろ》いた顔で会釈《えしゃく》したあと、

「……どうしたの、フー子ちゃん」

と、フー子の服を見てたずねた。

気がついてみると、フー子の黄色いワンピースには、こすれたような黒い跡《あと》がたくさん残り、飾《かざ》りボタンが、今にも取れそうに、ぶらぶらと垂《た》れさがっているのだった。

「ああっ……」

きれいだった服が、こんなになっていたとは……！　マリカが、手をのばして、服の汚《よご》れをぱんぱんとはたき落とそうとしながら、祖父の問いに答えた。

「階段《かいだん》の先にあるドアが急に開いて、フー子ちゃん、もう少しで落ちるとこだったんです」

フー子は、ドキッとして、祖父の顔をのぞいた。祖父の顔がとたんに緊張《きんちょう》したのがわかった。

「……けがは？」

祖父にきかれて手足を点検すると、腕《うで》にも膝《ひざ》にも細かい擦《す》り傷《きず》があるのがわかった。皮がむけているところもあるにはあったが、でもどれも、取るにたらない傷《きず》ばかりだ。

「……そう。それは無事でよかった」

祖父は、厳《きび》しい表情でそう言うと、もうそれきり、北向きの部屋へ入っていった。祖父の部屋のドアを開ける音がつづいて聞こえ、椅子《いす》にすわるときの軋《きし》みの音が、そのあとにつづいた。

「帰ろうか……？」

マリカが、映介を見て、ささやくように言った。

三人は、長くのびた三つの影《かげ》を追いながら、並《なら》んで坂を下った。

フー子は、まるでずっと以前から、来た人をバス停まで見送るために、いく度もいく度もこの坂をおりたような気がした。いつも美しい夕暮《ゆうぐ》れで、凪《な》いだ海が下に見える。でも、これが最後だろう。下から登ってくる人が、フー子の汚《よご》れた服に目をとめるのがわかったが、フー子は、なんだかどうでもよかった。

「明日、午後？」

バスを待ちながら、映介が、ぽつりときいた。

「どうしよう……」

フー子もぽつりと答えた。

「ああ、汽車の時間のことか。あたし、送りに行くからね、フー子ちゃん」

マリカが、真横からフー子を見て、きっぱりと言った。

「今、一時十五分っていうのが出てるよ」

駅員さんのように映介が言い、

「まあ、エーちゃんて、駅員さんみたい！」

とマリカが言った。

フー子は、きっとそれに乗ると約束した。

「ほんとに約束するわ！」

マリカがフー子の口調にあきれて言いかえした。

「フー子ちゃんが約束破るなんて、だれも思ってないわよ。ねえ、エーちゃん」

映介は、クスンと笑った。

フー子には、映介に話さなければならないことが、たくさん残っていた。なぜ、昨日このバス停でした約束を守りきれなかったのかとか、リサさんのこととか、園《その》の中のこととか、おばあさんの行方《ゆくえ》のこととか、そして、あのとき、あの闇《やみ》のまっただなかに向かって、なぜ自分が落ちていかずにすんだのかといったこととか……。けれど、映介にそれを話す機会は、もうないだろう。

道の向こうから、せりあがってくるようにして、とうとうバスがあらわれ、ふたりは去っていった。

かしいだ山道を走るバスは、ぐらりぐらりと大きく揺《ゆ》れた。その揺《ゆ》れのように、映介の頭の中でもまた、いろんなことがらがうねっていた。フー子にききたいことや、伝えたいことを、映介もまた、たくさん抱《かか》えていた。

——あの子は、あの園《その》の中で、いったい何を見たのだろう。巨大《きょだい》なハリネズミみたいな何かが、きっとあったのだ……。ああ、それなのに、フー子ちゃんは、よく助かった。よかった、ほんとうによかった……。

「ねえ、エーちゃん……あのさ」

マリカが、おどおどしたような口調で話しかけた。

「これ、あたしの、ただの勘《かん》なんだけどさ」

小さなハンドバッグの手をかじりながら、言いにくそうな口ぶりで、マリカはつづけた。

「さっき、フー子ちゃん、落ちたでしょ？　エーちゃんは信じないかもしれないけどさ、フー子ちゃん、あそこから、べつのところに行ってたような気がするの……」

「……何か、見えたの？」

「ううん、あたしには何も見えないよ。でもさ、フー子ちゃんなら、そういうところが見えるような気がするんだ。だって、フー子ちゃんの、じいっとしてるときの目ってさ、なんとなく変わってるもの」

映介は、やや衝撃《しょうげき》を受けながら、となりにすわったマリカを見た。マリカは、まだバッグの手をかじりながら、ガラスのような目を窓《まど》の向こうに向け、バスの揺《ゆ》れにあわせて、座席《ざせき》から大げさに跳《は》ねあがっていた。

映介は、マリカこそが園《その》の主《あるじ》だと言いはるときのフー子の目を思いだした。……そうだ。フー子は、この、どこか奇妙《きみょう》ないとこに、魅《ひ》かれていたのだ。つかみどころがなく気まぐれで、人を食ったようなマリカ。やせっぽちの、大きすぎる目と長すぎる手足を持ったマリカ。だれにも似ていない、独特の「マリカらしさ」だけでできているような少女、マリカ。

――映介は、不意に、長すぎる高台《こうだい》を持った螺鈿《らでん》の煙草立《たばこた》てのことを思った。ロォムの心を惹《ひ》きつけた煙草立《たばこた》て……。同じように、フー子はきっと、マリカに心を惹《ひ》きつけられていたのだ。ゆがみと誇張《こちょう》の美しさに魂《たましい》をうばわれた画家の話が、絵画全集のどこかにのっていたのを、映介は、今、思いだす。「阿呆《あほう》のような」憧《あこが》れをふくらまし、マリカが主《あるじ》だと信じつづけていたフー子。惹《ひ》きつけるものの方ではなく、どうしようもなく惹《ひ》きつけられてしまう心の方――。

(……そうだ、それが問題だったのだ、常に)

映介は、窓《まど》の方に行儀《ぎょうぎ》悪く身体《からだ》をねじらせ、吹《ふ》きこむ風に頬《ほほ》をさらしはじめた、マリカの屈託《くったく》のない顔を見ながら、フー子の心のことを思った。

フー子は、わざとのろのろ坂道を登った。ジグザグに歩いたり、ときには、後ろ向きになって海を見たりしながら。いつか帰らなければならないのは知っていたけれど、明日だと思うと、べりべりと身体《からだ》を引きはがされるような痛《いた》みを感じた。汀館《みぎわだて》から離《はな》れたくない。フー子は、この風景の中に、身をこすりつけたい気がした。バス停から時計塔《とけいとう》までの坂を、フー子は、そうやって、ふだんの何倍もの時間をかけて登ったのだった。

（この時計塔《とけいとう》が、はじまりだったんだ……）

フー子は、角のところで立ちどまり、久しぶりで、時計を見あげた。ついた日に見た、あの、天使の瞳《ひとみ》が、フー子のまぶたに、はっきりとよみがえった。それにしても、いったいどうして、錆《さ》びているはずの天使が顔を出したのか。それは、フー子にとって、いまだに謎《なぞ》だった。

そのとき、五時半になった。フー子は、思わず身体《からだ》をこわばらせて、あとずさった。『Ⅻ』の上の小さな鎧扉《よろいとびら》が、ゆっくり、音もなく開きはじめたのだった。だれかほかにも、その様子を見ている人がいないかと確かめてみたいのに、フー子の目は、その扉《とびら》に釘《くぎ》づけにされ、目をそらすことができないのだった。

熾天使《してんし》は、静かに扉《とびら》から姿《すがた》をあらわした。汚《よご》れたところなど、ひとつもない、金の巻《ま》き毛《げ》と赤い翼《つばさ》を持った天使。だが、美しく、ふっくらしたその顔は、やはりどこか大人びているのだ。やがてフー子の眼差《まなざ》しは、いやおうなく、天使のそれと重なった。

（……あ、あの目は……！）

見おぼえのある目。そう、祖母とともに写っていた、あのチェルヌイシェフの目だった。

すると、その目がほほえんだ。目だけではなかった。天使が顔いっぱいに、ほほえみを浮《う》かべたのだ。ああ、何とやさしい笑顔《えがお》なのだろう。――さようなら、フー子さん。きみが、あの闇《やみ》の中に落ちていかなかったことが、ぼくにはほんとうにうれしい――。

（えっ？）

もちろん、フー子の耳は何も聞かなかったのだ。そんな言葉が聞こえたような気がしただけだ。

もっとも、耳をすましても、もうむだだった。半時を告げるからくりは、一度しか姿《すがた》をあらわそうとはしないから。

天使が消えたあとの文字盤《もじばん》を見あげながら、フー子は、温《あたた》かい気持ちに包まれていた。

29　祖父との話

夕食のとき、フー子は、母からの電話のことをふたりに伝えた。

「あらあ、明日帰るの？」

リサさんは顔をくもらせた。

「……寂《さび》しくなること……」

すねたような口ぶりが、その言葉の本心なのを伝えていた。フー子がいることなど、まるで気にとめていないかに見えていたのに。

「それなら、今晩《こんばん》がんばってしあげてしまわなくちゃ」

リサさんは、フー子がオレンジ色の手さげを愛用しているのを見て、もうひとつこしらえてあげたくなって布を裁《た》ったのだと言った。

「古ぎれなんだけど、それがちっとも傷《いた》んでなくてね。柄《がら》がきれいだから、ずっと取ってあったの。楽しみにしてて」

リサさんは、黒い瞳《ひとみ》をキラキラさせて、フー子に笑いかけた。そのときもフー子は、リサさんにとびつきたい気持ちがした。

（ああ、なんてやさしいリサさん！　……ねえ、リサさんは、ほんとうにあそこから来たの？　みんなと別れて、どうしてここで暮《く》らしているの？　リサさんのことが、知りたいの……）

　でも、口に出してたずねることは、なんとしてもはばかられるのだった。

　……懐中時計《かいちゅうどけい》が消え、あの園《その》が手のとどかないところへ消えた今になっても、わからないことが、フー子の心で渦《うず》を巻《ま》いていた。もちろん、あの虚《うつ》ろな闇《やみ》に落ちかけたときの恐《おそ》ろしさを思ったら、謎《なぞ》は謎《なぞ》のままで、もういいというような気持ちにならないわけではない。……そう、あの、言い知れぬ喜びの次の瞬間《しゅんかん》におそった、何もかもをうばいつくす闇《やみ》への恐怖《きょうふ》――。フー子を呼《よ》ぶ声が一《いっ》瞬《しゅん》でも遅《おそ》かったなら、喜びが恐怖《きょうふ》に転じることはなかっただろう。だが、それはいったい何を意味するか――。それを思うとき、フー子の身のうちにぞくぞくと震《ふる》えが走る。だから、もう何もかもいい。あの声に引《ひ》き戻《もど》され、救われたことだけで、もういいのだと思いもする……。でも、やっぱり、リサさんのことは気になるのだ。

「じゃあ、今晩《こんばん》が最後というわけか。フー子ちゃん、最後にまた、チェスでもやろうか？」

　祖父の誘《さそ》いに、フー子はハッと我《われ》にかえり、緊張《きんちょう》した。この、祖父に対する緊張《きんちょう》は、とうとう最後まで変わることがなかった。けれども、声をかけてもらうのがうれしいことも、それと同じように、やはり変わらないのだ。フー子は、元気に誘《さそ》いに応じた。

十日もいたというのに、この部屋に入るのは、わずかに三度目だった。初めての夜と、ある日の午後にリサさんに頼《たの》まれて、お盆《ぼん》で果物《くだもの》を運んだときと、そして今夜だ。本に囲まれた、天井《てんじょう》の高い祖父の部屋は、ここだけが、またべつの世界、祖父だけの世界のように、特別の空気が漂《ただよ》っているのだった。

奥《おく》から、リサさんのミシンの音が聞こえ、ほんのりと机《つくえ》の付近だけを照らす明りの下で、かわいいロシアの人形の駒《こま》を動かしていると、フー子は、今日が、汀館《みぎわだて》に来た最初の日で、何もかもは、これからはじまるかのような錯覚《さっかく》をおぼえた。

「おっと。そのままでいいの？」

フー子の指した手に、祖父が声をかけた。そう言われても、自分のしたまずさがわからず、フー子は、口もとをおさえた。

「ほら、こうしたら、女王様を取ってしまう」

「あ、いけない……」

祖父は、フー子に向かい、「大丈夫《だいじょうぶ》かな？」といった顔をしてみせた。フー子は、なんとか頭をしゃんとさせて、慎重《しんちょう》に駒《こま》を動かした。

それでも、もちろん祖父が勝った。

「フー子ちゃん、今日は、少しぼんやりだったねえ」

祖父は、そう言いながら、前のときのように、また、テーブル脇《わき》のお酒の瓶《びん》に手をのばして、グラスについだ。酔《よ》った祖父を見たことはなかったが、夜はきまって洋酒をなめながら、楽しみの本を読むらしかった。フー子は、チェスの駒《こま》を、ひとつひとつ、ていねいに箱につめた。祖父が言った。

「たいして嵩《かさ》ばることもなさそうだし、このチェスを、フー子ちゃんにプレゼントしていいかな」

「え、これを……？」

フー子は、とっさに、山村さんに聞いた話を思いだした。これは、祖母が、親しくしていた、ロシアの婦人からもらったもののはずだった。祖母は、大喜びで、これを山村さんに見せたのだ。祖母を思わせる物が、ほとんど見あたらないこの家の中で、ひょっとすると、これは、今まで何十年も、ずっと祖父の近くに置かれていた、唯一《ゆいいつ》の祖母の宝物《たからもの》なのかもしれないのだ。

「亮《りょう》ちゃんとでもやったら？」

祖父が兄の名を言うのを聞くのは、初めてだった。

「ほんとうに、もらってもいいんですか？」

「ぼくが、あげたいのさ」

そして祖父は、お酒を一口飲んでつづけた。

「だけど、こんな古い物持って帰ったら、お母さんに叱《しか》られるかなあ。トキちゃんは、むだな物、嫌《きら》いがるからねえ」

祖父は、長い帽子《ぼうし》をかぶった僧正《そうじょう》の駒《こま》を、箱の中から出して、しみじみ眺《なが》めた。確かに母の好みそうな物ではなかった。でも、フー子は大好きだ。駒《こま》のひとつひとつを、きれいな薄紙《うすかみ》でくるみたくなるほどに。

「わたし、ずっとずっと、大切にします」

箱の中に並《なら》ぶ駒《こま》を、かぶさるような格好で見つめながら、フー子は言った。

「死んだ人の物なんか、いやかもしれないが、これ、おばあさんのお気に入りでねえ。……何かひとつくらい、おばあさんの物を持っているのも、まあ悪くないだろう」

その祖父の言葉に、フー子は、ドキンとした。祖母の物ならば、もうひとつ、持っていた。ここに置いていくべきか、それとも、そっと持って帰るのがいいのか、わからなかった。小物とはいえ、手のひらにちょうど収《おさ》まるほどの珊瑚《さんご》の髪飾《かみかざ》りといえば、子どもが隠《かく》し持《も》っているような物でないことは、フー子にもわかった。それこそ、何かのはずみで母に見つかって問われでもしたら、なんと言いわけをしたらいいのだろう。でも、置いて帰ったあとで、掃除《そうじ》をしたリサさんが見つけ、フー子の忘《わす》れ物《もの》かしらと祖父に示すことになるのも、それがはたして、いいのかどうか、わからない。だが、どちらにしろ、あの髪飾《かみかざ》りは、祖父と祖母との物なのであって、フー子がそれを、わがもの顔にあつかうなど、ほんとうは、ひどくおこがましいことなのだった。

「おじいさん、わたし……」

短い沈黙《ちんもく》があった。

「わたし、珊瑚《さんご》の髪飾《かみかざ》りを拾ったんです。……どうしたら、いいでしょうか」

祖父の顔を見あげる勇気がなくて、フー子は、チェス盤《ばん》の上に目を落としていた。

「そう。……あのドアの向こうで、拾ったの？」

フー子は、ハッとして顔をあげた。

「おじいさん……知ってたんですか」

祖父は、自分の机《つくえ》に肘《ひじ》をつき、少し離《はな》れたところからフー子を見ていた。しばらくしてから、祖父が首を振《ふ》りながら言った。

「いや、知っていたとは言えない」

だが祖父は、自分から話しだした。


三十七年前の夏の日曜。ふたりの子どもが、たまたま、この書斎《しょさい》で遊んでいたときのことだ。子どもの様子を見ながら本を読んでいた祖父は、祖母のものらしい、何とも言えない奇妙《きみょう》な叫《さけ》びを聞いたのだ。同時に、柱時計が午後の三時を告げたことを、祖父ははっきりおぼえていた。祖母は、朝干《ほ》した子どもの服が乾《かわ》いているかどうか見てくると言って、二階にあがっているところだった。祖父が駆《か》けあがっていったとき、扉《とびら》は開いたまま、祖母の姿《すがた》はどこにもなかった。洗濯物《せんたくもの》をかきわけるようにして、物干《ものほ》し台《だい》から下を見たが、地面に転落した祖母の姿《すがた》さえなかった。

「以前、木が腐《くさ》っていたというように話したと思うが、——まあ実際、手すりが一部分腐《くさ》っていたのは事実なのだが、——それと、おばあさんのこととは、じつのところ、何の関係もないのだ」

それきり、祖母はいなくなった。人がひとりいなくなったのだから、いろんな噂《うわさ》がたつのも無理はなかった。だが、だれがどう言おうとも、それが事実だったのだ。

「しかし、ぼくは『神隠《かみかく》し』なんてことは信じない人間だから、どう考えたらいいのか、そりゃあ悩《なや》んだ。いなくなった悲しさよりも、むしろ、その不思議さの方が気がかりだったくらいでね……」

祖父が、信じられないものを見たのは、それから何年かたってからのことだった。

「今話していることは、もちろん初めて口にすることばかりだが、……しかし、生きている間に口にする日がこようとは、よもや思わなかったよ」

祖父は、あきれたような口調でそう前置きした。

祖母が消えたあと、祖父は物干《ものほ》し台《だい》をとりこわし、あの扉《とびら》をふさいだ。そして二度と、あそこに近づこうとはしなかった。子どもたちにも近づかせなかった。だがある夜、それは、少しお酒を飲みすぎた夜だったが、祖父は、あの扉《とびら》の前まで行き、さまざまのことを思ったのだった。酔《よ》いのせいか、少年のような気分に浸《ひた》り、あの扉《とびら》の向こうに、そして祖母に思いをはせたのだ。そのとき、あの懐中時計《かいちゆうどけい》の蓋《ふた》がひとりでに開き、花に変わったのを祖父は見たのだった。もっとも、階段《かいだん》の電気さえともさず、月明りだけが頼《たよ》りだったから、ただ、花のように見えただけなのかもしれなかった。だが、外を見たとき、暗闇《くらやみ》に浮《う》かんでいたのは、裏《うら》の家ではなく、見知らぬ庭園だった。

「打ちつけたはずの扉《とびら》だったが、ほんの一押《ひとお》しすれば、開きそうだったな」

——フー子にとって、それは、ありありと思《おも》い描《えが》くことのできる光景だった。自分の体験をおさらいしてでもいるかのように。それでも、はらはらせずにはいられなかった。あそこを開けて入っていくときの、眩暈《めまい》にも似た感覚がよみがえるようだった。祖父もまた、同じ感覚をおぼえたのに相違《そうい》ない。だが、祖父は言った。

「しかし、ぼくは扉《とびら》を押《お》さなかったし、それきり庭も消えたよ」

むろん、酔《よ》いのせいで見た幻《まぼろし》かもしれないと祖父は考えた。だが、ほかの人間ならばともかく、祖母がそこから忽然《こつぜん》と姿《すがた》をくらましたことを知っている自分が、幻《まぼろし》などと思うべきではないと、祖父は考えなおしたのだ。

「だから、二度と、あそこへ近づいたことはない」

そして祖父は、お酒をゆっくりと口に運び、

「これだけのことしか知らないぼくが、ドアの向こうのことを知っている、というわけにはとうていいかないだろう」

と、話を結んだのだった。

フー子は、祖父の話に当惑《とうわく》した。幻《まぼろし》ではないから、つまり危険《きけん》だと知っているから近づかなかった？　何という臆病《おくびょう》さ……。いやとんでもない。近づかずにいることができるなんて、むしろ信じがたいほどの強さだ……。けれど、おばあさんを捜《さが》しに行こうとは、しなかったのかしら……？

「そこに行こうとしなかったのは、もしも、おじいさんまでいなくなったら、子どもたちが困《こま》ると思ったからですか？」

フー子は夢中でたずねていた。すると祖父は、厳《きび》しい眼差《まなざ》しでフー子を見すえて、低い声で言った。

「いや。そうではない。そうではなくてね。……ぼくは、ああいうものを、善《よ》しとしないからだ」

「……善《よ》しと、しない?……」

祖父は、だまってうなずいた。一瞬《いっしゅん》、どういうことだろう、とフー子は思った。だが、それ以上、祖父にたずねることが、はばかられた。

二杯目《はいめ》のお酒をついだあと、祖父がまた話した。だが、暗い部屋の片隅《かたすみ》を見ながら話すそれは、ほとんど、祖父のひとりごとのように聞こえた。

「だが、ぼくが善《よ》しとしなくとも、ほかの人間にとっては、必ずしもそうではないことなど、いくらもあるだろう。……まして大人ならば、何をどうとらえようが、それはもう、その人の心の問題なのだ。どんなふうに生きようとも、本人の自由なのだ。止めることはできないよ。また、だれにも、そんな資格はないのだ」

フー子には、祖父の言葉が難《むずか》しすぎて、わからなかった。だが、それなのに、祖父の一面をくっきりと見たような気がした。思っていたよりも、ずっとずっと強くて、その強さときたら、入りこむすきを、ほとんどもたないくらいだ。フー子は、ぴしゃりとつき放されたような感じをおぼえたのだ。とりわけ、祖父が次の言葉を口にしたときには。

「だから、髪飾《かみかざ》りがどこに落ちていたかも、向こうがどんなだったかも、これ以上、何も話さなくていい。それは、ぼくのかかわりたくない種類のことがらなんだ」

（……おじいさんて、怖《こわ》い人だったんだ……）

だからこそこうして、毎日をきちんきちんと乱《みだ》れることなく生活していかれるのかもしれなかった。自分の子どもたちが、ちっともたずねてくれなくても、まったく平気で。

だがフー子は、そんなふうに祖父のことを思いたくはなかったのだ。フー子は、祖父が好きだった。それに、このチェスを、プレゼントしてくれようとしている祖父を、そんなふうに思うのはたまらなかった。

「で、その髪飾《かみかざ》りのことだけどね」

そう言ったときの祖父の目は、再びやさしい目に変わっていた。

「それは、フー子ちゃんが持っていなさい。お母さんに聞かれたら、ぼくにもらったと言えばいい。少なくとも、ぼくは使わないし……たぶん、リサさんにも、似合わないだろう」

フー子はつい笑った。祖父も笑っていた。そう、あの柔《やわ》らかいピンク色の髪飾《かみかざ》りは、たぶんリサさんに、似合わないだろう。

フー子が、お礼を述べて、祖父の部屋から出ようとしたときだった。祖父が、フー子を呼《よ》びとめて言った。

「フー子ちゃん。……無事で、ほんとうによかったよ。よく、無事だったね」

向こうの様子を話すなと言われたから、フー子は、何ひとつ口に出すことはできなかった。──でも、これだけは、言うべきだったろうか。闇《やみ》のただなかに落ちてゆこうとするときに、映介《えいすけ》が自分の名を呼《よ》んだのだと。そして、それを聞いた瞬間《しゅんかん》に、自分がほんとうにいたいところが、どこなのかを知ったのだと。──だが、それを言うことは、おそらく、祖父を苦しめることにしかならないだろう。そんなことを、だれがしたいだろう。祖父は、もう十分につらいのだ。

フー子は、にっこり笑って祖父の部屋を出た。

30 リサさんの記憶《きおく》

リサさんが朝食のしたくをしている間に、フー子は、余った端《は》ぎれを束にして抱《かか》え、台所の入り口から顔だけ出して声をかけた。

「リサさん、きれありがとう。余ったの行李《こうり》の中に戻《もど》してくる」

「ああ、それならついでに、ミシンの横から手《て》さげ袋《ぶくろ》持ってらっしゃい。気に入るといいんだけどね」

「わあ、ありがとう！」

フー子は、廊下《ろうか》の奥《おく》まで駆《か》けていって、リサさんの部屋に入った。すぐにでも手《て》さげ袋《ぶくろ》を見たかったけれど、いちばんはじめにしなければならないのは、スカーフを、行李《こうり》の奥底《おくそこ》へきちんとしまうことだった。気がせいてはいたが、フー子は、最後にもう一度、それを広げてみずにはいられなかった。――懐《なつ》かしい園《その》の地図だった。黒いシルエットにすぎなかったが、少女たちや、小さな動物たちを思《おも》い浮《う》かべることもできた。マツリカの花、時計草……。この園《その》は、今も、宙《ちゅう》のどこかを漂《ただよ》っているのだろう。

（さようなら）

フー子は、ていねいにたたんで、それをしまった。

ミシンの方を向くと、鮮《あざ》やかなピンクの縞模様《しまもよう》が目にとびこんだ。

（あれだ！）

広げてみると、前にもらったのとはちがう、丸い形の大きな手《て》さげ袋《ぶくろ》だった。太い縞《しま》と縞《しま》の間に、青と赤の花が交互《こうご》に並《なら》び、装飾的《そうしょくてき》な細い緑の葉が、その花をくるくると飾《かざ》っている。今まで見たこともない、美しく派手《はで》な柄《がら》だった。フー子の心がにわかに躍《おど》った。

（そうだ、これを持ってプールに行こう！　こんなのだれも持ってないわ。まるで、園《その》の女の子たちが着そうな柄《がら》だもの……）

フー子はハッとした。

（もしかしたら）

バタバタと駆《か》けだしたいのをこらえて、心を落ちつけると、フー子はそっとリサさんの部屋を出た。そして、台所の入り口よりも、わずかに手前にある、北向きの部屋のドアを、音をたてずに開けた。そして、ピアノの前へ歩いていった。

（やっぱりだ……！）

三番目の人形のスカートの模様《もよう》。まさにそれは、今フー子が持っている手《て》さげ袋《ぶくろ》の模様《もよう》だったのだ。リサさんは、ここに来るときにはいてきたスカートをほどいて、これを作ってくれたのだった。

「どう？　きれいな柄でしょう？」

リサさんが、牛乳《ぎゅうにゅう》をわかしながら言った。

「あら、気に入らなかった？」

「ううん、まさか！　とっても好きよ……。ほんとに大好き……」

フー子は、コンロのそばで、手《て》さげ袋《ぶくろ》を抱《だ》きしめながら、一生懸命《いっしょうけんめい》にうれしさを伝えた。でもたぶん、その言い方には、どこかしら不自然なところがあったのだろう。リサさんは、三つのミルクカップに牛乳《ぎゅうにゅう》を注ぎながら、言いわけするように言った。

「なにせ、古いきれだからねえ。聞いたらいやになるかも知れないけど、若《わか》いころ、わたしがはいてたスカートのきれなのよ。もう何十年ってたつものねえ」

フー子は、リサさんが、朝の台所で、あっさりとそんなことを言うのに驚《おどろ》いた。――何かきいてもいいのだろうか。このスカートをはいて、あのスカーフをかぶって、園《その》から来たことは、リサさんの秘密《ひみつ》ではないのだろうか。ききたいことが、のどもとまで急に込《こ》みあげてきた。

するとリサさんが、手際《てぎわ》よくリンゴの皮をむきはじめながら言った。

「あ、フー子ちゃん、そのパン、網《あみ》にのせて火にかけてちょうだい」

そのおかげでフー子は、危《あぶ》なく言いかけた言葉を、言わずにすんだ。すると、リサさんがしゃべりはじめた。

「昔わたしがいたあたりでは、普通《ふつう》みんなそんな柄《がら》の服を着てたと思うんだけどねえ、ここらあたりの人たちって、全体に地味でしょう？　第一、そういう生地《きじ》、汀館《みぎわだて》の、どのお店を捜《さが》しても売ってないの。だから、古くてちょっとかわいそうかなあとは思ったんだけど、それで作ることにしたのよ」

「ちっとも古くなんか見えないわ！　これ、ほんとにすてき。ほんとにうれしいのよ」

その気持ちだけは、ちゃんと伝えたかった。でも、今のリサさんの言葉が、またしても気にかかった。

「……ねえ、リサさん。リサさんが、昔いたあたりって、どこらへんなの？」

フー子は、言われたとおりパンを網《あみ》にのせ、熱心に焼くような格好でたずねた。知っているのに知らないふりをし、わざと言わせようとしているずるさが、自分でいやだった。でもききたかった。そして、きくならば今しかなかった。すると、

「それがなのよ」

と、リサさんは、切ったリンゴを、ぽちゃぽちゃと塩水に落としながら、人ごとのように、けろりとした調子で言ったのだ。

「よくきかれるんだけど、わたしね、ここに来る前の記憶《きおく》がとんでるらしいのよ。記憶喪失《きおくそうしつ》っていう病気があるっていうから、たぶん、それなんでしょうけど、なにしろ、何十年にもなるから、いやなことを思いだすより、もうかえって、このままでいいと思ってるの。……でも、ところどころ

はおぼえてるのよ。それこそ、昔いっしょにいた人たちの着てた服の柄《がら》とかね……。ただそれはね、ピアノの上に並《なら》んでる人形あるでしょ、どうもあれのおかげで、ぼんやり残ってるんだと思うの」

リサさんは、太い腕《うで》を力いっぱい振《ふ》って、ザルにあけたリンゴの水を切ると、てきぱきとガラスの器《うつわ》に盛《も》った。うちあけ話をしているかのような特別さは、微塵《みじん》もなかったし、記憶喪失《きおくそうしつ》などという言葉が、子どもにあたえるかもしれない衝撃《しょうげき》を、懸念《けねん》している様子もなかった。フー子は、ドキドキしていることを気《け》どられないように、何度もパンをひっくりかえして、かえってリサさんに、笑われた。

リサさんが、一度にこれほどしゃべることは珍《めずら》しかったが、たぶん、話の勢いに乗ったのだろう。またつづけて話しはじめた。

「あの人形ね、わたしの父が、自分の娘《むすめ》たちをモデルにして作ったらしいのね。確か、そんな物を作る職人だったと思ったわ。まあ、それも、父の顔をおぼえてないくらいだから、曖昧《あいまい》なんだけど。でも、物とか写真とかってのがあると、案外、そこのところは思いだすものなのね。……だからねえ、ああ、そういえば、姉がふたりいて、一番上の姉が家を出て、それから次に、二番目の姉が家を出ていったなあ、なんてね、かすかに思いだすの。……わたしが三番目の娘《むすめ》だっていうのは、ちゃんとおぼえてるんだけどね」

淡々《たんたん》と話していたのに、ふたりの姉のことを話すときのリサさんは、目を細め、いくらか感傷的《かんしょうてき》に見えた。たぶん、姉たちが家を出ていくというのは、相当に悲しいできごとだったのだろう。かすかになってしまった記憶《きおく》の中でさえ、心の痛みを引きずっているほどに。

フー子は、焼きあがったパンにバターを塗《ぬ》りながら、なんだか口がきけなかった。それに、リサさんにききたいことは、もう何も思《おも》い浮《う》かばなかった。

——リサさんは、ほんとうに、あの園《その》から来た。あの園《その》からここへ来て、祖母のいなくなったこの家のために、今にいたるまでつくしてくれたのだ——。パズルの片々《へんぺん》が、徐々《じょじょ》に組みあわさっていくように、フー子の頭の中で、いろんなことがつながった。

(そうだ、あの闇《やみ》に落ちたのは、おばあさんひとりではないのだ。わたしだって、落ちるところだったのだから……きっと、前にもだれかが落ちた)

それならば、祖母の髪飾《かみかざ》りを見つけたのは、なんという偶然《ぐうぜん》だろうと、フー子は思った。ほかのだれかが残していった物もきっとあったろうに。ああ、あの水色の紙きれが、あるいはそうかもしれない……。

そうして、その人々があの闇《やみ》に消えてしまったあと、あちらとこちらの境目で、宙《ちゅう》ぶらりんに開いたままの扉《とびら》を閉《し》めに、おそらく、少女がひとり、園《その》の奥《おく》から歩いてくるのだ。あの、スカーフの地図を頼《たよ》りにして。そのとき、妹たちは、悲しい思いで、その後《うし》ろ姿《すがた》を見送るのだろう。なぜなら、出ていく少女は、外から扉《とびら》を閉《し》めたが最後、もう、戻《もど》ってはこないのだから。そして扉《とびら》を閉《し》めたとたん、その少女の中からは、園《その》の思い出が、すうっと遠のいてゆくのにちがいない。宙《ちゅう》のどこかに消えてしまう、あの園《その》のように。……初めに、一番上の少女が出ていき、次には、二番目の少女が出ていき、そして、リサさんが出てきた……。

（そうだ。おばあさんのほかに、落ちた人がふたりいる。……じゃあ、リサさんのふたりのお姉さんは、いったい、どこにいるのかしら？）

だがきっと、園《その》への入り口は、ただひとつとは限らないのだろう。魔法《まほう》を施《ほどこ》された『ＰＯＭ』の懐中時計《かいちゅうどけい》を、扉《とびら》につるしさえすれば、きっと、入ることはできるのだ。それは、遠い外国の、どこかの扉《とびら》だったかもしれない。だってあの園《その》は、宙《ちゅう》を漂《ただよ》っているのだから。チェルヌイシェフが汀館《みぎわだて》に来る以前、祖母のほかのだれかにも、そんな懐中時計《かいちゅうどけい》をあげなかったと、どうして言えよう。

（そうだ……あったわ、山田さんの話の中に。『失ったものが多過ぎる』って、ロォムが語る場面が、確かにあった……）

失ったものというのが、祖母たちを指すのか、外に出た園《その》の少女たちを指すのか、それはわからない。でも、どちらにしろ、つまりは、そういうことなのだ。ロォムの賭《かけ》の相手とは、きっと、あの、底なしの闇《やみ》のことだ。ロォムが造った憩《いこ》いの噴水《ふんすい》、たぶん、それがひとりでに、あんなふうに姿《すがた》を変えたのにちがいない。そして、ロォムが、男たちをいかに険しく築きなおそうとも、園《その》に入る者たちを、次々と、引きずりこんでいったのにちがいない。

（おばあさんを失ったとき……リサさんが来た……。もし、わたしが落ちていたなら、きっとあの少女たちのひとりが、わたしのかわりにここに来たのだ……信じられないけれど……）

フー子は、フー子を振《ふ》りむいて見た、少女の顔を思いだした。明るく無邪気《むじゃき》に輝《かがや》いていたあの眼《め》。

少女たちは、やっぱり、あの園《その》にこそ、いるべきなのだ。美しい色の服をまとい、園《その》の中をそぞろに駆《か》け、古鐘《ふるがね》のように響《ひび》く声で歌う少女たちは――。

「ラリラリラー……ルリルリルー………」

三枚《まい》のパンに、ゆっくりゆっくり、こってりとバターを塗《ぬ》りたくりながら、思いにふけっていたフー子は、うっかり、あの旋律《せんりつ》を口ずさんだ。

するとリサさんが、テーブルの準備をしながら、いっしょに口ずさんだのだった。あの古鐘《ふるがね》のような声で。

「ラリラリラー　ルリルリルー

ラリラリラー　ルリルリルー……」

そして、同じところをくりかえし歌ったあとで、

「……懐《なつ》かしい歌ねえ……」

と、リサさんはつぶやいたのだった。

そのとき、祖父が新聞を広げたまま台所に入ってきた。そして椅子《いす》にすわって新聞を脇《わき》に置くと、からかい半分に言った。

「どうもこの家では、この前から、ジプシーの歌がはやってるようだねえ」

「へえ、ジプシーの歌なんですか、これ。……あ、フー子ちゃん、すわる前に、蜂蜜《はちみつ》、取ってくれない？」

「あ、はい」

棚《たな》の上の蜂蜜《はちみつ》の瓶《びん》を手に取りながら、フー子は、今、思った。

——園《その》に包まれ宙《ちゅう》をさまよう、黒い瞳《ひとみ》の少女たち。それは、ロォムと同じ民《たみ》、ジプシーだったのだと。そしてむろんリサさんも。……ああ、そうして、職人だったというリサさんの父親、それは、とりもなおさず、ロォムのことだったのだ……。人形細工師のもとで、物を作る喜びを知ったロォム。そのロォムが、自分の娘《むすめ》たちをモデルにして、あの人形を作ったのだ。ロォムには十人もの娘《むすめ》がいたのだ……。

（ううん、そうじゃない。どこかがちがってる……。そうではなくて、その反対なのよ……）

フー子は思った。ジプシーの少女になぞらえて作った人形が、あの園《その》の中で、やがて命を帯び、ほんとうの少女たちに変わったのだ、と。……きっと、そうだ。だって、それがいちばん、自然だわ……。ほらおじいさんが以前言ったように、リサさんが、どこか透明《とうめい》なのも、たぶんそのためよ……。

フー子は、満ちたりた不思議さの中に浸《ひた》りながら、祖父とリサさんとの、最後の食卓《しょくたく》についたのだった。

31　帰途《きと》

ホームは、夏の旅行者たちで混《こ》みあっていた。その中に、フー子を囲む静かな四人の姿《すがた》があった。祖父とリサさん、映介《えいすけ》とマリカ――。

十日余り前、フー子はたったひとりで、このホームに降《お》りたったのだった。そして今、思いもよらなかった、十日の日々の重みを抱《かか》えて帰途《きと》につく。この日々の重みは、この人々それぞれとの、思いもよらなかったかかわりの重み、そのものだ。

発車のベルが鳴ったとき、

「手紙、書くね」

と、マリカが、はにかんで言った。フー子が、祖父とリサさんを伴《ともな》って駅にあらわれたとき、すでに来ていたマリカが、一瞬《いっしゅん》、窮屈《きゅうくつ》そうな表情をしたのがフー子にはわかった。大人たちがいなければ、発車までの時間に、マリカは、フー子に、きっと、明るく屈託《くったく》のない言葉を、たくさん残したことだろう。だが、この短い言葉は、フー子の旅の終わりに、いちばん適していたかもしれない。

――そう。ずっと忘《わす》れていたけれど、この旅は、あの、細い独特の字で綴《つづ》られたマリカの手紙、あれからはじまったのだった。マリカが今年フー子に手紙を書いたのは、ほんの偶然《ぐうぜん》にすぎなかったのだろう。だからこそ、やっぱりマリカは不思議で、そして特別だ、とフー子は思う。去年の夏でも、来年の夏でもなく、今年の夏、十二歳《さい》の夏でなければ、いろんなことは、きっとこんなふうには運ばなかった。なぜかそんな気がする――。

するとと、

「ぼくもね」

と、映介が言った。

ホームにいる間じゅう、なぜだか映介の方を見ることができなかったフー子は、その言葉に、やっと、眩《まぶ》しいような思いで映介の顔を見た。意味のたくさんつまったような大きな目が、まっすぐにフー子の目を見おろしていた。その目を見たとたん、とつぜん、映介に伝えたいことが、フー子の胸《むね》に込《こ》みあげてきて、フー子はのどのあたりが苦しくなった。

(映介くん……！　わたし、あのとき、映介くんと同じところにいたいんだって思ったの。落ちていかなかったのは、そのためよ！)

でも、むろん、そんなことは言わない。

「うん。わたしも書くわ」

フー子は、マリカと映介に向かって、やっとそう答えると、両手に荷物を持ち、汽車に乗りこんだ。

汽車がすべりだし、フー子の顔がとうとう見えなくなっても、四人は、しばらく同じところに立っていた。

——フー子ちゃん、きみがいたから、今年は特別の夏になった。ぼくは、ほんとうに楽しかった。今度、きみに会えるのは、いつのことだろう。でも、会いたいと思えば、会うことはできるのだ。たとえ汀館《みぎわだて》を去ろうとも、きみはいるのだから。そう。この世界にきみはいる。それでいい。

「エーちゃん、あの汽車、もう、あんな豆つぶになっちゃったわよ」

「ほんとうだ……。戻《もど》ろうか」

そしてふたりは、先に立って歩きはじめた大人たちのあとにつづいたのだった。


フー子は、ボックス席の隅《すみ》に小さくなってすわり、窓《まど》の外を眺《なが》めて唇《くちびる》をかんでいた。来たときとちがい、四人がけの座席《ざせき》はすべてふさがり、向かい側のふたりが、愉快《ゆかい》そうに、しきりとしゃべっていたが、フー子は、汽車が動きだすとともにおそってきた、泣きだしたいような気持ちをこらえるのに必死だった。

悲しいのではなかった。なんだか、たまらなかったのだ。汀館《みぎわだて》が、ここで過ごした夏の日々が、あの園《その》の思い出が、どんどん遠のき、過去のできごとに変わってゆくしかないことが……。そして、家族と学校との暮《く》らしが、ここでの日々を、どんどん押《お》しのけてゆくにちがいないことが。けれど、フー子は、一生懸命《いっしょうけんめい》に思った。

(でも、もしも来ようと思うなら、来ることはできるじゃないの。だって、あの園《その》は消えてしまったけれど、汀館《みぎわだて》は、けっして消えてしまったりはしないんだもの……)

だがそう思ったとき、どんなに強く望もうとも、あの園《その》を再び訪《おと》なうことはできないのだ、という思いに、フー子は、今ようやく衝撃《しょうげき》を受けた。あの緑……あの花々……絡《から》みつく蔓草《つるくさ》……あの靄《もや》……少女たち……動物たち……そしてロォムの館《やかた》……。もう、どこを捜《さが》そうとも、あの園《その》は存在しないのだ。フー子は、とつぜん息苦しさをおぼえた。

(どうしても、あそこに行きたくなったとき、わたし、いったいどうすればいいんだろう?!)

もちろん、どうすることもできないのだ。フー子は、周囲の人に気《け》どられないように、うつむいて荒《あら》い息をした。

あの、何もない闇《やみ》の底に落ちていくかわりに、フー子は、こちら側にいることを選んだのだ。それが正しかったことはわかっている。よく、わかっている。でも、あれほど心をときめかせて入りこんでいった、あの美しく蠱惑的《こわくてき》な園《その》を、愛《いと》おしまずにいることは、できることではなかった。思いだせばだすほどに、フー子は、自分がいかに、あの園《その》に惹《ひ》きつけられていたかを思い知った。その後ろに、あの何もない闇《やみ》が控《ひか》えていることを知った今でさえも——。

(ああ、あそこをマリカちゃんといっしょに歩きたかった……。どうしてマリカちゃんは、あのとき、扉《とびら》の前でぼんやり立ちすくんでしまったんだろう……どうして……? マリカちゃんは園《その》の主《あるじ》なのに。マリカちゃん以上に、あの園《その》にふさわしい人なんか、けっしていやしないのに。おばあさんだって、マリカちゃんほど、あの園《その》にふさわしくはなかったわ、きっと……）

祖母や自分が入っていった園《その》に、マリカがけっして入ろうとしなかったわけが、フー子にはわからなかった。あんなに美しい緑の園《その》が、目の前からはじまっているというのに、ただの一歩さえ、踏《ふ》みこもうとしなかったマリカ。

（まるで、見えてないみたいだった……。いったい、どうしちゃったんだろう……）

そしてフー子は、流れてゆく景色を、ただぼんやり目で追いつづけた。

何時間も過ぎたような気がしたとき、フー子は、ふと口を開けた。まったく新しい思いつきが、フー子の心に、ほんの少し芽生えたのだった。だが、その思いつきが、あまりに意外なので、それに慣れることができず、フー子は、無防備な子どものように、まだ口を開けたまま、じっとしていた。

（……そんなことって……ある……？）

思いつきが、少しずつふくらむにつれ、言い知れぬ驚《おどろ》きが、胸《むね》の中にゆっくりと広がった。それにあわせるかのように、金色をした午後の陽《ひ》が車窓《しゃそう》からふりそそぎ、フー子の顔を照らした。

「ブラインド、閉《し》めますか？」

向かいの席の人がフー子にたずねた。フー子は答えなかった。その人はまた同じことをきいた。

「あっ、はい」

フー子はうわのそらで、日焼けして茶色になった一枚布《いちまいぬの》のブラインドを向かいの人といっしょに引いた。それきり車窓《しゃそう》の風景は見えなくなった。だがフー子は、あたかも珍《めずら》しい景色が見えるかのように、瞬《まばた》きもせず目を見開いて、おおわれた窓《まど》を見つめていた。

フー子は、ようやく気づいたのだ。どんな人間が、あの園《その》の主《あるじ》になりうるのかということに。

（もしも……そういうことなら、それは……マリカちゃん……じゃないわ……）

あの園《その》に惹《ひ》きつけられて、あの中に入っていった者たち。そして、闇《やみ》の底に落ちていった者たち。そう、祖母を含む三人の人間たち、それが、とりもなおさず園《その》の主《あるじ》だ——。

（そして……そして……四人目は……）

フー子は、目を閉《と》じて椅子《いす》の背《せ》にもたれた。祖母と自分との類似《るいじ》、それは顔つきだけのことだと
フー子はずっと思っていた。

——おとなしく、目立たず、ごく平凡《へいぼん》で真面目《まじめ》な少女、そういう自分が、あの突拍子《とっぴょうし》もないことばかりしでかしていたかつての少女に、どうして似ていると思えただろう。だが、山村さんの話を聞いているとき、一瞬《いっしゅん》、自分のことが話されているような気がしたのを、フー子はおぼえていた。

フー子は、今初めて、これまで知らなかった自分に出会った。

（わたし……よかった……。あそこに落ちてゆかなくて……）

それを食いとめるだけの力と温《あたた》かさをもっていた映介の声を、フー子は息をひそめて思いだした。そして、二度と行けない園《その》への憧《あこが》れに、耐《た》えていこうと思った。

マリカは、芝生《しばふ》の上のテーブルで、今書き終えたばかりの一枚《まい》の手紙をきちんと折りたたんだのだところだった。それは、こんな手紙だった。

『フー子ちゃん、こんにちは。

フー子ちゃんの乗った汽車、もうつくころかしらと思いながら、これを書いています。「もう書くの?」ってエーちゃんに言われたけれど、書きたい気持ちになっちゃったから。

フー子ちゃんを見送ったあとで、おじいさんが、船も汽車も海も山もぜんぶ見える、高いところにあるお店に連れていってくれました。そこでおいしいアイスクリームをなめていたら、わたしは急に、今年も汀館《みぎわだて》に来て、ほんとうによかったなあっていう気持ちになったのです。だってね、ママは、今年は汀館《みぎわだて》じゃなく夏期講習に行くべきだって考えていて、わたしももう少しで、その気になるところだったんだもの。そんな気にならないで、ほんとによかったと思ったの。

そんなふうに思ったのは、たぶんフー子ちゃんが来てくれたからなのです。だって、いつもとは、どこかぜんぜんちがったのよ。それにね、さっき、アイスクリームをなめていたおじいさんだって、とてもやさしいみたいに見えて、わたしは、うれしかったのです。

ねえ、フー子ちゃん。わたしが汀館《みぎわだて》に来るときには、フー子ちゃんもきっと来てね。お願いよ。

さようなら。マリカ』

本作品は一九九二年にリブリオ出版より刊行されました。

高楼方子（たかどのほうこ）

函館市に生まれる。

『へんてこもりにいこうよ』（偕成社）『いたずらおばあさん』（フレーベル館）で路傍の石幼少年文学賞、『キロコちゃんとみどりのくつ』（あかね書房）で児童福祉文化賞、『おともださにナリマ小』（フレーベル館）『十一月の扉』（受賞当時リブリオ出版）で産経児童出版文化賞、『わたしたちの帽子』（フレーベル館）で赤い鳥文学賞・小学館児童出版文化賞を受賞。絵本に『まあちゃんのながいかみ』（福音館書店）「つんつくせんせい」のシリーズ（フレーベル館）など、幼年童話に『みどりいろのたね』（福音館書店）、低・中学年向きの作品に、『ねこが見た話』『おーばあちゃんはきらきら』（福音館書店）『紳士とオバケ氏』（フレーベル館）『ニレの木広場のモモモ館』（ポプラ社）など、高学年向きの作品に、『ココの詩』『十一月の扉』『緑の模様画』（以上福音館書店）、『リリコは眠れない』（あかね書房）など、翻訳に『小公女』（福音館書店）、エッセイに幼いころの記憶を綴った『記憶の小瓶』（クレヨンハウス）、『老嬢物語』（偕成社）がある。札幌市在住。

千葉史子（ちばちかこ）

函館市に生まれる。

著者の高楼方子は実妹。姉妹での作品に、『ココの詩』『時計坂の家』（福音館書店）『十一月の扉』（講談社、青い鳥文庫）『いたずらおばあさん』（フレーベル館）『ポップコーンの魔法』（あかね書房）『とおいまちのこ』（のら書店）『ニレの木広場のモモモ館』（ポプラ社）などがある。その他の作品に、『だいすきだよ、オルヤンおじいちゃん』（徳間書店）『ごちそうびっくり箱』（角川つばさ文庫）など、自作の絵本に『パレッタとふしぎなもくば』（講談社、KFS創作絵本グランプリ受賞）などがある。千葉県在住。

時計坂の家

2016年10月10日　初版発行
2018年 8 月 1 日　第 2 刷

著者　高楼方子

画家　千葉史子

発行　株式会社　福音館書店
〒113-8686　東京都文京区本駒込6-6-3
電話　営業　(03)3942-1226
編集　(03)3942-2780
http://www.fukuinkan.co.jp/

装幀　名久井直子
印刷　精興社
製本　島田製本

乱丁・落丁本はお手数ですが小社出版部までお送りください。
送料小社負担にてお取り替えいたします。
NDC913　344ページ　21×16cm
ISBN978-4-8340-8293-7

THE GARDEN OF FASCINATION

高楼方子《たかどのほうこ》の長編読みもの

『ココの詩《うた》』

高楼方子 作／千葉史子 絵

小学校高学年から

金色の鍵を手に入れ、初めてフィレンツェの街にでた人形のココ。無垢なココを待ち受けていたのは、名画の贋作事件をめぐるネコ一味との攻防、そして焦がれるような恋だった……。

『時計坂の家』

高楼方子 作／千葉史子 絵

小学校高学年から

12歳の夏休み、フー子は憧れのいとこマリカに誘われ、祖父の住む「時計坂の家」を訪れる。しかしその場所でフー子を待っていたのは、けっして踏み入れてはならない秘密の園だった。

『十一月の扉』

高楼方子 作／千葉史子 装画

小学校高学年から

偶然見つけた素敵な洋館で、2か月間下宿生活を送ることになった爽子。個性的な大人たちとのふれあい、そして淡い恋からうまれたもうひとつの物語とで織りなされる、優しくあたたかい日々。

『緑の模様画』

高楼方子 作／平澤朋子 装画

小学校高学年から

海の見える坂の街で、多感な三人の女の子が過ごすきらきらとした濃密な時間。早春から初夏へ、緑の濃淡が心模様を映し出す。『小公女』への思いが開く心の窓、時間の扉……。